若你我从此转身拥抱

莲花清秋 著

远方出版社

图书在版编目(CIP)数据

若你我从此转身拥抱 / 莲花清秋著 . —呼和浩特 : 远方出版社 , 2017.9
（紫水晶情感小说系列）
ISBN 978-7-5555-0959-2

Ⅰ . ①若… Ⅱ . ①莲… Ⅲ . ①长篇小说—中国—当代 Ⅳ . ① I247.5

中国版本图书馆 CIP 数据核字（2017）第 227639 号

若你我从此转身拥抱
RUO NIWO CONGCI ZHUANSHEN YONGBAO

作　　者	莲花清秋
责任编辑	李　可
责任校对	李　可
出版发行	远方出版社
社　　址	呼和浩特市乌兰察布东路 666 号　邮编 010010
电　　话	（0471）2236471 总编室　2236460 发行部
经　　销	新华书店
印　　刷	三河市华东印刷有限公司
开　　本	155mm×225mm　1/16
字　　数	240 千
印　　张	17.5
版　　次	2017 年 9 月第 1 版
印　　次	2018 年 1 月第 1 次印刷
标准书号	ISBN 978-7-5555-0959-2
定　　价	45.00 元

如发现印装质量问题，请与出版社联系调换

目录

第一章　初次邂逅 / 001

第二章　欠下的饭就是债 / 022

第三章　突然之吻太霸道 / 041

第四章　他是顾总她是谁 / 069

第五章　原来他也在屋檐 / 092

第六章　他窥视她的真心 / 115

第七章　他们有了一个家 / 139

第八章　他的女友不是她 / 170

第九章　正牌女友来夺爱 / 187

第十章　顾氏遭遇大危机 / 204

第十一章　顾氏内斗争权力 / 220

第十二章　万年备胎来求婚 / 238

第十三章　错综纠结的婚礼 / 254

第十四章　大结局 / 271

第一章　初次邂逅

简静刚到医院,林嘉华就笑眯眯地走过来,背着手,一副贱样。

"如果要约我吃饭,就免了,我说过没有五百万一切免谈。"

"静静,别这样,你拒绝得这么直接,我很受伤的。"林嘉华依旧笑眯眯的。

"我再重申一遍,不许喊我'静静'!"

"何必这么绝情呢?"

"五百万拿来,我考虑对你客气点。"

"不就是五百万吗?我有啊!"

简静一惊,抬眼看到林嘉华自信到洋洋得意的小脸,真怀疑他是被富婆包养赚了一笔,还是彩票中奖得意忘形了。

忽然,林嘉华从背后拿出一大束鲜花,满满一捧满天星,只可惜有几颗已经蔫儿了。

"切,这就是你的五百万啊!"

"是啊,五百万朵满天星——的花瓣。"林嘉华很是得意。

"林嘉华,你无聊到白日做梦了。这花是在哪家坟头捡回来的,信不信晚上孤魂野鬼找你要。"简静无语了,林嘉华总是能做出一些让她哑口无言的事来。上次给了她一本日记本,还朗诵给她听,内容别提多肉麻了,三句之后她就逃之夭夭了。

为此，林嘉华追了她一个月，见到她就要朗诵。

"山上采的，绝对天然无污染。"

简静从抽屉里拿出一张卡，潇洒地在他眼前一晃，"睁开你那双大而无神的眼睛仔细看看，这才是五百万，白金卡，无限透支，无须密码。"

林嘉华扶正镜眶，惊讶道："就你这样，不可能被富二代包了啊，不会是地上捡了一张废卡吧？！"

"拿着你的五百万，有多远给我消失多远，这周，不，这个月，我都不想看到你！"

看到林嘉华心不甘地走开，她终于松了一口气。这个林嘉华，好歹也是院里最年轻的优秀外科医生，找个某医生的漂亮女儿不成问题，却非要缠着她。最让人无法忍受的是，他从不遮掩，整得全院的医生、护士都知道了，干脆把他们当成一对打闹的情侣了。

简静从来没谈过恋爱，遇到林嘉华这样狗皮膏药似的揭不下来也撵不走的主儿，真是头大。

简静刚松了一口气，只见白大褂又捧着他的满天星走了过来。简静干脆去查房，拿了记录本正准备走，林嘉华伸出满天星拦住了她的去路。

"林医生，同样的招数你还用第二次啊，真是坚持不懈。"

"简静，帮我联系一下十一号病房的病人家属，病人病情有变。"林嘉华突然变得严肃起来。

十一床？

不正是这张白金卡的主人吗？那个人冲进来就塞给她一张卡，让她随便花，前提是照顾十一病房的病人。

"十一病房的病人怎么了？"

"快去打电话，刚刚又昏迷了，朱医生已经过去抢救了。"

林嘉华语气急促。

简静不敢怠慢,拿起电话拨了尾数是四个八的电话号码。

嘟嘟嘟……电话拨了几次,始终没人接。

她准备放弃了,那边才响起一个骄傲的声音:"我在开会,你过一个小时再打过来吧。"

简静有些懊恼,对着电话一顿狂吼:"病人等不了一小时!"

"你说什么,我妈怎么了?"

"病情有变,通知你尽快到医院。"

"麻烦你帮我照顾一下我妈,我在新加坡,马上赶回去。"那边骄傲的声音终于在简静的一声怒吼中颓然崩塌了。接着,她听到电话那头,他怒气冲冲地吼道:"我说不开就不开了,散会!"

简静放下电话,看到林嘉华放在服务台的满天星,随手拿起扔进了垃圾桶。

十一病房的病人还在昏迷中,简静想不通,堂堂顾家女主人,为何除了一个护工,连捧束花探病的亲友都没有。

顾氏是本地最大的地产集团,旗下楼宇无不象征着奢华和尊贵的身份。简静就是不吃不喝也买不下那些楼里的一个厕所。

"通知家属了吗?"林嘉华问。

"家属在新加坡,说马上赶过来。"

"这边就没有别的家属了吗?病人是突然发病,是要做手术的。"

"我再去给家属打个电话。"

简静又拨了一通电话,对方已经关机。

原本的一点儿好感也荡然无存,原来有钱人这么薄情。自己母亲住在医院,自己却可以去新加坡逍遥自在。美其名曰开会,什么会非要过去开,电话会议、视频会议……站在地球哪个地方不能开。

那人长得成熟稳重，谁知道竟是这么不靠谱。所以说，人不可貌相。

夜里三点，简静值班。困意几乎让她趴在服务台睡着了，这个时候除了偶尔来个急诊的病人，医院里静得可怕。

突然，门咣被推开了，简静顿时清醒。只见进来一个人，喘着气，显然来得很急。

"护士，十一病房的病人怎么样了？"

她抬起眼，又一次看到了他——顾宗伟。顾氏集团的大公子，顾氏未来的继承人，这个城市里那么多房子的拥有者，而且是那张白金卡的主人。

"护士，我妈怎么样了？"焦急的声音再次响起，简静才彻底清醒。

"病人可能需要手术，医生交代我务必等到家属到场。明早做一次检查，如果病人持续昏迷就需要手术，所以你不能再消失了。"

"我去看看。"

"喂。"

他回过头来，"有事吗？"

"你的卡，还给你。"简静奉上那张无限诱人的白金卡。

顾宗伟只是淡淡地说："你先拿着。"说完便急匆匆地向病房走去。

那个背影，在寂静的、空旷的夜里显得形单影只。

一小时后，简静去巡视病房，顾宗伟坐在十一病房的病床一侧，握着母亲的手。眼神在暗夜的昏黄灯光中显得落寞无助。

"妈，我一定会成功，一定会让你风风光光地进顾家。"

他将母亲的手贴在脸上，皱紧了眉头，眼里有无数颗泪花在打转，但最终没有滴下来。

简静轻轻推门进去，静悄悄地走到他身边，轻轻说："先生，你还是到外面等等吧，病人现在需要静养，不易长时间打扰。"

顾宗伟恋恋不舍地将母亲的手放进被子里，为母亲拉了拉被角，留在母亲额头一个吻。"妈，有我在，你会没事的。"

顾宗伟跟着简静走出了病房，两个人坐在走廊的长椅上。简静再次拿出那张烫手的白金卡，"顾先生，卡还是给你吧，如果弄丢了我可赔不起。"

"你拿着吧，你想用就用，只要你多照顾一下我妈，需要交住院费的时候帮我交一下就行。"他双手捂着脸，深深呼吸。

简静看到他眼睛中布满了血丝，满脸的疲惫，没了上次的风光和意气风发。上次是一个细雨绵绵的午后。她查病房的时候发现十一病房的病人在吃力地倒水，就过去帮忙。顾宗伟提着午饭走过来，看到这种情况，问："妈，护工呢？"

"护工家里小孩生病了，去看看就回来。"

简静走出病房，关了门。这里是贵宾升级病房，住进来的人非富即贵。可是她没想到，竟然遇到如此富贵的人。她刚走出来，顾宗伟就追出来，塞给她一张卡，"我过两天有点事，请你帮我照顾我妈，这是张白金卡，无限透支，不需要密码的。你可以随便用，需要交住院费、医药费的时候按时结账就行了。"

简静一时没反应过来，准备塞回去。

这不是赤裸裸的贿赂吗？

"有事打电话给我。"他像命令下属一样，又塞给她一张名片，不等她反应便匆匆离去。

透过七楼的窗户，简静看到顾宗伟匆匆走出去，钻进一辆黑色的车中，奔驰在阴雨连绵的公路上。那张因焦急而阴郁的脸，七楼还依稀留着他俊朗的轮廓。

简静的理想是成为白衣天使,可没想过一张卡毁了她的崇高理想。

如今,顾宗伟呼吸沉重,看得出非常担心母亲的病情。但是如此担心,又何必跑到国外去开会,真想不通,难道有钱人的世界都这么令人匪夷所思吗?

"刚从新加坡赶回来?"

"嗯!"

"别担心,阿姨会没事的。"

顾宗伟不再说话,伸出一只手搭在她肩膀上,一用力将她揽在怀里,顺势依偎在她的肩头。简静赤裸的脖颈还能感觉到他下巴细小的胡茬儿。他说:"让我靠一会儿。"声音嘶哑。

若换作林嘉华,简静一定一掌劈过去,再赠送一句"你以为我是奶油啊,随便你蹭"。但是此刻,她莫名其妙地动弹不得,甚至还能感受到顾宗伟波动的喉结,能闻到他身上好闻的洗衣液的味道。

简静脸发烫。等她想要推开他的时候,他竟然睡着了。细小的呼吸一声一声安静地在夜空中弥散,包围在她的周围。在这么静悄悄的夜里,她的心却剧烈地跳动着。

简静侧脸,看着他紧闭双眼睡着的姿势,没有了白天指挥命令的骄傲,看得人低眉顺眼。怪不得都说男人就是个长不大的小孩,白天再逞强,晚上也抵不过熟睡的安详。

清晨,一道光刺醒了简静。她睁开眼看到一把明晃晃的刀子,还反射着太阳光。

"林嘉华,你想干什么?"

"给病人做手术！"林嘉华没好气地说。

一直睡着的顾宗伟也醒了，发现自己一直趴在小护士的肩膀上，愧疚地表示了歉意。林嘉华却不干了，医生救死扶伤，可没说还得奉献自己的心上人安抚病人家属的情绪啊！他都追了简静那么多年了，连手都没拉一下，更别说这种暧昧的姿势了。看样子顾宗伟是腻味了一夜，是可忍孰不可忍。林嘉华用刀指着顾宗伟，气急败坏地询问："你谁啊，知不知道这是医院，是一个严肃、庄严、神圣的地方。"

顾宗伟潇洒起身，掸掸因睡觉而皱了的西装，一句话都没说，拉起简静径直从林嘉华的刀把子下面走了。

"这个人在追你？"顾宗伟问。

简静没说话，只见林嘉华肺都快气炸了，一个人练起了太极拳。这个人就是这样，生气的时候就一个人练练太极拳，缓解一下压抑难受的情绪，然后严肃地踏上手术台，从不出错。

"谢谢你！"

"谢什么？"

"你的肩膀啊，酸了吧？"

简静想起昨晚，一阵脸红，为了掩饰，只说："是啊，没想到你还挺重，这一夜压得我没办法动了。"

顾宗伟笑了，这句话是有歧义的。不知道的还以为他们俩昨晚怎么样了呢，哈哈。

本来不觉得有什么，忽然见他笑得有鬼，简静脸又红了，真是越掩盖越明显。简静说："打算怎么谢我？"

"你觉得怎么合适？"

"那就请我吃饭吧，要去这个城市最奢华的地段、最安静的角落吃最贵的菜。"

"好。"

顾宗伟进了病房，母亲仍在昏迷中。林嘉华已站在病房中，拿出听诊器为病人测心跳，而心电图的指标时而平缓，时而不稳定。

"我要求换医生，让你们院最好的医生来！"顾宗伟忽然说。

林嘉华正在掰病人的眼皮，突然要被换，倏忽侧脸看着本来就让他生气的顾宗伟。

简静看他俩互相敌视，赶紧劝道："林医生是我们院年轻优秀的骨干医生，国外进修回来的，医术绝对没问题。"

顾宗伟并不买账，冷冷道："拿手术刀对准病人家属的医生，我信不过。"

简静看林嘉华那眼神都能把她吃了，刚才的太极拳算是白练了，气还没消下去又被挑起来了。

"顾先生，林医生平时喜欢开玩笑，但是对待病人是很认真的。你别看他刚才的行为那么幼稚，但是他的手术技术可是我们院一流的，绝对没出……"

林嘉华打断简静的话："顾先生，你可以怀疑我的人品，但是不能怀疑我的医品。我对待病人比对自己的生命还认真负责，我是医生，我有职业操守。"

顾宗伟说："那样最好。"

林嘉华做了一系列检查之后，对顾宗伟说："经过昨天晚上的紧急抢救，病人已经暂时脱离危险。但是这种病随时可能复发，所以最好不要动不动消失几天，让医院找不到家属。"

顾宗伟自从塞了一张卡给简静，便直接驱车前往机场，赶上了去新加坡的飞机。三天两夜几乎不眠不休，就是想尽快回来陪母亲，却没想到这个意外来得这么突然。幸好没事，不然他绝对不会原谅自己。

顾妈妈慢慢地睁开了眼睛，看到儿子陪在身边，艰难地露出微笑，吃力地抬起手想摸一下儿子的脸。顾宗伟赶紧握住母亲的手，"妈，我在这儿，您没事的。"

若不是孙宁临时翘班，简静也不可能连着白天黑夜一起上班，还被人压了半宿的肩膀，被刀刺傻了神经。这妮子，到现在还不来，简静还等着回家好好休息呢。

林嘉华一下跳到简静跟前，"老实交代，昨晚跟那个男人做了什么对不起我的事？"

"再胡说，我立刻找他投怀送抱。"

"好，好，我不说行了吧。"

"消失，从我面前消失！"

"静静，别这么无情，我这个柔软的心快被你摧残地凋零了。"

"我数到'三'，你再不消失，我立马找白金主投怀送抱去。"简静拿出那张白金卡，笑眯眯地在林嘉华面前晃。这招真管用，林嘉华投降了，还没开始数就逃之夭夭，和刚好走来的孙宁撞了个满怀。

"赶着投胎啊！"

"孙宁，你还敢再来晚一点吗？你知道一天一夜不眠不休是会被累到精神涣散、神志不清吗？"简静大呼。

"你要是精神涣散了，说不定林医生美梦成真了，你们俩得感谢我的成全了。"孙宁笑道。

"你废话那么多，是不是刚才那一撞撞得你精神涣散了？"

"我刚踏进医院，就听说你抛弃了林医生，这么缺德的事你都好意思做啊？林医生不畏严寒酷暑每天向你表白都打动不了你，你也太铁石心肠了吧？！"

"你要，白送。"

"得了,我得赶紧去换衣服巡房,免得被护士长骂。"

孙宁一溜烟已经进了更衣室,简静只能强撑着不住打架的眼皮子,再盯一会儿。

简静换下了护士服,穿上自己的衣服顿时觉得心情舒畅,仿佛暗无天日之后终于见到太阳了,亲切美好,充满希望。女孩子,爱美总是天性。

站在医院门口,简静打了个呵欠——真困。

"简护士,我送你。"

她一回头,顾宗伟从后面走过来。母亲病情的好转应该让他心情很好,看起来轻松多了,脸上也多了一丝笑容。

"不用了,你照顾阿姨吧。"

"有护工在,我刚好去买早点,一起吧!"

不等她拒绝,他已经打开车门,扶着车顶,绅士地请她上车。简静只好坐在副驾驶的位置上。

"不穿护士服更漂亮。"

突然的赞美,简静毫无防备。这么赤裸裸的表扬,还是这么帅气的男人,简静想找个树洞好好宣传一下。镇定,她端正坐好,可是脸上的红润却没办法掩饰,只得低下头拨弄搭在肩膀上的发丝。

顾宗伟觉得这个女孩子很不一样,总给他一种舒服的感觉。看她害羞,顾宗伟心里竟有种隐隐的痛快。

"一起吃早餐吧。"顾宗伟不是询问,是不容置疑地指示。

简静很困,只想回到家美美地洗个澡,睡上一觉。但是从"漂亮"到"吃早餐"几乎赶跑了她所有的瞌睡虫。想起昨晚的依偎,简静心跳加快。

车停在了一家早餐店前,两个人点了粥、清淡的小菜和包子。简静实在是饿了,顾不上吃小菜,包子已经下去几个了。顾宗伟也很饿,从新加坡一路赶过来,到今早是一粒米也没吃,早已饿得前胸贴后背。看着简静吃得很香,他也顾不上顾家吃饭不准嚼出声音的规矩,拿起包子,一口一个。

两个人互相看着对方傻笑。

"你不会拿这顿早餐来搪塞我期待的最奢华的那顿饭吧?"简静边吃边问。

"这顿算赠送的。"

"这才像暴发户的感觉。"

"怎么,我像个暴发户?"

"在一座城市里有那么多房子,不是暴发户吗?"

顾宗伟忍不住一笑,随即脸色深沉地说:"可是没有一间是我的。"

天知道,茫茫天地之间到底多少东西是属于自己的。尽管他是顾家的子孙,尽管他在别人眼里显尽了风光,尽管顾氏开发了那么多房子,但是,没有人知道他不过是给顾家打工的员工。要赢得老头子的欢心,要继承顾家的家业,难于登天。

饭后,顾宗伟打包了一份给母亲带回去,怕粥凉了,顾宗伟要简静在医院楼下等他一会儿,送完粥再送她回家。简静摆摆手说:"不用了,走走路正好减肥。"顾宗伟却执意要送她,说她这么疲惫,万一走着走着睡着了,不知道的还得把她送医院抢救呢。

简静扑哧一笑,没想到这个骄傲到求人都用命令语气的男人,还有这么幽默的一面。

"真的不用了,我睡着了也会自己给自己急救的。"

"我忘了,你是护士。"

"什么护士啊,是白衣天使。"简静很介意男士称她为"护士",因为孙宁总是在她耳边提"制服诱惑",搞得她总觉得男士提起"护士"就不怀好意了。

"如果不把白衣天使送回家,老天爷都不答应。"

只听晴朗的天空响了一声闷雷,远处天空滚来朵朵乌云。这个乌鸦嘴,连老天爷都帮着他。不多会儿,小雨点从天空密集地降落,像一个个小炸弹轰击着简静不断拒绝的心。

"你怎么知道要下雨?"

"我的秘书每个早上都会把当天的天气预报发到我手机上。"

有钱的感觉真是不一样,连天气预报都有人工播报。不像她,还得上网或者守在电视机跟前,听播音员字正腔圆地预报。

没办法,简静只能跟着他上了车,又绕回了医院。顾宗伟上去送粥,她在车里躲雨等他回来。但是,几乎一夜没睡,这会儿实在太困了。顾宗伟回来的时候,看着简静靠着沙发座睡着了。他帮她把副驾驶的座位往下调了调,这样她就可以躺在车上睡觉了。

顾宗伟却还不知道她家的地址,也不忍叫醒她。

顾宗伟上午还有个会议,新加坡的会议暂停,关于新楼盘的关键性决议没有做出来,会让老头子挑刺的。他绝对不允许自己有一丝一毫的失误。

车子开到公司,秘书已经在公司门口等待。

"顾总,这是今天会议的资料,这张是来电记录,重要电话在上面,非重要电话在中间,骚扰电话在下面,已经帮您处理了。"

"好了,我知道了。"

"顾总,今天小顾总也会在。"

"我知道了,你不用跟我过去了,你在这儿守着,车上的人醒了告诉我。"

秘书于米往车里看了看,见到一个在副驾驶上酣睡的女孩,身上盖着顾总的西服外套。难怪顾总今天的着装有些太过清爽。

一觉醒来,发现自己躺在一辆车上,身上还盖着一件男人的衣服,还有一位美女守在车边一直盯着她看,简静一下子就清醒了。

"你是谁?"简静受到惊吓。

"你好,我是顾总的秘书于米,顾总让我守着你。"

"顾宗伟?"

于米点点头。

简静这才回忆起自己在等他的时候睡着了,他一定是不知道自己住哪里,干脆她带到这里来了。简静触摸着他的外套,还是那股洗衣液的味道,很好闻。

"顾总从来没带女人来过公司,你是第一个。"

"那他把女人都带哪儿了?"

于米不屑地说:"他从来没有女朋友。"

"不会吧,这么大年纪没谈过恋爱。"简静刚说完,发现于米脸色不对,马上改口,"我是说他有钱又帅,都三十多了还……"好吧,又失口了,祸从口出。

于米脸色很难看,她还没见过有人敢这么说顾总。在她眼里,顾宗伟是事业型的魅力男人,其他男人根本没办法跟他比。

"你跟我来。"

"为什么?"

"顾总说你醒来要告诉他,他还在开会,我想你还是到会客厅等一下的好。"

"那我继续睡觉好了。"简静真不想进顾氏公司,随便看了一眼这栋高高的楼宇，精致的装修，奢华的门厅，她已经有些自卑了。进去找顾宗伟，还是从他车里睡醒的，被人知道了还不拿脚后跟鄙视她。她才懒得惹那些麻烦。

"你？"

"你告诉他，开完会找我，我自然会醒的。"

简静继续眯着眼，盖着他厚实柔滑的西服外套，闻着那股好闻的洗衣液的味道，回想每一次遇到他的情景，心里美美的。

不一会儿，顾宗伟就来了。

简静起身，伸了个懒腰。由于车内空间狭小，懒腰伸到一半她就跳下了车。看着雨过天晴的好天气，连青草的味道都闻得到，一时间，简静精神了很多。

"顾——先生，你找我有什么大事，还得把我拉到你们公司？"

"只是看你睡着了，不知道把你送到哪里。"

果然如此，简静心里竟然有种失落的感觉，难不成她希望他把她摇醒问她住哪里？还是希望他说"因为我不忍心看你这么疲惫"……又在瞎想了，简静，你怎么回事？不就是一个男人吗？帅一点，有钱一点而已，你犯什么花痴啊！简静摇着自己的小脑袋，有些懵了。

"简小姐，简小姐。"

"啊？"

简静这才回过神来，顾宗伟还站在对面，自己就控制不住情绪。犯花痴还犯得这么专注，真服了自己。

"我还有事，我让司机送你回去。"

"不用了，不用了，从这里回家坐公车很方便的。"简静连连摆手，希望就此别过，连刚才的糗样一并别了。

可是，顾宗伟还是不容置疑地招呼司机过来，交代他务必送简静到家。司机很恭敬地请简静上车。这待遇,自打出娘胎可是头一次。专车,还是宝马车,啧啧啧。

简静钻进了宝马车,隔着玻璃窗向顾宗伟挥手告别。车子往后倒,她看到顾宗伟站在原地,望着她的车子转了个弯,然后消失在马路上。

第一次有人目送,感觉心跳更快了。

简静回到家里,就发现那束刺眼的满天星出现在客厅的茶几上。活见鬼!林嘉华不是在医院做手术吗,怎么有空从垃圾桶里拣出来?就算拣出来,怎么好意思送到她家里来。她知道林嘉华一向脸皮厚,却没想到厚到如此程度,果然是个极品了。

"妈,这破烂您也收啊?"

"嘉华一片好意,再说放在屋子里也蛮好看的。"

简静顺手拿起来,丢进楼下垃圾桶。再也不要看见这个破东西了,否则她不确定下次见到林嘉华,会不会把他当成满天星塞进垃圾桶。

"扔了干什么,挺好的花,还新鲜着呢!"

"新鲜到蚊子都稀罕了。以后别收这些乱七八糟的东西,您要是喜欢,我领您去花店欣赏一圈。"

"林医生要个头有个头,要能力有能力,家庭条件也不错,也不知道你哪根筋断了,就是看不上人家。"简妈妈又开始唠叨了。

"停,停,停!妈,我跟您说过多少次了,我只当林嘉华是大哥,谈恋爱,根本不可能!"

"怎么不可能,感情是可以培养的。"

"高中他追我的时候,您可是告诉我不准谈恋爱的。大学他给我写情书,您说还没毕业呢。我现在毕业了,您说让我谈我就能立刻投入了吗？我这不是做手术，只要准备好手术刀就可以开始了。您闺女好歹活人一个，头脑清醒，精神正常，我没感觉就是没感觉。"简静终于忍不住发表了长篇大论，老妈非逼着她喜欢林嘉华，感情如果威胁就能有，那爱情也没那么复杂了。可惜一加一不一定等于二。

"行，你找感觉吧，找到三十岁，就没人敢娶你了。"

"妈，我要吃红烧肉。"

"你要气死你妈啊！"

简静每次拿老妈没办法，就开始撒娇转移话题。红烧肉是老妈的拿手菜，她每次一说要吃，老妈就精神抖擞地展示自己的厨艺。

母女两个人一起吃饭，简静突然说："妈，我去看那个人了。"

简楚玉不说话，低着头扒着饭。

"还和以前一样，不能说话，不能动。"

"快吃饭吧，没事别操别人的心。"

夜深人静，简静躲在自己的小房间，拿着那件藏青色的西服。双手触及凉滑的料子，想着他穿上的样子，竟傻傻地笑了。窗外的月亮也弯着脸，仿佛笑她多情。

顾宗伟一大早去医院看母亲，提了早餐，是两份。那日看简静吃得狼吞虎咽，想着她一定很喜欢吃这家的包子，于是多买了一屉。

服务台没有简静，病房也没有。

"请问简护士在吗？"

"她休息。"

"她什么时候来上班？"

"明天。"

孙宁猛一抬头，感觉这个人怎么这么熟悉，好像在哪里见过。她仔细搜索脑海中的人物脸谱，对了，电视上！

"你是顾——"叫什么名字呢，她一时想不起来了，"顾氏地产的顾总吧！"亏得她聪明，反正不管顾什么，都得是个"总"。

顾宗伟点了点头，准备离去。

"喂，你找简静什么事，我可以转达，不收费的哦。"

"不用了。"顾宗伟连个谢谢也不说，一向的不客气。

孙宁立刻打电话给简静，"喂，你知道今天谁找你吗？"

"不会是林嘉华吧！如果是他，我拜托你千万别告诉我了，晚上我还想做个好梦呢。"

"不是，不是。是顾总，顾氏地产那个长相很英俊的接班人，叫什么来着？"孙宁还是想不起他叫什么。

"顾宗伟。"简静幽幽地说。

"对对，就是顾宗伟。"

"啊？他找我干什么？"简静惊讶。

"不知道，也没跟我说。你认识他啊？"

"十一号病人的家属，可能是问病情吧！"简静无端地害怕心中的秘密被猜透，其实她心里什么也没有，就是无端地恐慌起来，随口编了一个谎。

"这样啊，那我要多去十一病房巡视巡视了。"

孙宁得到这条有力线索，就挂了电话。这下子简静不平静了，他找她是有什么事？不会是要衣服的吧？

坏了，衣服被自己盖了一晚上，有没有流上哈喇子还不知道呢。还是早点拿去干洗，尽早给他送过去的好。简静送了加急干洗，下午已经可以取了。拿了衣服她就向顾氏大厦狂奔而去。

"我找顾宗伟。"

前台看了她一眼,也没觉得倾国倾城啊,肯定不是哪家千金小姐。直呼总经理的名字,简直有点不知天高地厚。

"预约了吗?"

"没有,我只是去送个东西。"

"不会是把自己送进去吧。你这样的人每天来得多了,回去化个妆再来吧!"

简静看看自己,没有那么糟糕吧,这个小前台说话怎么这么刻薄呢。简静还没贱到投怀送抱,要不是顾宗伟非要脱下自己的衣服给她盖上,她也不至于休息天跑出来受这一顿气。简静顿时气不打一处来,张口就说:"我找顾宗伟,你听清楚了吗?"

"预约了吗,没预约请往后转,往前走。"前台也不甘示弱。

这不是变着法赶人吗,堂堂顾氏集团的员工就这素质啊。

"要预约是吧,我现在就给他打电话。"

简静掏出手机,狠狠地摁下几个键,那四个八的号码一遍就记得很清楚。

嘟嘟嘟……无人接听。

"没人接。"

"是不知道号码吧,顾总的电话哪是随便什么人都有的。想见顾总得先排队,如果你坚持不懈,也许排上一年半载就能见到我们顾总了。"

这是什么口气。简静是来送衣服的,又不是来索要债务的,怎么进个门这么难。

"我说这位小姑娘,等你们顾总给我回电话的时候你就惨了。"

"好啊,我等着。可是我怕我等不到哦。"

简静拿出手机再次拨打,她不信顾宗伟一直不接电话。嘟嘟嘟……

"喂。"终于接通了。

"见你还需要预约是吧,我现在就预约,我在你们公司门口,如果你还要你的东西,就赶快过来取。"

顾宗伟正在和弟弟顾宗林聊公司的事,小顾总一向爱玩,最爱摄影,对公司的事一点儿兴趣也没有。但是被顾董和妈妈逼着一定要到公司谋个差事。顾宗伟也正苦口婆心劝说这位顽皮的弟弟能收收心,到公司做点事。所以刚才的电话,他以为是陌生号,便没有接听。

这下子有点懵了,谁口气这么大。

"大哥,你惹风流债了?"小顾总嬉笑着问道。

"别瞎说,我过去看看。"

顾宗伟到的时候,简静正两手叉腰,气得腮帮鼓鼓。

"是你啊。"他站在她面前,平淡地问。

简静不淡定了,"顾——总,你们公司怎么比我们医院的隔离病房还难进?"

"顾总。"前台万分虔诚地问好。

"你来找我有事?"

"不是你去医院催我赶紧还过来吗?我那么远、那么累赶过来,连个门都进不去。"简静将衣服往顾宗伟怀里一塞,转身就走。

"等等。"

"衣服我干洗过了。"

"我不是这个意思。"

一想到电话不接,门进不去,还被前台羞辱,简静哪里受过这样的委屈。原本还有一丁点美好,现在荡然无存了。这个顾宗伟,总是拿后脚跟思考问题,塞一张卡,盖一件衣服就能收买她了吗?

简静掏出白金卡,抓过顾宗伟的手,摊开他的掌心,将卡塞进去,再握上他的手。她以为这样强制性地还卡,两个人就可以从此两不相欠,再无瓜葛了。谁知道顾宗伟反手握住了她的手,一阵暖流立刻涌进简静身体里。一张卡在两个人的手掌里摩挲着。

一股涌动猛烈的血蹿到头顶,简静大脑空白,有些发懵。

顾宗伟也不知道,为什么会一冲动反手握住简静的手。是那一刻她的手温冰凉地刺到了他,还是还了衣服、还了卡,还口气决绝得感觉要决裂?

荒芜的时间在杂草丛生的天地间晕眩。咔嚓一声,闪光灯打过来。

"对不起,重来,你们别动。"小顾总看到两个人紧握双手的画面,立刻想捕捉下来,却忘记关闪光灯了,效果有那么点不完美。

顾宗伟松了手,那张卡还留在简静的手里。他对顾宗林说:"别闹了。"

小顾总完全不顾哥哥的劝阻,对简静说:"美女,你的手机号是多少?照片传给你留个纪念。"

顾宗伟再次说:"别闹了。"

简静愣在原地,完全不知道怎么回答。

这两个人有那么一点相似,却又有太多的不一样,尤其是性格完全不同。

小顾总自言自语:"反正大哥手机上有你的号码。"

顾宗伟站得笔直,拉着小顾总说:"接着聊我们的事。"

小顾总委屈道:"大哥,我能不听吗?"

顾宗伟口气强硬:"不能!"

小顾总转过头朝简静挥手,"美女,照片我传给你。"

简静看着他们进了公司,自己站在这里也毫无意义,便转身离开。

刚走几步,一辆车停在她前面,车窗落下,她看到了上次送她的司机。司机说道:"简小姐,顾总让我送你回去。"

"不用不用,真的不用了。"简静赶紧摆手拒绝,再也不要和他有什么关系了。

"简小姐,这样我会很难做,顾总会开除我的。"

他怎么那么霸道,说话都用命令,做不好事还要开除。这个顾宗伟,怎么就黏上她了?好吧,既然躲不过,只好上车了。

司机师傅很高兴地载着她,话也多了起来,"简小姐好福气,我们顾总从来没让我送过女孩子。"

简静说:"他不会性取向有问题吧?"

司机忍不住笑了,"顾总是事业第一的人,他其实很累,简小姐多照顾一下顾总。"

让她照顾?不会连司机也误以为他们……

"不是,不是,我和顾总只是普通朋友……"简静赶紧解释。

"简小姐不知道顾总每天只睡三四个小时吧,就算普通朋友也要多问候一下。"

"不对不对,顾总怎么会和我做普通朋友,我……"

"简小姐,我跟了顾总十多年了,顾总实在太不容易了。"司机仿佛没听到她的辩解。

简静不再说话。

第二章 欠下的饭就是债

这是个春天很长，冬天还时不时插播进来的季节。没想到昨天还春光明媚，今天就是大棉袄的天下了。没看天气预报出门真晦气，简静冻得直哆嗦。还是有钱好，秘书会随时提醒：天冷加衣，小心感冒。

简静来到医院，林嘉华已经准备好了蜂蜜水，温热正好，简静一口气喝了，彼此熟悉到连"谢谢"都不需要。

"林嘉华，有你这么勤俭节约的吗？一束满天星你还送两次。"

"对你，我从来都是慷慨大方，我采了两束。"

"真有闲情逸致，算我高估了你的智商。"

"五百万，每束两百五十万。"林嘉华得意地讲着。

"原来是两万个二百五啊，你可真够二的。"

简静去巡视病房，林嘉华在后面叫屈："我这是浪漫。"

七楼最角落的一个病房里，那个女人又来了。每天亲自为躺在病床上的植物人翻身、擦拭、按摩。从简静来医院的第一天起，这个女人就没有间断过，风雨无阻，无畏酷暑严寒。

"美姨。"

"小静来了啊。"

"他的情况怎么样了？"

"好多了，虽然还不能动、不能说话，但是我能听到他想跟我说的话。"

这个女人一直如此，一个植物人能说什么话。但是她每次总说有好转，仿佛下一刻这个躺了十五年的植物人就能醒了。

简静帮美姨一起为病人翻身，继续教她一些按摩的手法。美姨拉着简静的手感激地说："谢谢你，真的谢谢。"

简静没有接话，而是说："我去别的病房看看。"

简静一出门，遇到了刚从电梯里出来的顾宗伟，他还是一如既往的意气风发，根本看不出疲惫，司机根本是瞎说。

"早。"他一眼便看到了简静，微笑着打招呼。

"早。"简静也回以简短的问候。

"查房吗？"

"是，每天例行工作。"

两个人一同朝着十一号房间走去。顾妈妈一见儿子过来，神色立刻好了很多，精神也见好转。

"何阿姨见到儿子病好了一半啊！"简静习惯性地鼓励病人。

"简护士，又两天没见到你了。"

"我休息了。"简静拿出巡查病房记录的本子，开始询问，"何阿姨今天有什么不舒服吗？"

"都还好。"

"那我给您量一下血压。"

简静开始拿出血压测量仪，顾宗伟帮母亲把袖子卷起来。血压测量结果一切正常，并没有偏低，看来前两天抢救过来之后，效果很好，没有复发。

"一切正常，保持轻松愉悦的心情，不要激动。平时注意饮食，多吃容易消化、清淡的食物，少食多餐。"

"谢谢简护士,你最细心了。"

顾宗伟把一切看在眼里,简静的确是个认真的人。

"何阿姨,您这水又凉了,我帮您倒点热水。"简静拿起暖瓶倒了一杯热水,递给何阿姨,"今天冷,先暖暖手,等水不烫了再喝。"

护工正在忙着盛饭,看到简静这么勤快,随口说:"简护士这么热心,我们都要失业了,以后这些事我来就行了。"

何阿姨也说:"是啊,我看整个医院就简护士最贴心。"

简静被夸得不好意思,"我去查房,你们慢慢聊。"说完便退出了十一病房。

其实,在测量血压、倒水、出房间的时候,她都能感到有一双眼睛盯着自己。听孙宁说,这就是爱上一个人的"初期症状",任由发展下去,就会神经崩溃、胡思乱想。简静心乱了。

"喂,死简静,这么好的机会也不知道分享。"

孙宁的声音从不远处传来,只见她也拿着病房巡查的记录,向十一病房走过来。

"今天不是我巡查吗?"

"好东西要大家分享嘛!顾总那么有钱的人,说不定一高兴赏我们一栋房子呢。"

"别做白日梦了,要进去你就进去,没人拦着你发财。"

"下午我来查,有福同享嘛!"

"好好,我巴不得自己清闲自在。"

孙宁拉着简静悄悄说:"喂,那天他找你干什么,不会看上你了吧?"

"别瞎说,怎么可能?"

"我可警告你,像你这种没有恋爱经验的小女孩,对这种成熟稳重的老男人最没有抵抗力了,小心陷进去。"

"一个林嘉华还不够,我还敢再惹上别人吗?"

"也是,林嘉华其实还不错。"

"孙宁!"林嘉华是简静的软肋,她绝对不允许别人拿他开玩笑,不然每天应付都应付不来。

"好好好,说好了下午我替你查房。"孙宁抛下一个眼神,美滋滋地走了。

简静一个人朝其他病房走去,想着孙宁那句"小心陷进去",她的抵抗力真的那么差吗?

阿嚏……楼道的平台里,窗口的风很冷。简静不知不觉站了好一会儿,竟被吹得直打喷嚏。回到服务台,还连打了三个喷嚏。

林嘉华看到了,忙泡了两包板蓝根,将热水吹得稍微凉了些,让简静一口气喝下。

"不好喝。"

"你现在是打喷嚏,不喝的话就是流鼻涕、头疼、感冒,严重的话会引起发烧。"

"好好,我喝好了吧!"

林嘉华不嬉皮笑脸的时候挺好的,看,这个时候也只有他这么关心自己了,简静心里想着。

下午孙宁去查房。顾宗伟看到进来的不是简静,有些失望。

孙宁无比热情地询问了何阿姨的身体状况,又是测量血压,又测心跳,甚至心电图也让何阿姨测了一次。结果一切正常。

"顾总,何阿姨的身体恢复得不错。如果有什么需要,随时叫我。"

孙宁抑制不住脸上的欣喜,她居然站在顾宗伟的对面,可以这么近地看他五官分明的脸庞,真比电视上还迷人。

"谢谢。"

"顾总，如果没什么事的话，我就先走了。"

"嗯。"

孙宁恋恋不舍地一步一步往门口移动，内心迫切想听到呼唤，但是她走出去，关上了门也没听到。难道是自己打扮得不够漂亮吗？假睫毛、腮红可是都加了。

"等等。"孙宁心花怒放，顾宗伟居然追了出来。

"简护士怎么没来？"

"她感冒了，所以我替她查房。"

"哦。"

"顾总还有什么事吗？"

"没有。"顾宗伟转身回病房，孙宁愣在原地。他追上来就是问简静的事。

新加坡会议的中断还是让老头子不高兴了。他不问原因，劈头就是一顿责备。顾宗伟只是听着，顺从着，不解释也不反抗。

挂了电话，顾宗伟心里堵得慌。这种感觉已经二十年了。从他十岁踏进了顾家，父亲的话、母亲的病都让他压抑。

顾宗伟走出去，吹吹风。楼道平台上，他点根烟，一根接一根地抽着。只有烟，可以让他暂时麻木。窗户透过来的冷风打在脸上，那么冷，却不能冻住他剧烈的头痛病。

忽然，顾宗伟感觉脚下有什么东西，他抬起脚，发现一只发卡，已经踩碎了。他记得简静的头发上出现过这样一个发卡。正准备捡起来，手机再次发出信号。顾宗伟的心又无端紧起来，心想老头子又要责备他了。他拿出手机看，却只是一条微信，顾宗林发来的照片，那张两只手握在一起发呆的照片。照片上的他没有忧愁，没有烦恼，甚至都不曾想到以后要面对的种种是非。

最后一支烟烧到烟屁股了,差点烫到顾宗伟的手,他清醒了,比风吹得还清醒。

火星零落的烟头,直直压在胳膊上,"刺"地发出一声响。他皱紧了眉头,恨恨地把手臂当成了烟灰缸,烟头紧紧地嵌在手臂上,压出一个坑。这已经不是第一次。

地上已经碎了的发卡,他没有捡起来。随它在这个无人的角落里躺着,这应该和他无关。手机里的照片,他准备删除,但是心有不忍,还是留下了。

简静喷嚏打了一下午,板蓝根没有丝毫作用。林嘉华找了其他药让她吃下,她偏偏不肯吃。简静手机上小顾总发来的照片,有些讽刺地被她存进了手机里。

不属于自己的爱情花,独自偷偷开放。

顾宗伟从服务台走过去,她忍不住打了个喷嚏。他明明已经看到她了,却没有说话,径直地走出了医院的大厅。

孙宁摇着简静的手臂,不住地喊:"顾总,顾总走了,好帅啊!"

简静不悦:"花痴。"

一连几天,感冒加剧,从打喷嚏到流鼻涕,准确无误地按照林嘉华的预言进行着。骤然降温,骤然升温的二〇一三年,已经让简静成了医院里的病毒源。

上班戴口罩,下班戴口罩,查病房全部由孙宁代劳。

十一号病床简静再也没进去过,偶尔看见顾宗伟从大厅坐电梯上七楼,两个人的目光匆匆交会又匆匆分开,连"早"这么简单的问候也省略掉了。

简静不知道发生了什么事,之前的友好相处只是错觉,还是他心情好的时候的施舍?

顾宗伟刚泊好车,不顾细雨绵绵,直接冲进了医院。那件藏青色的西服已被屋檐滴落的细雨打湿。他掸着肩膀的雨滴向电梯走去。

阿嚏……咳咳……简静又是喷嚏又是咳嗽,抽了几张面纸捂住鼻子。

顾宗伟朝这边看了过来,简静走过去双手递上,说:"这是住院费的收据,还有这张卡,还是交给你自己保管吧。"

她将收据和卡塞在顾宗伟手上,迅速转身回到自己的岗位。

顾宗伟张了张口,一个字也没喊出来。电梯"叮"的一声打开了,等待电梯的病人和家属钻了进去,一时间电梯里塞满了人。他犹豫了一下,还是挤了上去。狭小的电梯,塞了这么多人,每个人的脸上都是陌生的表情。

白金卡上刷的每一笔费用,顾宗伟都有短信提醒,但是简静一次也没私用过。顾宗伟看着手中的收据,每一笔费用的收据都按照时间排好了——认真的女孩。他握着单据和卡,觉得窒息,比老头子的责备还让人难受。母亲的病情很稳定,这几天就可以办理出院了,他却一直拖着。

"顾先生,何阿姨的病情暂时稳定了,可以办理出院了。"林嘉华再次替十一病房的病人检查了一切,都很正常。

"谢谢。"顾宗伟冷淡地答着,却很羡慕林嘉华,想什么就可以说什么。

办理了出院手续,护工收拾了衣物。顾宗伟搀着母亲出了病房,下了楼梯。在大厅里,那一声喷嚏和咳嗽又清晰传来,他扶着母亲往前走。

"等一下,这不是简护士吗,怎么感冒了?"何阿姨要过去。

"妈，人家是护士，会照顾自己的，您去干什么？"

"告个别，简护士一直很照顾我。"母亲要过去，顾宗伟便搀扶着。

"简护士，我要出院了。"

"恭喜你，何阿姨，我听林医生说了，您恢复得不错。我就知道您是福大之人，会很快康复的。"

"简护士，哎，我叫你小简吧。护士护士的，听着太生分。"

"何阿姨，您高兴叫什么都好。"简静热情洋溢的笑容和病人总能打成一片，就算刚刚还在打喷嚏、咳嗽，这一刻还是开朗说笑。

"妈，车在外面等着呢，我们该走了。"顾宗伟说。

阿嚏……咳咳……

"简护士感冒了还坚持上班啊，让你妈妈给你煮点姜汤，放些红糖进去，喝一碗热热的，睡一觉很快会好。这是老方子。"

"谢谢何阿姨，我回去就试试。"

"阿姨走了，以后有空去家玩。"

"好，何阿姨慢走，出了院要保持愉快的心情哦，每天多笑笑。"

顾宗伟扶着母亲走出了医院，黑色的宝马驶出了视线。

简静看着手机里的照片，他望着她，那种眼神让她心跳加快。"啊呀，做什么白日梦？根本就是一个人的异想天开，干活了，上班了。"简静自言自语着。

林嘉华刚从手术室出来，立马奔向简静这边，"怎么脸这么红，不会发烧了吧？"

"乌鸦嘴。"

"小简，实在太难受就回家休息吧。"护士长看着她脸憋得通红，看来病得不轻。

"没事,反正也快下班了。"

林嘉华手背贴上简静的额头,惊呼:"不得了了,没有四十度,也三十九度了。这是高烧,你要输液的。"

体温测量结果三十九度五,简静立刻被林嘉华推到了输液室,硬把她摁在座位上,帮她扎针。

简静迷迷糊糊地睡着了,醒来时身边一个人也没有,这才觉得空前的孤独。外面天已经黑了,她向护士长打了招呼,披了一件大衣便准备回去。可能是输液的原因,嘴里一点儿味也没有,淡得跟麻木了一样。忽然,她很想吃那家的包子,转到街角的早餐点,晚上已经无人营业了。她走在路上,夜无边地压过来,很空很空。四周的风紧紧包围着她,无端的冷袭来。简静抱紧了双臂,挪着脚步,听着来自某个小店里嘶哑的音响声。泪在眼里打转,她也不知道怎么了,生个病就这么脆弱。

十字路口,见没车便要走过去。忽然一声急刹车,简静差点撞上去。怎么头疼连眼神也不好使了,明明看到没车的,哪里驶过来的车辆,生生吓了她一跳。车前的灯照耀着她的脸,她连眼睛都睁不开了。

听到车门打开的声音,有个人下来了。但是夜晚和车灯的交错中,她看不清楚,心中祈祷只要不是凶巴巴的男人就行。

那人走近她,把她拉到路边。简静抬起头来,这么近才看清楚,是顾宗伟。

"顾先生,对不起,我不是故意……"离他那么近,很好闻的洗衣液的味道一阵阵传来,在这个冷雨夜里弥散开来。

"怎么这么烫?"他触到她的额头,热热的。

简静不说话。

"怎么这么不爱惜自己的身体,明明感冒了,还要一个人在街上乱晃,知不知道这样很危险。"

简静忽然趴在他身上哭了,从压抑着的呜咽的哭声到歇斯底里大哭,鼻涕和眼泪流到了他的衣服上。顾宗伟不敢再责备一句,只有无边地心疼。这个女孩,怎么这么让人放心不下。

哭久了,她挣扎出他的怀抱。低着头,接过他递过来的纸巾,擦了眼泪和鼻涕。

"对不起,我没事了。"她转身要走,他拉着她上了车。

"我带你去医院。"

"我刚从医院出来。"

"你要输液。"

"我刚输完液。"

突然急刹车,顾宗伟转向她,"那我该拿你怎么办?对你的病我完全没有办法。"

"给我几张面纸就好了。"鼻涕真是太麻烦了,女人不带面纸还真是惨。要知道感冒的时候,鼻涕不是你说忍就能忍住的,它总会在你不注意的时候流出来,给你难堪。

顾宗伟大跌眼镜,将一盒面纸递给她。

"谢谢。"简静也不顾形象了,大声地擤着鼻涕。

顾宗伟忽然双手猛力地拍着方向盘,像要把方向盘拍碎了一样,他是暴怒了。吓得简静小声地劝道:"顾先生,方向盘拍碎了,你怎么送我回家,不会把我扔在半路上吧。"

"脸都烫成这样了,还有心思开玩笑。"

"我是护士,守着医院,感冒发烧是最常见的病了。"

"我听不得你打喷嚏。"

"那我不打了。"她下意识地捂住鼻子,不让一个喷嚏冒出头。

该死,他本来是想说听到她打喷嚏会很担心,她却误解成这个意思。是不是他在她面前,就是这种形象。

"你家在哪儿?"

简静指了路,车上安静了下来。

顾宗伟将车停靠在简静家的小区前,门前几家小餐馆还亮着灯,三三两两的人围着热腾腾的锅吃得正香。

简静打开车门就要下车。

顾宗伟说:"我来帮你开门。"说着迅速下了车,打开了副驾驶的车门。

用得着这么费事吗?绕个圈子来开门,明明她顺手就能打开。

"谢谢。"

"等一下。"顾宗伟拉着简静进了一家餐馆,简静觉得莫名其妙,难不成他还要在这里吃完了再走?

"老板,弄碗姜汤,放些红糖,连着一个星期每天煎给这位姑娘喝。"他拿出钱递给老板娘,"不用找了。"老板娘笑眯眯地接过钱,很热情地请他们坐下。

简静赶紧掏出钱包,拿出一张一百的,塞给顾宗伟,"还给你。"

顾宗伟板着个脸,将钱还给简静,"不要让我把整个饭店都包下来送给你。"

这句霸气的话果然好使,简静乖乖地收起钱。老板娘端着一碗热腾腾的姜汤过来,简静在顾宗伟的监督下一口一口喝了下去。

"好了,我要回去了。"

"好吧,你终于该走了。"

"这么不想见到我?"

"如果你不逼着我喝姜汤,我还可以考虑。"

"好歹自己也是三甲医院的护士,良药苦口都不知道吗?"

"顾先生，你不是要走了吗？"

"简静！"

她居然一口一个"顾先生"，还三番两次赶他走。如果不是看在她生病的份儿上，顾宗伟真的不知道自己会做出什么反应。

"回到家马上钻进被窝睡一觉，你的病很快就会好了。"顾宗伟命令道。

"歇息，慢走，不送。"

顾宗伟不知道简静生平最讨厌姜了，那么一大碗姜汤，每一片姜都有蒜瓣那么大。如果不是他金刚怒目般吃人的眼神，她一定抗争到底。

好了好了，他走以后再也不用喝姜汤了。简静心中窃喜。她踏着台阶，向六楼走去。

顾宗伟看着她进了楼道，才转身回车里，驱车离开。

接下来的两天，简静以感冒发烧为由请假在家休息。本以为躲在家里就能逃过姜汤的追捕，谁知道一到八点钟，电话准时响起，"简小姐，请下来喝姜汤。"

"你是？"

"我是顾总的秘书于米。"

什么？让这个负责提醒天气预报的秘书专门盯着自己喝姜汤，太不人道了。简静语气温柔地说："于小姐，谢谢你亲自跑一趟，但是我喝过了啊。"

"简小姐，我已经问过店里的老板娘了，你还是下来吧！"

"我在自己家喝过了，不行吗？"

"不行，顾总交代，这家店熬的姜汤你每天必须喝，直到你的病好了。"

"我……"简静顿时想说,是担心钱被浪费了吗?又心想何必咄咄逼人呢,最终还是忍住了,耐心地劝着于秘书,"于小姐,那你就回复顾总,说我喝过了,我不说,你不说,他不会知道。"

"不行,我从来不对顾总说谎。"

……

简静穿件外套,无可奈何地下楼喝姜汤。老板娘和蔼可亲地端过来一碗姜汤,于米盯着她。看着一块块硕大的姜片,还有凑近就能闻到的浓烈、辛辣的姜味,简静都快要吐出来了。忍了第一次,怎么还能忍第二次。

简静抬眼看看于米,这个女人居然能当成事业去完成监督这项任务。

简静深呼一口气,吹了吹热气,捧着碗一口气喝完,扬长而去。

于米拍下了简静喝姜汤的画面,传给了顾宗伟,并回复:任务完成。

一连几天,于米总是八点钟准时出现在姜汤店里。简静再也不多费口舌,乖乖下来喝了就走,没有一句废话。

说来也奇怪,感冒竟然慢慢好了,鼻子透气了,晚上睡觉再也不用像只猪一样打鼾了。

大病初愈之后第一天去医院上班,只见一帮小护士围着医院里的骨干医生热闹地谈论着什么。简静好奇地凑过去问:"我不在的日子,发生什么大事了?"

"顾氏地产要资助我们医院盖一栋住院楼。"

"我们院不是早就想盖了吗?资金一直不到位,这下子财神爷来了。"

"是不是顾总他妈在我们医院住出感情了?"

"总之,这是我们院的大喜事。"

简静也跟着激动,医院的病床一直很紧张,许多病人为了等病床,要提前很久排队预约,这也不见得能预约上。如果来了急诊的重症病人,总得要找地方住吧。如果病床紧张的问题能得到解决,也算是医院的头等大事了。

"简静,跟我来一下。"

随着护士长的召唤,简静在一群热闹的欢送中走进了护士长办公室。

"顾氏资助院里盖住院楼的消息你刚才也听到了,这件事院里非常重视。但是需要有人和顾氏沟通,院里觉得你表现一直很好,而且在顾总母亲住院期间表现良好,所以这个艰巨的任务派给你了。"护士长说道。

简静根本不知道所谓的沟通是要做什么。她只是个小护士,对盖房子的事一窍不通。

"可是我只懂得照顾病人啊。"

"为了院里,你必须担起这个艰巨的任务。"

"为什么?"

"为了住院楼,哪有那么多为什么。"

简静刚刚病愈回来上班,这会儿只觉得病还没痊愈,一时间脑袋蒙蒙的。

任务刚分配下来,她就被派去给顾氏送一张医院地形图。护士长布置任务的时候,还说得非常严肃和重大。仿佛这张地形图是藏宝图,一旦没有送达,就会造成重大损失。

简静怀揣着一张地形图来到了顾氏大厦的前台处,"你好,我找顾总。"

前台一看又是她,这次还穿了一身护士服,心中鄙夷道:"还说不是送自己,连制服诱惑都这么光明正大地穿出来了。"

"预约了吗?"

"没有,是顾总让我过来送东西的。"

果然不错,赤裸裸的制服诱惑。上次是抓着顾总的手不放,这次不知道使用什么手段了。八卦是女人的天性,前台仔细端详着简静,看她略微化了淡妆,护士服也比较干净,而且是粉色的,足够诱惑。

"稍等一下,我问一下。"

前台拨了一个电话,"于秘,门外有个叫简静的说是给顾总送东西的,可是没有预约哦。"那边不知道说了什么,前台撅着嘴不乐意地放行了。

一进顾氏大厦,所有的人都忍不住侧目看简静,搞得她以为自己穿错衣服或者脸上有眼屎。终于见到了于米,简静仿佛见到了胜利的曙光。这一路走来,真心不易,还要过五关斩六将。

"你看看我脸上有什么,怎么每个人都盯着我看。"

"没有,很好看,很漂亮,顾总会满意的。"于米的话莫名其妙,简静觉得顾氏的人都疯了。于米带着她,敲了敲顾总的门,"顾总,简小姐来了。"

"请她进来。"

简静进了顾宗伟的办公室,一间很简单的小房间,里面摆了一些绿色植物,其余并没有什么装饰。从顾氏大厦的大厅望过去,一片辉煌。她以为顾总的办公室会是奢华的会所,起码要比护士长的办公室大。

"看什么?"

"你的办公室好简单。"

"坐,再简单也会有你一个座位的。"

此时,于米进来,递给简静一杯茶,又为顾宗伟换了新茶。茶香顺着杯子蔓延升腾,好闻极了。跟他衣服上洗衣液的味道一样好闻。她忍不住端起杯子,凑上去闻。

"看来你的感冒好了。"

"哦,还要谢谢你的姜汤,我这辈子都不想再喝了。"

"如果你一辈子不感冒的话。"

简静无语,他不会是这辈子都要逼着她感冒了就喝姜汤吧。这个人有强迫症吗?还是小时候被强迫喝了姜汤之后,就要把这种折磨强加给每一个他认识的人?

"听说你来给我送东西?"

"哦。"简静拿出那张保存完好的地形图,郑重地交给顾宗伟,"我们护士长命我千万要亲手交到您的手上,还要保证完好无缺。"

顾宗伟看着简静郑重其事的样子,有些想笑。

"怎么连你看到我也笑,你们公司的人都笑我一路了。"

顾宗伟看到简静穿着护士服就来了,跟纤尘不染的顾氏大楼有些不协调。那些平日里与钢筋、水泥、混凝土为伴的员工们看惯了正装,偶尔瞥见一个身穿粉色护士服的女孩,不笑才怪。简静习惯了这身衣服,也不觉得有何不妥,一直想不通大家为什么会笑。

"你知道别人看到你能想到什么吗?"

"医院?"

顾宗伟摇摇头。

"绝症?"

顾宗伟忍住笑摇头。

"太平间?"

他终于忍不住大笑了起来,却还是摇摇头。

"以后再也不要来你们公司了,一个个都很奇怪。"简静为每个人都把她当笑话看,却又不戳破谜底而恼怒。尤其看到顾宗伟笑得不顾形象的样子，仿佛这辈子都没遇到这么好笑的笑话。

"哼，我警告你们，以后再笑我，我诅咒你们全来我们院住你们公司新盖的住院楼！"她又不是他的下属，不是他们公司的员工，用不着看他的脸色，也不需要对他的员工客气。

"走吧。"顾宗伟拿起外套搭在胳膊上，拥着她往外走。

"正好现在回去还能赶上医院的饭点。"

"我请你吃饭。"

简静猛回头，听错了吗？太阳打西边出来了，讽刺大笑之后还能给一顿饱饭。

"我不是还欠你一顿在最奢华地段最安静的角落吃最贵的菜吗？"

简静想起来了，她不过开开有钱人的玩笑，没想到顾宗伟居然还记得，而且还当真了。

"我说着玩的。"

"我认真的。"他口气里的不容置疑又一次打败了她，拒绝的话便没勇气说出口。明明她不是他的下属，明明她是他家病人的护士，为什么他的气势总能不费吹灰之力地压倒她？而且有时候她连反抗的话都说不出口。

两个人一出办公室，立刻引来一些人偷偷侧目，弄得简静浑身不自在，小声问顾宗伟："他们到底在看什么？"

"当然是看我了，别那么自恋。"一句话堵得简静说不出话来，到底是谁自恋啊！

"美女，别动！别动！"远处传来一个声音。简静回头，原来又是调皮的小顾总，他把单反挂在脖子上，摆出一副专业的姿势。

"上次的照片收到了吗？"顾宗林边说话边摆拍摄的姿势，

还不忘提醒简静别动。简静害怕成为别人的风景,躲到了顾宗伟的身边。

"宗林,好了,别吓到她。"顾宗伟终于发话了。

"大哥,你们玩制服诱惑,不留个纪念太可惜了。不如你们站一起,我给你们拍个专业度极高的照片,说不定还可以拿出去参赛。"

什么?制服诱惑?简静这才反应过来。她平日穿惯了的工作服,别人都当成是制服诱惑了。脸顿时"刷"的一下红了,感觉自己走也不是,站着也不是。周围来来回回的白领都忍不住看过来。想到一路上诧异的目光,简静真恨不得立刻消失了。

"别闹了,她是工作。"

"哦——"小顾总意味深长地作答,脸上却笑得狡黠。趁着简静不注意,又一次按下快门。简静这次再也不管会不会成为别人侧目的对象了,跺着脚着急地要求小顾总将照片删除。

"宗林,删了。"

"大哥,这么好看难道你不想保留?"

小顾总调出照片拿给顾宗伟看,简静红着脸躲在他身边,眼神充满了不安。娇小的简静,像孤立无援的孤岛小鸟,飞不过沧海,守着孤岛惊慌失措。顾宗伟为之恻隐。

顾宗伟拿过相机假装观察,趁顾宗林不备,突然取出了储存卡,说:"这个卡我暂时替你保管。"

"大哥,你太霸道了。"

"你该好好收收性子在公司做事了,这些东西告诉老头子,他也会管你。"

小顾总哑口无言。

顾宗伟拉着简静便走,只是简静浑身不自在,总想换套衣服才行。如此招摇过市，不免要在餐厅引起轰动了。一想到这些，她连吃饭的勇气也没有了。

"我不去了。"

"不行。"

"可是我……"

"别管别人。"

第三章　突然之吻太霸道

车行驶到海边,两个人下车站在海边,望着茫茫无际的海面。

"不是吃饭吗?你不会让我自己下去抓鱼烤了吃吧?"

"最奢华最贵的餐厅,就在这下面。"

"真要我下去啊,我怕水,我不吃了,我要回去。"

顾宗伟可不管这些,拉着简静就走,一直来到一个码头。简静穿上一身潜水服,看服务人员那个样子,好像一脚就能把她踹下去似的。简静吓得躲到顾宗伟身后,扯着他的衣服,小声说:"喂,我不想吃生鱼片,也不想喂鲨鱼,我们走吧。"

顾宗伟微微一笑,这个傻丫头:"没事,有我在。"

"可是我不会游泳。"

"我会救你。"

"水底下谁能保证啊,万一来不及,万一你游不过来……我不要喂鲨鱼。"

"相信我,我不会让你出事的。"

一个不注意,简静已经被投下了水。简静在水里惊慌失措,身体仿佛不是自己的,漂在那里,想要移动却怎么也动不了,身上还背着重重的壳。她手脚胡乱地刨着,可是电视里看到的狗刨一点儿也用不上,一下水才知道根本不是那么回事。简静心里开始害怕。

顾宗伟游过来,拖着她朝一个方向划过去。简静完全失去了意识,只知道自己被拖着。

乍暖还寒的季节,水下的温度一如冬季般冰凉。若不是身上这副装备,她会被冻死、淹死……死个几百次了。

等她意识清醒的时候,身上的装备已经卸下,顾宗伟正抱着她,一脸笑意地看着她,说:"醒了,我说过会保护你的。"

简静惊魂未定,又见到魅惑的笑容,一颗心扑通扑通乱跳。

他握住她的手,她又闻见他身上好闻的洗衣液的味道,淡淡的清香,沁人心脾。

"这是哪里?"为何周围都是游来游去的鱼,仿佛近在眼前,却伸手触及不到。难不成她已经死了,这就是天堂,上帝奖励她这么美的环境,因为她在医院工作业绩不错?不对,顾宗伟也在这里。

"海底。"

"什么?我们真的要吃这些鱼虾吗?不行不行,我对生鱼片过敏,我喜欢煮熟了再吃。我们回去吧!"简静头摇得像拨浪鼓。

顾宗伟扶她起来,简静脚下软软的,站不稳。心一横,顾宗伟干脆将她横抱起来,像龙宫深处走去。每走一段,都会有自动门听话地打开,门前穿着鱼虾服的两位服务人员恭敬地弯腰说"欢迎光临"。简静躺在顾宗伟的怀抱里,两只手慢慢攀上他的脖子,低着头,享受被洗衣液清香包围的感觉。

她将头发贴在他的胸口,听得到他的心跳。这种感觉从未有过,神奇到自己很想去靠近,却还要装作惊魂未定、意识不清醒。

待到顾宗伟将她放下,她脚下踉跄,跌在他身上。看着用餐的客人，她才知道这就是所谓的最奢侈的餐厅。

这里是一家全玻璃幕墙的海底餐厅，让人仿佛置身于蓝色的海洋中。客人可以感受到只有薄薄一层玻璃之隔的各种鱼儿，感觉自己就像一只畅游在海洋中的小鱼，尘世的繁杂与忙碌抛掷一旁，完全卸下防备。

"点餐。"顾宗伟将菜谱递给简静，告诉她想吃什么随便点，千万不要客气。

简静翻了半天，从前到后看了几遍，忽然抬头问服务员，"土豆丝有吗？干煸豆角有吗？鱼香茄子有吗？清炒虾仁有吗……"

服务员很抱歉，表示这些都没有。

简静合上菜谱，递给顾宗伟："你点吧，我只管吃好了。"

顾宗林微微一笑，刚毅的轮廓勾勒出柔情似水的一面，简静看着，心跳竟又加快了。

"没出息，来到海底当然要吃海鲜了。"他熟稔地点了几道经典菜式，简静只记得菜谱上价格不菲，这下真的是宰人了。

玻璃幕墙外的小鱼自在地游来游去，她试图伸出手去触摸，却害怕忽然来一条大鱼将玻璃撞破咬到她的手。

顾宗伟看她小心翼翼，过去握住她的手，强制性地贴在玻璃幕墙上，还故意挑面目可憎的大鱼在的地方。吓得简静花容失色，大叫一声，生气地不理他，他却忍不住大笑起来。

"没咬到你的手吧！"

简静明白了，他不是恶作剧，是想让她不惧怕。她试着伸出手掌贴在凉凉的玻璃上，小鱼游来游去，像在她掌心里徜徉。

"这样的自在真让人羡慕。"顾宗伟突发感慨。

"你不自在吗？想去哪里吃饭就可以去哪里，想买什么也可以毫不犹豫，就算想投资一栋大楼也不费吹灰之力。你也很让人羡慕啊！"

"是吗?可是我觉得我不自由。"

他是一只木偶,早被绑定了人生,无论怎样动弹,都要被一根线控制着。

"鱼儿是最自在的。"

他们点的餐一一上齐,两个人坐下吃饭。贵自然有贵的理由,这些鱼虾的确是新鲜,味道天然。一向不怎么吃海鲜的简静也忍不住多吃了一些。

"让你破费了,下次我请你吃好了,不过我只能请你吃最繁华地段最好吃的小吃。"

"我吃饭从来不让女人付钱。"

"你请多少女人吃过饭?"

"想知道?"

"无所谓,跟我又没关系。"

一想到他请很多女人吃过饭,简静心里竟有一丝醋意。不就是有钱人的接济吗,干吗那么当真。这顿饭还不是为了答谢她在何阿姨住院期间服务周到,这是劳动所得。

顾宗伟忽然一脸严肃地说:"你认为是无所谓,跟你没关系?"

"是啊,跟我有什么关系呢!"简静仿佛自问自答。

他狠狠地放下手中的筷子,在桌子上敲出很大的动静。简静忽然害怕了。

他脸色难看,慢慢地吐出一句话:"有件事我一直忍着,不敢对你说,只是这样忍着让人喘不过气。"

"我知道我不该宰你这顿饭,以后我会注意,你千万别生气。"

天啊,这女人的脑袋是泥做的吗?他堂堂顾氏的大公子都要窒息了,拼命忍住不要说,不要露出一星半点的迹象。她却还只想着这顿饭。

"我想说的不是这些。"

"你想说什么说出来好了,这里不会有熟人,你放心,我也不会跟任何人说。"

顾宗伟极力克制。简静忽然爆发了,"怎么吞吞吐吐的,你有什么就说什么好了。"

"我可能要结婚了!"

一瞬间悲伤袭来,明明是他要结婚,她怎么就难过了。八竿子打不着的事,一个人难开口,一个人听着难受,俩人各怀心事,餐桌上尴尬无声,只有玻璃幕墙后面的鱼滑动海水的声音。

简静深呼一口气说:"这是好事,恭喜你!"

"你真这么觉得?"

"当然,每个人都会结婚啊,何况是堂堂顾氏的大公子,再不结婚我们院里的小护士都不淡定了。"

他的眼神黯淡了下来。

接着几天,简静再也没有出现在顾宗伟的视线里。近期天气突变,流感严重,医院里输液的病人增多,忙不过来。简静主动要求去帮忙。

顾氏和医院的住院部合作项目,有一些文件需要政府批准,顾氏出头设了个饭局。护士长通知简静陪院长一起去参加这次饭局。

"顾氏的人也去吗?"

"当然去了,饭局就是他们做东,他们不去谁去。"

"哦。那谁代表顾氏去参加?"

"还能有谁,老顾总一向不亲自出面,小顾总又是个半吊子,当然是顾家大公子了。"

简静若有所思，说："我可以不去吗？现在医院这么忙，我走了，孙宁她们肯定忙不过来。再说我去也起不了什么作用。"

护士长说这是医院的通知，没有讨价还价的余地。

"我请假。"

"没理由，不批准。"

"我不想去。"

"简静，你这个态度可是有问题。"

"所以我能不去吗？孙宁去啊，她态度好。"

"你必须去，去给我改造！"

简静想大呼救命。吃饭的无非是一些中老年男人，她一个小姑娘去了只是增加男人玩笑的调剂。万一遇到顾宗伟……她想到就有些犯怵。

这次再也不要穿护士服招摇过市了，她换上自己的衣服，一件米白色蕾丝裙子，外加一件橘红色外套，蹬了一双白色坡跟船鞋。在镜子里，看着清新自然，最主要的是不会被笑。

"小简，你是代表公司参加这次宴会，怎么能不穿工作服？"院长说。

"这个……"简静无语，难道非让她打扮成那个样子去吃饭吗？

"院长，我们院在市里，甚至在省里都享有盛名，就算我衣服上没有医院标志，只要您站在他们面前，谁不认识。我能跟着您去参加，倍感荣幸，所以必须盛装出席。"

"你这个丫头呀！"

简静拍完马屁顺利地坐上了公司的车，奔赴"战场"。

饭局在半岛海湾的一个临海别墅度假区里，王院长最爱惜车，为了不在狭窄的石子路上颠簸，车只能停在度假区外，简静和院长沿着石子路走了进去。简静第一次看到这么豪华的酒店，整个院落就是一个风景，小桥流水、亭台楼阁、鱼戏莲叶、露天泳池和宽大的运动场地……吃饭加欣赏，顾氏真会享受，挑这么个地方。

一辆越野车从蜿蜒的石子路开过来，停在他们前面。

顾宗伟摘下墨镜，看了一眼简静，这个女孩打扮得如此清新，在天宽地阔的风景庄园里，贴合得天衣无缝。

简静见他在阳光下自信地招呼："王院长，我载你们过去。"

王院长坐了上去。简静摆摆手说："谢谢顾总，我想走过去，石子路走起来很惬意。"

顾宗伟下车，叮嘱司机将王院长送到天字包厢。

王院长没反应过来，越野车已经被司机开走了。

简静本来想躲开他，他却不解风情，竟然抛下院长一个人，下车和她走路过去。

"你知道迟到是对人的不礼貌吗？"顾宗伟莫名其妙抛出这样一句话。

"我们不是已经到了吗？"

"政府的人比我们早到包厢，你以为你们院的楼还能顺利盖成吗？"

简静着急，如果盖不成，全院的人都会怨她的，这可怎么办？

"不然我们跑过去吧，或许能赶在他们前面。"简静不管顾宗伟，直接就跑起来。虽然鞋跟并不是很高，但是在石子路上跑起来还是有些咯脚的。顾宗伟根本没有跟上来，在后面笑得腰都直不起来。

简静着急，"快跑啊，要不迟到了。"

顾宗伟笑得更厉害了。简静干脆不管他，自己先跑。只要不是自己迟到，院长和全院的人不怪她就成。跑着跑着，前面来了一辆小车，顾宗伟坐了上去，还戴着那款黑色墨镜，得意地冲她笑。

"上来吧。"

明明有载人过去的小车，却不告诉她，害她跑了这么远，脚都快肿了。她怎么能咽下这口气，不管他坐的是金车银车，简姑娘根本不稀罕。

顾宗伟见她这么倔强，便坐在小车上追着她奔跑的步伐，欣赏倔强的风景。

哎哟，简静跌倒了，膝盖擦破了皮，脚也疼起来。脚下那颗不合时宜地冒出来的尖利石头，真不知道是哪个坏人扔在路上的。简静觉得今天真倒霉。

简静试着站起来，继续奔跑，可每下一脚大脚趾都钻心地疼。

顾宗伟从小车上跳下来，脱下她的鞋，握住她的脚，原来是大脚趾的指甲被石头绊裂了，血从脚指甲缝儿渗出来，连皮带肉地疼。

"别管我，快走吧，迟到就不好了。"

"这个时候你还有心情管迟不迟到！"

"我们院长说不定已经在等了，我得马上过去。"

简静不顾流血的脚，就要往上套鞋。顾宗伟制止住她，"脚都成这样了，你还想那么多。"

简静不希望他对她有太多关心，就算他对一个受伤的普通女孩也会如此关心也不行。她没有抵抗成熟男人的抗体，用孙宁的话说，就是"很快会沦陷的"。那次从海底餐厅回来，她已经想得很清楚了，如果没有结果，绝对不让它开始。

顾宗伟要扶她上小车。她甩开手自己穿上鞋，不顾疼，一瘸一拐地往前走，反正距离包厢也不远了。这点伤回去包扎一下，就算发炎了，林嘉华也会帮她消毒止血、包扎伤口的。

顾宗伟只能眼睁睁看着她一瘸一拐地往前走，倔强地不肯让他扶一下，不肯让他送过去。连着几日，她避着他不肯见，仿佛一棵柔弱的小草被踩躏了一样，他看不得她这个倔强的样子。

"顾总，顾总，多日不见。"

顾宗伟回头一看，原来是政府部门的谭局长和肖科长，他虽然跟着寒暄起来，心却无端被牵挂着。

天字包厢里，吞云吐雾，清一色中老年男人。除了不常听到名字的菜肴，桌上摆着的就是烟和酒。简静坐在王院长旁边，很想咳嗽，却不得不忍住。

"小简，谭局长敬酒你多少得喝一点！"肖科长说。

谭局长向唯一的女性简静敬酒，她推脱自己不会喝酒，以饮料代之。肖科长一番话让简静喝也不是，不喝也不是。

"谭局长，我真不会喝酒。"简静再三强调。

"你们这个批文谭局长也没少费心啊！"肖科长再次重申。

"小简，少喝一点。"王院长也劝着。

简静看这种情况，自己是逃脱不了了。正准备端起酒杯喝一口，忽听顾宗伟说："谭局长，小姑娘酒量有限，我敬您。"

谭局长赶紧端起酒杯，"顾总就是会照顾人。"话里藏话。

他是要结婚的人了，却在来的路上扔下院长和她独行，又在酒桌上单枪匹马为她救场。就算别人不误会，简静自己也过不了自己这关。有些关心，从来没有过，一旦感受就很难戒掉。

简静不想把他偶尔的善心，当作他对她的一片真心。

她微笑着端起酒杯说："不用了，谭局长，为了住院楼我喝，只是我不太能喝酒，只能喝一点儿，可以吗？"

谭局长见小姑娘肯喝，亦笑脸相迎，碰杯道："小简意思意思即可。"

简静没喝过白酒,不知道白酒的劲儿有那么大。见谭局长喝了小半杯,自己也只得眼睛一闭心一横喝了一大口,呛得脸和脖子都红了。

顾宗伟讪讪地坐下,不再理会。今天的简静,是铁了心要和他作对了吗?他做什么,她都唱反调。

一口喝下去,又是一口接一口。女人在酒场上从来没有只喝一口之说,会有人想尽办法让你喝够。只是初入这种场合的简静,根本不懂潜规则。

顾宗伟见她已有些摇摇晃晃,身边的谭局长趁机扶一下胳膊,摸一下手。尽管简静总是能挣脱,顾宗伟却觉得生生被人掠夺了属于自己的猎物,于是寻了个理由,提前解散了饭局。

简静有些重心不稳地走出包厢,顾宗伟担心她再被谭局长揩油,留下司机付账,便扶着简静往外走。简静一次次推开他,"我能走,我没醉。"又是醉酒又是脚伤,所以走得跟跄。顾宗伟担心她的脚伤更严重,干脆直接横抱着她往外走。

醉意蒙眬的简静,在意识迷糊的最后时刻,仿佛又一次感觉贴在某人的怀里,很安全很温暖。她闻着那股好闻的洗衣液的味道,像助眠的安神丸,贴在他的胸口安静下来。

王院长说会送简静安全到家,顾宗伟却直接把简静塞进自己的车里,说道:"我顺路,我送她。"言语里已是不容侵犯,这时候任谁也看得清他的心思,只有那个醉酒的人还云里雾里。

顾宗伟和简静同坐在后车座,为她整理散乱的头发,看她因酒精而涨红的脸。

简静被酒精折磨得太难受了,身体不受控制,突然一下子张开双臂,却碰到车顶,打得胳膊生疼,呜呜地哭起来。一开始因为疼而哭,后来竟然在迷糊中想起很多和顾宗伟有关的事,哭得越来越厉害,再也没有办法抑制。

顾宗伟把她紧紧搂在怀里，不说话，不安慰，只是紧紧搂着，感受着她因为痛苦而颤抖的身体。这样一个女人，他不能保护，他便没有资格去安慰。

简静挥舞着不受控制的胳膊，捶打着他的肩膀，嘤嘤地哭着说："我不想再见你，为什么还要见到你。"她口齿不清地呜咽着，他却听得真切，心如刀割。

简静的头发很乱，清汤挂面般披散着，仿佛是一根根海底的水藻，悠悠地在水底招摇。隔着平静的湖面，却扰乱了他的心。

顾宗伟从上衣的内口袋里拿出一个发夹，为她理顺头发，卡在发丝上。从前也是看她这般戴过，很好看。看着看着，他无法控制地吻上去，攫住她的双唇，有酒精的辛辣，可是他觉得那是她特有的馨香，便贪婪地吻得更紧。

简静猛地被一双温润的唇吻上，嘤嘤呜咽了两声，陷入混沌中。只觉得这种感觉令全身发痒瘫软，任由他攻城略池，撬开她的唇，攫住她的舌。

简静开始挣扎，双手拼命推他。这种感觉她从来没有过，意识里知道这是不应该属于她的。她已经不知道自己在干什么，只知道绝对不能这样下去。她贪恋他身上的味道，却不能再贪恋他唇上的味道了。

她懂得，她应该后退，应该离他远远的。意识里，那样混沌；精神上，这样清醒。

顾宗伟被推开，他暴怒，大喝一声："停车！"

司机吓得急刹车。

两个人惯性前倾，简静又被车力推向他怀里。

"你先下去。"他冷冷地说。

"是，顾总。"司机下了车，在附近不远处抽着烟，等待召唤。

顾宗伟摇着简静，再也没有了那一刻香吻的温柔，他粗暴地想要晃醒她。

"简静，简静，你给我醒醒，你醒醒。"

"哎呀，你弄疼我了，你干什么呀！"简静迷离着醉眼挣扎。

"简静，你睁开眼看看我是谁，你睁开眼看看，看清楚看仔细我是谁。"

"哎呀，疼。"她没有多余的话，只是说疼。他分不清是刚才摇晃她时弄得她胳膊疼，还是他心里的压抑更疼呢。

"你给我看清楚，看清楚，我是顾宗伟！"

顾宗伟！三个字，在混沌不清的意识里掠进了她的心里。简静睁开眼，看着眼前的他，怒火在燃烧，眼睛红红的，"我要下车！"

她说着就要开车门，车门却早已被他锁住。她使劲儿拍打车门，却始终打不开。他扳过她的身子，霸道强硬地吻上去。

这一刻，她不再是混沌的。她捶打着他，在狭小的车厢里挣扎着，眼泪顺着眼眶无声地流下来。为什么，什么关系都没有的他们会走到这一步？她明明可以退回自己的生活，为什么还是撞上了他？她哭了，眼泪咸咸地流下来，流进他的吻里。一个女孩子第一次的吻，竟是如此令人心碎。

"为什么躲着我，为什么？"他边吻边追问。

她用尽力气推开他，哀怨无助地看着他，眼泪还在不受控制地流下来，"为什么你不能放过我，我已经要忘记你了，就差一点儿。"

他猛然搂过她，嘴里说着自己也控制不了的话："不要忘记我，不要。"

简静没有挣扎，只是轻声说："你衣服上洗衣液的味道很好闻。"

他一愣，说："这是香水的味道。"

她愣了,香水和洗衣液的味道她都分不清。就像这一刻,到底是一时情迷还是早已钟情,她也分不清。

有些人的世界,只能是交集,却永远不可能重合。女士香水也不怎么懂的她,又怎么奢望生活在他的世界里。

醒酒药,原来是香水。她从他怀里出来,收拾情绪,静静地看着他。

顾宗伟期待她说出他期待已久的话,但是她眼神里渐渐消失殆尽的情,令他开始忐忑不安。

"让我下车吧,就在这里。"简静这句话仿佛是说:放了我,从现在。

顾宗伟很想再一把搂住她,说一句"我爱你",或者别的什么,但是他没有资格。他拿出电话打给司机。

司机掐了抽到一半的香烟,很快就回来了。

他们仍旧坐在车后座,只是一左一右。

司机什么也不问,只是开车。

"送她到家。"

简静不说话,打开一点车窗,看着窗外,任风把自己吹得更清醒。车内异常安静。到了地点,简静下车,双方连再见都没有说。

他下车,要扶她上去,担心她脚不方便。她拒绝了,就这样消失在夜里。

简静照常上班,去看七楼最角落的病人。美姨还没来,她帮病人翻了身,擦洗、按摩。男人一动不动,也许根本感觉不到有人每天帮他翻身。简静不知道美姨是怎么坚持了那么多年的,她完全可以不再管他,也可以消失在他的生活里。对这样一个"废人",守着拿不了赔偿,医药费还搭了不少,何苦呢!

"小静，我来吧！"美姨放下手里的东西，接过简静手里的毛巾，很熟练地帮病人擦着背。

简静记得很小的时候，美姨的手指还很白很美，现在已经有老茧了。

"刚才去了一趟林医生那里，说宾哥这种病需要意识唤醒，能不能醒还得看运气。你说得什么病不好，哪怕是全身瘫痪，也好过躺在这儿一动不动。"

"您已经坚持那么多年了，他知道了也会想醒过来感谢您的。"

"我还要什么感谢，能醒来就阿弥陀佛了。"

"美姨，我去巡房了。"

"小静，你等一下。"美姨拿过一盒酥饼递给她，"你妈喜欢吃，带给她。"

"美姨！"

"拿着吧，我的一点儿心意。"

"谢谢。"简静提着酥饼走出病房，心情无比沉重。这个男人一躺就是十几年，美姨不但没有嫌弃，还每天不厌其烦地来照顾。谁知道也会感动的吧！

往前走是十一病房，里面住着一位退役老军官，老年痴呆，连自己女儿也不认识，还口口声声说最疼自己的女儿，谁来也不行，必须女儿来看他。女儿来了，站在他面前，他却不认识。

简静按例巡查，老军官的病时好时坏。如果不是年纪偏大，做手术还可能控制一些。八十高寿，就是做手术也有风险，如果因为手术创伤起不来……

"老头子不能有事，他在一天，政府的补贴就一分不会少。"说话的是大儿子，据说是一个生意人。

"爸若不手术，脑萎缩就会越来越严重，现在连我也不认得了。"说话的是老军官最疼爱的女儿，也已五十多岁。

"医生都说了，这个年纪，做手术风险很大，你敢签字你签，爸死了你要负全责。"小儿子说。

"爸又不是我一个人的，出了事你们都只顾拿他那点退休金，有没有良心？"女儿哭着说。

简静已经明白了，他们只会想办法让老军官不断气，却不会想办法让他病情好转。只要有一口气，就有大量的补贴。

相比这些亲生子女，美姨已经是天使了。听说美姨和那个男人根本没结婚，男人就是在领证的路上出了车祸，成了植物人。美姨赶到医院的时候差点哭晕过去。简静刚听到这件事的时候，以为美姨是演戏，如果要晕早就晕了，哪有"快哭晕"一说。

现在想来，能照顾一个和自己毫无法律关系的男人，一照顾就是十五年，这种感情绝非一般。

简静摇摇头，回服务台了。

"简静，你肯定想不到我昨天碰到谁了。"孙宁眉飞色舞地拉着简静，急着兜售自己的快乐。

"总不是见鬼吧！"简静没好气地说。

"我的初恋。"孙宁甜蜜地伏在简静耳朵边说。

"就是那个高中时候坐在你前面，还总借作业给你抄的傻大个儿？"

"什么傻大个儿，简直是帅到掉渣。"

"不是渣男哪有那么多渣可掉？"

"你这是什么口气，不是嫉妒我吧！"

"羡慕嫉妒加个恨，行了吧！"

"不理你，我去找林嘉华给你治病。"

孙宁高兴起来，整个医院都会洋溢着欢乐的气氛。她是那种有了快乐，绝对会奔走相告的人。

林嘉华果然随后就到,"静静,听说你嫉妒孙宁找到男朋友了?该不会暗示我向你求婚吧?!"林嘉华一脸的笑,脸皮厚到刀剑不入。

"谢谢,我还想多活几年,求您老别折磨我了。"

"我是心疼你啊。脚伤还没好,你就逞强跑去巡查病房,早告诉你等我手术做完,替你巡房,我这份心你怎么总是视而不见呢?"林嘉华做出心疼状。

"脚伤总比你脑残好。"

"我受伤了!"

"是脑伤吧!"

"简静,看我攒到五百万把你娶回家,怎么教育你当一个贤妻良母。"

"算我求求你,赶紧赚你的五百万去吧。"

林嘉华一脸惨白,孙宁看在眼里,忍不住大笑。林医生在医院是一把好刀,在简静面前钝得不行,真是一物降一物。

"五百万?林医生,你还是下辈子早点排队吧。"孙宁忍不住大笑。

"为什么,我很没有潜质吗?"

"林医生,这辈子您就别指望天上掉馅饼了,下辈子早点兴许还能排在前面。"孙宁咯咯笑个不停。

简静忍不住扑哧一笑,看林嘉华憋红了脸,被孙宁挤对得哑口无言,真有意思。

电话响了,是一条短信。

简静看得心里发慌,那天回去她一整夜失眠,却怎么也回忆不起来在车上,他到底说了什么,她又说了什么。仿佛是有一个吻,但是记得不那么真切了,说不定是自己喝醉了做梦呢!

忽然看到顾宗伟发来的短信,简静无端地又想起那一晚来。

"看什么，这么出神？"孙宁一把抢过简静的手机，简静怎么抢也夺不过来。孙宁一早上的兴奋到现在还浓烈地洋溢着。她念着简静手机上的短信：以后不要喝酒。显示是一串数字，没有存名字，陌生号。

"你喝酒吗？什么时候喝酒了？这是谁啊？男的女的？"

孙宁噼里啪啦扔过来一堆问题，笑眯眯地盯着简静，那意思是问"是不是有情况了，老实交代"。简静心虚，一把夺过手机说："没看到陌生号啊，发错了。"

"真的发错了吗？我看你看得挺出神，林嘉华你说是不是？"孙宁好奇地继续追问。

"查查归属地，外地号就是误发的，本地号就可能另有奸情。"林嘉华也口无遮拦，继续开简静的玩笑。

"干活儿，干活儿，护士长来了。"简静收起手机，假装忙碌。

"骗人，哪里来了？"孙宁撅着嘴说。

"简静，我还以为你不找男朋友是在等我，原来你背着我早就有人了！"

"你是我什么人，胡说什么？"简静生气了，脸拉下来，冷不丁来了这么一句话，噎得林嘉华一句话也说不出来，孙宁也瞬间冷却了热情。

林嘉华只是随口开开玩笑，没想到简静反应这么大。他从来没有怀疑过简静，一直都觉得她还小，不会恋爱，不会找男朋友。他总是觉得简静会是他的，所以她可以肆无忌惮地不理他、骂他、指使他，这就是情侣之间的打闹，证明她心里有他。但是这一刻，他不那么淡定了，他到底是她什么人？

原来在她心里，他一直都不是她什么人。林嘉华脸色难看地走开了。

孙宁吐吐舌头，嘟囔一句"你得罪他了"。简静倔强地不肯认错,"他活该。"

医院门外的停车区域,驶进来一辆黑色的宝马。简静竟觉得会是顾宗林的车,有些期待顾宗林从车上下来。

简静一直注视着,车门打开了,出来的是一双高跟鞋,她失望地低头做事。

"姐姐,姐姐,我出院了。"五岁的小朋友因感冒发烧在医院里住了几天,简静巡查病房的时候看他闹着不肯让护士扎针,便做鬼脸逗着他玩,转移注意力。这才输了液,病也很快好了。

"小弟弟乖,以后不可以吃那么多雪糕了,会拉肚子感冒发烧的。"

"姐姐,你当我们幼儿园的老师吧,我们幼儿园很多小朋友都很乖。"

"小鹏,乖,姐姐还有工作。"简静笑了,小朋友的天真无邪真可爱。她摸摸小弟弟的小胖脸,"以后你不乱吃雪糕,姐姐陪你玩。"

"连小男孩也这么喜欢你!"简静一抬头,于米已经站在她面前了。不愧是顾氏的员工,站着就有一种气质。"一个大男孩让我交给你的东西。"于米笑着把一个小瓶子交给了简静。

"红花油?"简静纳闷。

"那个大男孩怕你只顾着包扎脚上的伤口,不顾膝盖上的瘀青,特意让我专程给你送过来的。因为公司的车都出去了,他还把他的爱车慷慨地借给我专程送这瓶药油。"

简静脸红。没有点名,但是心知肚明所谓的"大男孩"就是顾宗伟。

"谢谢你!"

"要谢就谢那个大男孩吧!整个会议上他都盯着手机,你是不是应该回复一下。"

简静感到羞愧。

"你的脚伤怎么样了?"

"已经包扎了一下,没有那么疼了。"

"给我看看。"

"我是护士,在医院上班,这点儿事就不用担心了。"

"那就给我看看呗!我好交差啊!"于米说。

简静没办法,感觉很无奈又很甜蜜。

于米拿出手机拍下了脚伤的情况,立刻微信传了过去。

简静刚刚反应过来,"不要拍,臭脚丫有什么好拍的。"

"对某人来说,臭脚丫也好看啊!"

"于米,你……"

"好了,我的任务完成了,该走了。如果有什么话要我带到的话,就赶紧说吧!"

千言万语,却又能说什么,最后化为一句"谢谢"。

于米伸出双手说:"来吧,抱一个,给你一点儿勇气。"

"谢谢。"简静抱过去,于米的身上也有一股香水的味道,不同于顾宗伟身上的清香,于米身上别有一股花香的浓烈。

香水再一次让简静意识到自己的地位。一个吃油条的能和一个喝咖啡的坐在一起吗?简静摇摇头。

"简静,那个女的是谁啊?身材不错,那套衣服也不错。"孙宁跑过来问。

"白领,你我是不能比的。"

"不是白富美就是被包养的小情人,你看那辆黑色的宝马,怎么也得上百万吧。"

"你就不能思想单纯一点儿,你怎么知道这辆车是她的。"

"你怎么知道不是呢?"

简静哑口无言。她总不能说"我见过,我坐过,我当然知道",岂不是暴露了自己苦苦掩藏的身份。万一,一切都是自己的错觉,都是顾宗伟这个暴发户的闲情逸致,她岂不是要被孙宁笑话,没有少奶奶的命,却得了少奶奶的病。

"喂,你跟她抱什么,还不知道这些人身上有没有什么梅毒、艾滋……"

"乌鸦嘴,你怎么那么邪恶。"

"我是好心提醒你。"

"行了,收起你强烈的嫉妒心吧。"

"好心没好报!"

"喂,孙宁,我问你,一个吃油条的,跟一个喝咖啡的会有什么关系?"

"神经病,平行线,永远不可能相交的关系。"

"哦。"简静若有所思。

"林嘉华吃油条了?可是你也不是那个喝咖啡的啊,你喜欢豆浆啊。豆浆油条止好是绝配。"孙宁说。

"你饶了我行不行,别因为我耽误林医生的终身大事了。"

林嘉华把一切看在眼里,那个女人口中的"大男孩"是谁?他怎么知道简静脚伤了?简静不是说因为楼道里灯坏了,上楼梯的时候没注意绊倒的吗?

顾宗伟拿着手机痴痴地发笑。

简静的脚丫子染着红色的指甲油,每一个脚趾都那么可爱。想着她赤足坐在水边跷着脚丫会是什么样子,竟笑了起来。

往下翻,还有一张护士照,她躲在他背后,还是躲不过宗林的抓拍。那天,他取走了储存卡,把照片拷到了自己手机上。再往下翻,这张照片中他反手握着她的手,两个人呆呆地互相望着对方。

每一张照片，顾宗伟都细心保留着。每当心烦的时候，拿出来看看，所有烦恼都会消失得无影无踪。

"宗伟。"一声宗伟吓得他手一抖手机掉到了地上。一个长发美女走进办公室，走向顾宗伟。顾宗伟吓得赶紧捡起手机，关机。

"这么久没见我，还紧张啊！"

"安琪，怎么来了也不告诉我。"

"想给你惊喜啊，结束了迪拜的培训就赶紧跑回来看你了。"安琪走到顾宗伟身边，搂过他的脖子，索要一个吻。

"这是办公室。"

"我不管，我想你了。"

安琪伸过脸，被刷过的睫毛浓密而纤长，银色的眼影若隐若现，脸上光滑得看不出任何瑕疵，而代价是化学制品的昂贵。

顾宗伟躲不过，轻轻亲了一口："以后别抹那些化妆品了，亲我一嘴。"

"那就留着晚上卸了妆继续亲。"

"你呀，越来越调皮了。"

"谁让你欺负我，这么久都不给我打电话。"

顾宗伟这才想起来，已经很久没联系过安琪了。她在国外进行空姐培训，自己在国内进行着史无前例的心理折磨。也许安琪来了，他可以收心了。

安琪拿出一些奇奇怪怪的饰品，有椰子壳上刻了八卦太极阵的箱包挂件，有象牙穿起来的手链，还有一个别致的烟斗。

"这个椰子壳是在古董店里发现的化石，历史渊源。你看上面的八卦阵，绝对不是这个时代的人能刻上去的。老板说是用最古老的钝刀刻上的，所以看起来有些毛糙，这样才体现出它的价值。"

顾宗伟看着椰子壳,心想,还化石呢,在潘家园要多少有多少,还分不同纹路呢。

安琪接着说:"这个象牙,也是很久很久之前的了,是正宗的中世纪大象的牙齿。还有这个烟斗,是送你的,上面有清朝的印章,八国联军侵华的时候从宫里抢出来的,现在总算又落回我们自己人手里了。"

顾宗伟接过烟斗,确实精致。但是怎么看都不像是清朝的,被夺过去的宝贝,哪能这么容易就被买回来。安琪怕是又上当受骗了。

"你是去培训,还是去考古了。"

"看着喜欢就买了。"

"不知道的还以为你是白富美,怎么看也不像拿奖学金过日子的留学生。"

安琪在国外求学期间,一直靠奖学金贴补生活费。

"吃饭吧,我饿了。"

安琪挽着顾宗伟的胳膊从顾氏内部走出去,上了他的车。那种表情,只能让人想起四个字:天生一对。

连于米也不知道顾总还有个女朋友,那简静呢?

安琪的到来在顾氏内部炸开了锅,谁也没想到,一向没有绯闻的顾总,女朋友会突然降临,所有人都猝不及防。

"你不是说顾总没女朋友吗?情报这么不准。"一个女孩说。

"我是听于米说的,她是顾总身边最近的人了。"另一个女孩说。

"本世纪又少了一个高富帅,而且是附近唯一一个。"

"别灰心,还有小顾总,你还有机会啊!"

顾氏集团里的几个女孩子在议论着。于米听了,也觉得百般不是滋味,但是顾宗林肯定有他的道理,她不可以乱猜。

"工作都做好了吗?"几个小女孩一看于米脸色不悦地催促,立马散了,各回各位。

简静想了又想,还是决定发个短信,简单了写了一句"谢谢你的红花油"。按了发送,心中忐忑,还没试过连发短信都这么让人心惊胆战。

于米的话在她耳边不断响起,"整个会议上他都盯着手机,你是不是应该回复一下""对某人来说,臭脚丫也好看啊""那个大男孩怕你只顾着包扎脚上的伤口,不顾膝盖上的瘀青,特意让我专程给你送过来的"。

……

顾宗伟的形象越来越立体,简静捋着头发出神,又碰到发夹,是那晚他戴在她头发上的,和她之前那个一模一样。那个发夹在七楼吹风的时候掉了,摔碎了。原来他看到了,知道那是她的发夹,特意买了这个来送她。

简静心潮涌动着,心里暖暖的。

"喂,又发呆了。"孙宁突然跑出来就是大声一呵,简静吓了一跳。

满脸都洋溢着得意笑容的孙宁,悄悄说:"简静,明天陪我去看房子。"

"是不是房东终于看你不顺眼,要你搬家啊?"

"是买房子。"

"你一个月才挣几块钱,连养活自己都成问题,别逗了。"

"这年头自己买房的女人,不是傻就是特别丑。"

"不会是那个初恋要给你买吧?"

"真聪明,不愧是院里心灵最美的小护士。"

"狗嘴里吐不出象牙，聪明跟美搭不上边。"

"管他呢，反正你明天陪我去。"孙宁哼着歌，查房去了。

这几天林嘉华再也不会有事没事就跑到服务台来了，见到简静打声招呼，好像很忙似的。简静要去重新包扎脚伤了，这个林嘉华从前都巴不得在她身边献殷勤，这次居然人影都没有。简静嘀咕着，不知道林嘉华犯什么病了。

"护士长，我去重新包扎一下脚伤。"

"你一个人去行吗？林医生呢，平时恨不得长在服务台，这两天怎么见不到人了？"护士长嘀咕。

"谁知道，神经兮兮的。"

简静右脚不敢用力，重心移在左腿上，右脚轻轻点地。终于快到医务室门口了，看到林嘉华走过来。

"明明都快瘸了，还逞强。"

"林嘉华，你要是来看笑话的就免了。"

"对你，我的爱心一直是泛滥的。"

"别废话了，还不过来扶我一把。"

林嘉华真恨自己，看到简静就不争气地服软了，本来都不准备原谅她，怎么也要等她主动坦白。但是几天过去了，简静根本没有任何表示，甚至对于他有意的疏远没有发表任何看法。

算了，谁让我是个男人呢！林嘉华想，跑到服务台，护士长把他一顿好骂："林医生真会挑时间，简静这会儿说不定一瘸一拐到了医务室，你跑过来不是来跟我聊天的吧。"林嘉华讪讪地笑笑，赶紧跑过来了。

林嘉华从护士手里接过纱布和酒精棉，小心翼翼地为简静擦拭伤口，帮她缠上纱布。

"简静真是幸福，有林医生这么细心地照顾。"小美说。

"你也摔一下，林医生也可以免费为你施舍爱心。"简静说。

"我们可没那么好的运气,是吧,林医生?"

"啊?"

小美和简静都笑了。

林嘉华这才意识到,随口说:"你哪天手术了,给你打八折。"

"呸呸呸,别乌鸦嘴。林医生对简静恨不得免费服务,到我们这儿就给个八折啊,小气!"

"别逗她了,扶我回去,护士长还替我看着服务台呢!"简静说。

林嘉华扶着简静走出医务室。

"林医生要背着才好得快呢!"小美喊道,旁边人听着都笑了。

简静刚回去,护士长就为难地交给她一项任务。

"我现在去不方便吧?"

"但是院长说了,这件事非你去办不可。院里已经安排了车子,你不用走很多路。"

"可是……"

"我也知道为难你了,克服一下吧!"

林嘉华看不过去,说:"为什么一定要派简静,孙宁也可以去的,腿脚还利索。这种跑腿的活儿怎么能交给伤患病人呢!"

护士长说:"林医生,你好像下午还有个手术,要不你先去准备着。"

"好吧,我去。"

"院长交代,务必送给顾总。"

"好,我知道了。"

"为什么顾氏的事情都要交给你?"林嘉华问。

"你问我我问谁去!"

一想到要见顾宗伟,简静内心还是有所期待的。她没有忘记换下护士服,省得去了顾氏又留下"深刻"印象。

这次顾氏的前台再也不敢问是否有预约了,直接放行。简静这一路很顺利地就到了顾总办公室。

"于米,我找顾总。"

"顾总出去了,不知道什么时候回来。"

"我们院长一定要我把文件交给顾总。"

"放在我这儿吧,我会交给顾总的。"

"可是我还要拿回执。"

于米实在不知道顾总在打什么主意,难道对简静真的是一时失足……万一简静和安琪撞见了,顾总会怎么办?要不要提前告诉顾总,让他有个心理准备。

"于米,顾总通常会出去多久?"

"说不定,有时候一连几天不回来,有时候可能马上就回来。"

"那我打电话问问他。"

"还是我来打吧。"于米正要打电话,却见安琪挽着顾宗伟的胳膊,出现在她们的视线里。

一直想要看见,终于看见了,结果不如看不见。

看着对面有说有笑的两个人,从身高到穿着,从气质到修养,都那么般配,简静真的只是一根油条,就算再好,也只能和豆浆配在一起。就连于米,也是香水女人。

顾宗伟走着走着,看到简静站在前面,拿着一个文件夹,静静地看着自己这边。他下意识地放开安琪,直接走上前去。

"有事吗?"

"院长让我拿来的。"

"好,你可以回去了。"

"麻烦你签个字,我需要回执。"

"到我办公室吧!"

简静没想到他是如此公事公办,其实也应该是这样的,是自己预料得太过美好了。殊不知烟花从来都是短暂的,别奢望着天空能留下它的痕迹。

"这位小姐,坐吧,不用一直站着,顾总不会吃人的。"安琪说。

简静听了,觉得分外难堪。

她微笑着,大方地为简静拉了一下座位,告诉她不必站着。安琪只是把简静当作来找顾总办事的小职员。其实也的确如此。

顾宗伟签好了字,递给简静。

"谢谢。"简静正要回去。

"等等。"

简静顿住脚步,她此刻是多想飞出这间办公室,可是他又让她停下。

"这位小姐是市医院的护士——简静,我妈住院期间得到简小姐不少照顾。"

安琪笑得像个天使一样,伸出手说:"简小姐,你好,我叫安琪,是宗伟的女朋友。谢谢你照顾伯母。"

她落落大方。简静局促不安地伸出手,手心还略略有些汗。

"简小姐手这么凉,要好好照顾自己的身体哦。"

"谢谢!"

那次,也是这样的温度,他反手攥住了她的手,两个人怔怔地望着对方。这次,是他的女朋友说出了同样的感受。

原来,这才是心灵相通。

"没事的话,我先走了。"

"我让于米送你。"

"不用了。"简静匆忙离开了办公室,这间让她呼吸困难的空间。顾宗林喊于米送她,她已经走了很远,脚步匆匆。于米叹了一口气,没有跟上去。

出了顾氏大厦,简静在外面站了一下,一眼扫到了那个位置,曾经停着黑色的轿车,她睡在上面,盖着他带有香水味道的外套。

有一种关心,其实是施舍;还有一种,是闲着无聊。无论哪一种,都只是简静自己的错觉。

院里的车已经在等她,她不再留恋,坐上车离开。

第四章　他是顾总她是谁

安琪当晚就回了上海。顾宗伟从机场回来，直接开车到简静家楼下。他这一下午都在煎熬，他等不了那么久了，一定要去解释。

"我在你家楼下，你下来。"他从来都是骄傲的样子，命令式的口气。

简静厌烦了，每次都软绵绵服从的她，这次对这电话说："你回去吧，我睡了。"

"我等你。"

她还没解释，他已经挂了电话。总是这样让人无法拒绝，也无从拒绝。

简静生着气，还是披了件衣服下楼了。

他笔挺地站在黑色的宝马车旁，抽着烟，烟雾在夜里弥漫开来。

她走过去，他扔掉烟，快步上前将她搂在怀里。她挣扎着，他偏偏搂得更紧。

她不愿意再闻到他身上的味道，分不清是洗衣液味还是香水味。她从来也没搞清楚，为什么会有一种香水那么像洗衣液的味道，或者是因为她的世界里从来没出现过香水。

"你走开，我不要见到你。"

"对不起,对不起。"

"你放了我吧。"

"我求你先放了我,每天我脑子里只有你,没办法清除。"

她放弃了挣扎,任由他搂着,不依附也不挣脱,一副无所谓的样子,连眼神也是无所谓的。

他的手慢慢松了,从来没有像此刻这般心里丝毫没底。

"你想告诉我什么,我听着,说完之后你就开着你的车从我们家楼下消失。我希望以后见到你,我能喊你一声'顾总',你可以像今天一样对我公事公办。"

"我错了,我爱你。"

她以为自己听错了,他以为自己说错了。不该说出口的话,不受大脑支配地脱口而出。

不该听到的话,就那样进入自己的耳朵,像梦一样。

"一定是梦,一定是梦。"她抱着头,摇着头不肯相信。

"我想我爱上了你。"

简静低着头,看到车轮旁边扔了许多烟头,想来打电话之前他已经在这里很久了。都说男人寂寞了、心烦了会抽烟,他是心烦还是寂寞?

"我没听到,我什么也没听到。"

"不要自欺欺人了,我说的你懂。"顾宗伟在说服简静,何尝不是在说服自己。

"我该怎么办?接受还是拒绝?你告诉我。"

顾宗伟从来没想过结果,他只知道今天在办公室见到简静,知道她是不开心的。他只想到向她解释。只是感情往往不受控制,他的解释变成了表白。

"说实话,我也很喜欢你,但是又能怎样呢?我还从来没喜欢过人,不知道爱上一个人会是什么感觉。但是我知道我没办法去喜欢你，你是顾氏的顾总，我是医院的小护士，你有你的女朋友，而我只是个连洗衣液和香水都分不清的傻傻的女生。也许，你对我有错觉，以为那是喜欢，可是到底什么才是爱呢？"她一口气说出很多话，声音轻柔，却字字扎在人心上。

到底什么才是爱呢？他对她，她对他，是不是都是一种浅浅的喜欢？

他哑口无言。

"顾先生已经成了顾总，整个医院都在巴结您，所以不必把时间浪费在我身上。"简静说完便上了楼。

他望着她离去的背影，瘦弱的身体在风里显得单薄，连个厚外套都没披就这么下来了。下楼那一刻，她心里在想什么？

顾宗伟已经坐在车里，接着抽烟。

六楼房间的灯始终亮着。

"下面那个人在追你？"简楚玉问。

"我不喜欢他。"简静淡淡地说。

"喜不喜欢也得处处看啊，你都这么大了，再不谈恋爱都快嫁不出去了。"

"妈，您就别管了。"

"不管不管，你从小到大哪件事是自己完成的，就连医院的工作，也是托了人进去的。"

"我睡觉了。"

简静不愿再听母亲唠叨，她也无法在母亲面前忍得辛苦，像个没事的孩子一样。

简静关上房门，从窗户往下看，还能看到他坐在车里。只是这么高的位置，已经看不清脸了，模糊成一个影子。

发夹安安静静地躺在桌子上，她拿起来，别在头发上，还和以前一样好看。只是，这已经不是从前那个发夹了。

简静关了灯,心里的那一盏灯却始终吹不灭。她趴在窗台上,看着那辆车,一直到很久,也忘了是几点了,他的车慢慢开出了这个小区,消失在夜幕中。

孙宁一早就拉着简静去看房子。复式的时尚却不安全,上下楼摔着怎么办?尤其是在梦游的时候。两室一厅觉得小,自己住一间,留一间婴儿房,家里来个人也不方便。三室一厅太大了,首付多,贷款多。总之,没有合适的。

"顾氏的房子真气派,去看看。"孙宁拉着简静就往售楼处跑。

"你买得起吗?"

"看看又不花钱。"

"不买有什么好看的。"

"看看总是不吃亏的。"

顾氏的房子就是好,两个人看了样板房,孙宁一直赞不绝口。虽然是两室,但是赠送面积比较合理,可以改造成小三室,一点儿也不觉得拥挤。最重要的是面积在九十平方米以下,公积金还能享受三十万额度的贷款呢。

"如果再便宜点就好了。"孙宁幻想道。

"天上哪那么多馅饼,走吧。"

"等等,我再算算。"

孙宁找来售楼小姐帮她算一下首付多少,公积金贷款和商贷组合起来每个月要多少月供。

"就算还上三十年,你每个月也要还三千多块,还是回家吧!"简静一直拉着孙宁走,孙宁像着了魔一样,就看上了这间房子。她把价钱算来算去,还使出三寸不烂之舌讨价还价。

售楼小姐没办法,在打了九九折之后,再也不肯让步,"就是找我们老总,这个价也很实惠了。"售楼小姐说。

这句话提醒了孙宁,顾氏的大公子可是跟她们医院有合作的,一栋楼都捐出来了,再捐一小间房子,总是不困难吧!

"简静,你跟顾总关系好,帮我去问问。"

"人家认识我是谁啊!"

"你每天跑那么多趟,医院一丁点鸡毛蒜皮的小事就托你去报告,怎么也比我熟吧!"

"算啦,我们赶紧走吧!"

"不够朋友!"孙宁脸一扭,生气的样子一摆,不理简静。

简静真没办法,去找顾宗伟吧,好像自己没有立场。不找他吧,孙宁已经生气了,她可是什么状况都不了解。

"你们是说我们大顾总吧,他现在就在售楼处,你们认识?"

"认识,何止是认识啊!顾总母亲还在我们医院住过院呢,一直都是我这位同事悉心照料才能那么快出院。你没听说你们顾总要投资一栋住院部吗?就在我们医院啊!我们和顾总的关系可不是一般的好,所以打个八折吧!"孙宁使出浑身解数。

售楼小姐摇摇头说:"这个我真做不了主,我们没有这个先例。"

孙宁大呼:"这么近的关系,连个八折都打不了?"

"不如你们亲自去问问。"

顺着售楼小姐的目光,简静和孙宁看到了顾宗伟。孙宁跟打了鸡血一样,拉着简静跑过去,点头哈腰热情问好:"顾总,您好。"

简静躲在孙宁后面,极不情愿地被孙宁一把推到了前面来,只得硬着头皮打招呼:"顾总。"

顾宗伟看着她,想着昨天那些话,是不是真该当成什么都没发生,再遇见,只能是寒暄。

"你们来看房子？"

"是啊是啊，简静特意推荐我来看顾氏的房子，简直太漂亮了，只是，好贵啊，顾总。"这个孙宁，明明是自己一头热，非拉着简静来看房子，结果全部推到她身上了。顾宗伟不知情，还以为简静余情未了，或者欲擒故纵呢！

"孙宁，明明是你硬拉着我过来的。"

顾宗伟听着，也大概明白了，她急于撇清和他的关系。

"我让工作人员给你打个折，五折怎么样？"

孙宁以为自己听错了，崇拜地看着顾宗伟，重复道："五折？"

顾宗伟点点头，"把负责你的顾问带过来，我跟她说。"

孙宁兴奋地去找那位售楼小姐了，这会儿她才不管简静呢，也不拉着她到处跑了。

简静被丢在这边，面对这样的慷慨，她只能说："这么大的人情我们还不起。"

"如果是你，我会送你一套。"他的声音很小，却足以让她听到。

不算承诺的承诺，就算永远实现不了，这样的甜言蜜语也会敲打着她柔软的心房，将好不容易垒起来的碉堡轰炸掉。

"不是我要的，你都能给。"她的声音同样很小，但同样足以让他听得真切。

孙宁又跑过来了，笑得像花一样，恨不得把一颗心掏出来感谢顾总。售楼小姐听了顾宗伟的话，十分恭敬地为孙宁办理手续。

"简静，把你银行卡拿来用一用，我没带那么多押金。"

"你的卡呢？"

"你知道我为了遏制膨胀的消费欲望，都不带卡的呀！"

"给，我的信用卡，刷完了别忘了帮我还上。我上辈子是欠你的。"

孙宁笑嘻嘻地接过去:"请问透支额度是五千还是一万?"

简静没好气地回道:"那点出息,两万行不行啊!"

孙宁丢下一句"谢谢"便跑去刷卡交押金。

顾宗伟还站着,没有走的意思。

简静看孙宁压根儿没把她放在眼里了,心里全是房子。只是再也不能离这么近,这个男人是毒,沾了就戒不掉。

"顾总,谢谢你,我先过去了。"

"脚伤好了?"

"谢谢关心,已经不疼了。"

"膝盖呢?"

"也好了。"

"那就好。"

"我先走了。"

"好。"

孙宁拿着押金合同,乐得都快合不上嘴了。

"喂,死女人,你想好了吗,这么快就把押金交了。"

"有什么好想的,不想要了,大不了拜托你去要回来,反正是你的钱。"

简静简直要气死了,这就是平日推心置腹的好姐妹,"真不该跟你这个白眼狼来看房子。"

"喂,跟顾总单独相处了那么久,聊什么聊得那么投入?"

"投入你个鬼,你把我一个人扔下还敢问我聊什么!"

"好了好了,别这么小气了,大不了我让林医生在顾氏也给你买一套啊,五折很实惠的。"

简静真的服了,这个女人除了五折,脑子里什么也装不下。

"恋爱中的女人真不可理喻。"

"有本事你也谈一个，你敢跟林医生谈一个吗？"

林嘉华是简静的软肋，她巴不得到个没人认识的角落，谁也不知道林嘉华这个人，再也没有人硬把她往这个人身上靠。

"你觉得爱情是什么？"

"爱情呢，有很多种。我们属于平淡类的，买房子领证结婚生孩子。有些爱情呢属于轰轰烈烈型的，我觉得一生至少该有一次，为了某个人而忘了自己，不求有结果，不求同行，不求曾经拥有，甚至不求你爱我，只求在我最美的年华里，遇到你。这就是最美的爱情了。就像林医生对你那样，不求回报，不怕打击。"

孙宁那句话，真的触动简静了。一生至少该有一次，为了某个人而忘了自己，不求结果，不求同行，不求拥有。这是梦里的爱情。

"明知道没结果也要去爱吗？"

"如果是顾总这样的，他敢爱，我就敢奋不顾身。"哈哈，孙宁又是一阵狂笑。

"如果是林嘉华呢？"

"咦，算了吧，跟一个医生谈恋爱，不够奢侈，不够难忘，顶多感动一下子。"这句话戳痛了简静的心。林嘉华不过是她心中的大哥哥，是在高中给她辅导功课，帮她解决数学难题的学长。

顾宗伟，却能让她时刻提心吊胆，时刻忧心挂念。

经过乍暖还寒的季节交替，天气开始持续高温。医院的空调还没开始启用，向阳的病房已经有些闷热。简静来到七楼最角落的病房。美姨上午已经来过了，这会儿应该不会再来了。

午后的阳光格外闷热。

简静拿来一个小风扇,调了摇头设置,希望可以给这个瘫在床上的病人带来一丝丝凉意。

看着睡了十五年的中年男人,简静真羡慕他可以离开这个纷纷扰扰的世界这么久。外面的人怎么伤心难过,他都不会知道。

她坐在病床一边,自言自语:"我该不该接受他?明明知道没有结果,可是要这么压抑着真的很难受。你当年有没有后悔和美姨在一起?应该是没有,她对你那么好,这十五年都对你这么好。尽管她成家了,也生了别的男人的孩子,但是她能照顾你这么久,你应该也会知足吧,是不是?"

没有人和她对话。

她一个人对着床上的男人继续说道:"也许一生应该有一次,像你这样不求结果,像美姨一样不求回报。你们虽然没有在一起,却从来没有分开过,每个早上她都会过来,和你说话,照顾你。这种爱情,恐怕也只有真心相爱的人才能体会。"

简静回到服务台,不见孙宁值班,问道:"护士长,孙宁呢?"

"去顾氏送资料了。"

"哦。"

"院长说,顾总交代,以后不用你继续送了,谁有空安排谁去就行。孙宁一直吹嘘顾总给她打了个大大的折扣,非要我把这个任务交给她。你不知道刚才小美她们几个快把我吵死了。"

"我终于放假了,再也不用干这种跑腿的活儿了。"简静嘴上这么说,心里却很失落。她终于想要勇敢地跨出一步时,他已经抽身离去。他们之间永远是错了一步。

"那么,就这么结束吧。没有开始,不会难过。"简静深呼一口气,对自己说。然后,心里却难过到想哭。

林嘉华做完手术跑过来,拿着不知道从哪里摘来的一小枝绿萝，养在易拉罐里，送给她。

"你能不能有点出息，敢不敢送一束玫瑰。"

"不能，我要攒五百万呢！"

"现在攒多少了？"

"百分之一吧！"

"都快三十了才攒了百分之一，我看你下辈子也攒不齐了。有空送我绿萝，还不如拿去卖了，也好多赚几块钱。"

"好主意。"林嘉华举着绿萝，开始喊，"注意了，注意了，绿萝，草本植物，抗电脑辐射的效果特别好。这一枝一个月之后可以发展成十枝，目前竞拍底价五块钱，有没有要加钱的？"

"切，林医生你卖绿萝，还不如给猪开刀呢！"小美说。

"懂什么呀，这个修身养性，属于业余爱好。"林嘉华脸皮真厚，继续叫卖，"顶级绿萝，绝对货真价实，生命力极强，一年生生不息能长成一棵大树。夏天乘凉，冬天烧柴，冬夏皆宜，有出价的吗？"

医院的同事都快笑瘫了。

"行了，别丢人了。"

"那简护士可否赏光代为收养。"

"收下，收下。"小美几个护士闹着。

"那我就勉为其难收下好了。"

林嘉华得意地奉上绿萝。

"抱一个，抱一个。""亲一个，亲一个。"旁边的同事各种起哄，纷至沓来。

"简妹妹，你敢抱一个，我就敢亲一个。"林嘉华说。

简静看见孙宁从外面回来，想起了顾宗伟，这个给了她希望却又转身离去的男人。而林嘉华此时得意的骄纵之情，她突然反感起来。简静把绿萝往他手里一塞，水溢了出来，洒在他手上。

"怎么了？"林嘉华感到莫名其妙，刚才还好好的。

简静看着每一个人都把她往林嘉华的身上推，可是没有一个人知道她的心事，没有一个人可以让她诉说。这么多天压抑起来的眼泪汇聚成江河，顺着眼眶就流了下来。

林嘉华不知所措，小护士们也不知道发生了什么事。

"别哭了，我开玩笑的。"林嘉华说道。

"是啊，简静，我们不是故意的，就是随便开开玩笑。"小美说。

随便开开玩笑，顾宗伟也是随便开开玩笑，然后就可以风轻云淡地转身。每个人都不管她内心的想法，尽情地开着他们认为好笑的玩笑。

"怎么怎么了，谁欺负简静了？"孙宁过来，冲人群大喊。

"也没谁欺负，就是开开玩笑……"小美嘟囔着。

"玩笑能随便开吗？"孙宁哄着简静，"好了好了，不就是两万块钱吗？肉疼成这样，明天就还你，别哭了。"孙宁总是能在人家悲伤的时候，开这种玩笑。

孙宁的到来让大家自觉把目光转移到她身上。

"孙宁，见到顾总了吗？还有没有大折扣的房子？"

"别提了，顾总去新加坡了，别说人，鬼都没见到。"孙宁转过头对简静说，"我又见到那个假白富美了，上次和你拥抱的女人，原来是顾总的秘书。"孙宁刚说两句，又转过脸对一脸花痴的小护士们说，"别惦记顾总了，她的秘书那身材、那脸蛋、那气质、那修养……啧啧啧，你们连个脚趾都比不上。难道有咖啡不喝，非要喝白开水吗！"

"切。"小护士们异口同声，很不屑地各回各位。

尽管孙宁没见到顾宗伟，却依然掩饰不住自己去过顾氏的兴奋。

简静心里空空的,她开始忙来忙去,不让自己有时间胡思乱想。

顾宗伟像消失了一样,关于他的信息在医院隔绝了。简静努力让生活恢复从前,去七楼看那个病人,帮美姨为他翻身,为他擦身;每日巡查病房,记录病人的情况;每日回家吃妈妈做的饭,看电视睡觉;听林嘉华层出不穷的表白语录……就像顾宗伟从来没有出现过一样。

晚饭,简楚玉做了简静最爱吃的松仁玉米和拿手的红烧肉,还烧了一个青菜,一份鸡蛋汤。

"妈,今天什么好日子能让您这么浪费?"

"多吃个菜也叫浪费,以后干脆天天吃咸菜。"

简静琢磨不透更年期的女人到底是心情好还是糟糕。她不再说话,低头吃饭。

过了一会儿,简楚玉夹了一块肉给简静,假装不经意地问:"那个人死了没有?"

简静以为母亲不想知道那个人的情况,每次母亲的反应都过于冷淡,原来母亲是想知道的。

"还是那个样子,美姨还是天天去。"

"一个植物人要死不死,有什么好看的!"母亲依然冷冷地说。

其实,记挂一个人有很多方式,未必最柔软的就是最惦记的。有时候,越是狠毒越是牵挂至深。

吃过饭,简楚玉刷碗,简静倒垃圾。在收拾垃圾的时候,简静发现美姨送给母亲的那盒酥饼,一块未动,全被母亲扔进了垃圾桶。

孙宁从顾氏回来，神秘地把小护士们召集起来，说是有重大事情宣布。

"顾氏的大事，跟我们有什么关系？"简静淡淡地说，内心却怀揣着好奇。

孙宁不理她，拉着小美她们窃窃私语："顾总有女朋友了。"

小美惊讶大喊："女朋友，是不是那个秘书？近视楼台先得月，我们不服！"

"切，她还没那么好命。听说是个空姐，飞国外航线的，英语讲得跟美国人一样。"孙宁描述得像自己见过一样。

"长得怎么样？"小美追问。

"那还用说吗！顾总的品位当然错不了。你说呢，简静，你见过没？"孙宁又问她。

简静正在愣神，冷不丁被人提到名字，惊慌失措，仿佛被看穿了，结结巴巴地说："没，没见过。"

"我就说很奇怪，为什么简静每次去顾氏都能见到顾总，换了我就这么倒霉，只能和女秘书打交道。原来是顾总被管起来了，有钱的妻管严。"

"你又没见到顾总啊？"

"没有！"孙宁颇为失落。

"喂，说什么呢，这么神秘？"林嘉华跑过来。

"在说你的五百万呢。"孙宁笑起来，护士们也跟着大笑。

林嘉华扬起手，一张彩票在手里飞扬，"今天晚上开奖，静静，准备好以身相许吧！"

"不许叫我静静！"简静有些恼怒，林嘉华的不知遮掩，让她一直身居医院笑料排行榜榜首。因为顾宗伟女朋友的事，她心里莫名恼火，也活该林嘉华倒霉。

"哟，小两口吵架了，打是亲，骂是爱，越打越骂越恩爱。"

小美嬉笑着，引起一阵哄笑。

简静谁也不理，径直从人群中灰着脸离开，回到自己的位置，好像很忙地整理桌上本来就空旷的那块小地方。

"一个个都是什么嘴，没个把门的。"孙宁说。

简静见孙宁过来，她却谁也不想面对，拿起巡查病房的记录本就走。

"上午不是巡查过了吗？"

"多巡查一下总没错的。"

孙宁知道简静心里压抑，这个时候的安慰不如给她时间自己冷却。孙宁任由简静去巡查，让小护士们各自散了。

简静路过十一号病房，里面的老军官已经气息奄奄了。家里人痛哭着争夺那点可怜的养老金。

"爸不能死。"大儿子一脸痛苦地说。

"你是真想让爸好了，还是想要爸的养老金，你心知肚明。"小儿子说。

"你们都别吵了，就不能让爸安心睡会儿？"女儿哭得最痛。

简静到了病房，病人的病情已经很严重了，心电图显示心率时有时无，气息微弱。朱医生和林医生都摇摇头，对家属说："节哀。"

老军官的女儿晕了过去，女儿的子女帮她办理了住院。老军官的两个儿子守在老人的床前，催促老人快立遗嘱。

简静再也看不下去了，直接将两个儿子轰出去，"病人需要静养，不能逼着病人说话。"

"我家的事你管得着吗？现在老头子不说话，一命呜呼了，他自己也死不瞑目。"

这场面真让人心寒。

只见老人微微睁开眼睛，看了一眼床前的人，大儿子和小儿子深情地呼唤"爸，爸"。

老人的眼睛寻了一圈，却始终没有停下。

"您女儿听说您的病情，晕倒了，正在隔壁病房。"简静以为老军官是要寻找自己口中最疼爱的女儿。

老人略带安慰地闭上了眼睛。

大儿子和小儿子使劲儿摇着老军官，"爸，您还没立遗嘱呢。爸，您不能走，不能就这么走了。"

简静只觉得眼眶湿润，她又拐到最角落的病房，看了一眼躺在病床上十五年没有知觉的植物人。这个人，是不是也和老军官一样，因为还有惦记，所以一直不肯撒手人寰。

"林嘉华说你是有意识的，如果你真的能听到我们说话，你要努力醒过来。"

那人只是躺着，安静到呼吸都听不到。简静叹了口气，都已经十五年了，要醒来也早醒了，美姨每日的辛勤照顾尚且不能让他醒来，自己这几句话又怎么能唤醒他。于是，她离开病房。简静走到楼梯处，打开小窗，看着外面的世界，想起了一个人——

他过得好吗？

他出差顺利吗？回来了吗？

他是否还能记得他的世界里曾经路过一个女孩？

或许，一切已经风轻云淡，她该学会忘记。

每天上班下班，回家吃饭、看电视、睡觉。偶尔陪老妈去菜市场买菜，和大妈砍价。日子平淡得像白开水。

这个季节，天气出奇地晴朗。这样好的空气，这么暖和的阳光，她不该还趴在阳台上张望；不该在失眠的夜晚吃一颗安定片助眠；不该再看白痴的电视剧流泪，假装去厕所擦掉不让母亲看见；不该在每一个遇到他的地方像个傻子一样呆呆地站立……

孙宁说顾总出差回来了,似乎心情不太好。她去顾氏的时候,正遇上顾总大发脾气,一帮下属灰头土脸地退出办公室,还能听到顾总咆哮一样的声音:"谁捅出去的消息,查不出来都给我滚蛋!"

孙宁说她从来没想到顾总会发那么大脾气,平时他虽然有点严肃,但是不至于这么暴躁。于是她得出一句结论:有钱人,脾气都不好。

还好于米让孙宁每次只要把东西交给自己就行,否则哪天遇到顾总发脾气,五折的优惠说不定瞬间就没了。

简静担心起他的忧虑,什么事能让他这么烦躁?可惜自己什么忙也帮不上。

"于米还问起你了。"

"问我什么?"

"问你最近怎么样。"

简静不答。

孙宁疑惑,"真奇怪,我一次也没遇见顾总,这次他回来了,于秘书也说以后交给她就行。你那个时候不是每次都亲自交给顾总的吗?喂,到底是你和顾总有仇呢,还是有奸情?说!"

简静被点中了心事,没有任何恋爱经验的她有些慌乱。尽管对方只是猜测,尽管对方是自己最好的姐妹,可是她能说什么呢?顾宗伟对她不冷不热,就算说他曾经说过爱她,谁又会相信,就是她自己也不相信。说出去一准会被认为,是她主动勾搭有钱人。

"喂,你发什么呆啊,不会被我说中了吧!"

"别胡说。"

"不行,你说清楚,什么叫'别胡说'啊。噢,我知道了,你暗恋顾总,是不是?"

"我哪有!你别乱说,被别人听到还以为我花痴呢。"简静急于解释。

"暗恋就暗恋呗,有什么大不了的。咱们医院的未婚小护士,哪个不喜欢顾总那样,有钱、有型还孝顺的富二代。只是我没机会,否则见一个灭一个。"

"不理你了,我去查房。"

"喂,你一上午要查几遍啊,你不烦病人都烦了。"

"我去服务台总行了吧!"

直觉告诉孙宁,简静是暗恋顾总的,这个从未谈过恋爱的小姑娘,最容易受到诱惑。暗恋最可怕,搞不好走火入魔。何况,顾总怎么会喜欢她,最后受伤的还不是女人。

顾氏业务拓展到了新加坡,正洽谈到关键时刻,国内顾氏新建的商业办公楼却被爆出质量问题。顾宗伟一回国,就听到秘书于米神色紧张地汇报。他在新加坡做了那么多努力,结果都打水漂了。

"顾总,我已经联系各大媒体,目前除了网络上一些自发的言论无法控制,其余报纸和电视都已取消报道。"

"妈的!"顾宗伟将半截儿没抽完的香烟狠狠摁在烟灰缸里。

"我不管是网络还是其他媒体,一条关于顾氏不利的消息都不能流出。"

"是,我会再想办法。"于米准备出去,又回过头说,"顾总,您去吃点饭吧,您从机场回来后,还没吃任何东西。"

"你先出去吧。"

"是。"

于米从来没见他这样怒过，一下午把自己闷在办公室，皱着眉头抽烟，一根接一根。刚才于米推开办公室的门，里面浓烈的烟味差点呛得她咳嗽。好在，于米已经百炼成钢，可以控制自己的呼吸，她更担心的是顾总的身体状况。

这个男人，从来只会折磨自己。

透过办公室没有关紧的门，她又看到他盯着手机在看，眉头稍微舒展一点，心情却更郁结。

那个手机上，有什么秘密？

顾宗伟拿了外套走出办公室，于米立刻站起来告别。

司机载着顾宗伟来到医院附近的早餐店，这个时间早已经没有早餐了，店门紧闭。车停在路边，他只是靠着车座上盯着那间小吃店看。

林嘉华做完手术请简静吃夜宵，今晚是简静的夜班。

简静闹着要吃烤肉串，两个人在小摊上买了几串羊肉串，又买了一些章鱼丸子。简静手拿着烤肉串有滋有味地咬着，林嘉华夹了一个丸子喂给她，简静开心地一口吃掉，吃得嘴边都是酱。林嘉华拿出面纸帮她擦掉。

"哎呀，吃完再擦，一会儿还要吃。"

"你也太不讲卫生了。"

"你一个男人怎么那么啰唆。"

"喂，我是为你好。"

"你负责付账就行了，别的不用你操心。"

简静只想大吃一顿，饱了才能什么也不想。热闹的夜市，许多小吃都跑出来了。手里的肉串还没吃完，看着臭豆腐她又开心地指着，强硬地要求林嘉华给她买。

"吃那么多，小心拉肚子。"

"要你管，快去！"

林嘉华作为医生，深知路边摊并不卫生。但是简静很久没这么开心了，他看着她笑得很开心，劝说自己偶尔吃一次会没事的。只要她高兴。

简静两只手拿满了食物，想吃什么就让林嘉华喂给她吃。

美食、夜色，还有一个自己不会动心却可以随时指使的妇女之友，这感觉太爽了。

"喂，你别再吃了，会拉肚子的。"

"我就要吃，就要吃。"

他越不让她吃，她越吃得开心。

顾宗伟看着，拳头握得很紧。他很想下车，给那个小子一拳，拉着简静上车离开，到一个只属于他和她的地方。

只是，如今坐在车里的他，什么都不能做，除了折磨自己。他拿起抽了一大半的烟，把手臂当成了烟灰缸——"呲"的一声。

"顾总……"司机不忍。

顾宗伟眉头紧锁，示意司机不必管。

看着简静越走越远，拿吃完烤肉的木头签丢林嘉华，他追着她跑，她那么开心。顾宗伟只能将烟头刺在伤疤上，用身体的疼痛为心止痛。

司机不敢多说一句话。

简静消失在夜色里，看不见了。顾宗伟又坐了一会儿，打了个电话才离开。

早上困意来袭，简静看了一下时间，终于要熬到下班点了。只听外面一阵急促的救护车声音，困意立刻消失。她的理想是做一名优秀的白衣天使，每次听到救护车的声音都像是有个生命在催促着她，不敢怠慢。

可是，怎么是他？

顾宗伟焦急地跟着担架车跑进来。隔了这么长时间,她又看到他了,却是在这样的情况下。他又憔悴了,慌张的神色可以看出,担架上的人应该是他的母亲。

简静叫了林嘉华,也跟着跑过去,看看有什么可以帮忙的。

简静跟着林嘉华穿着白大褂,戴着口罩进了抢救室。

病人突发性心肌梗死,血压极其不稳定,大汗淋漓,呼吸困难。通过波动的心电图显示,患者由于缺血时间过长,导致心肌细胞死亡,心肌灌注供给和需求失衡。

经过急诊治疗,患者的病情得到了控制。

简静第一个出去,她想告诉他一切都好,让他放心。

顾宗伟站在急救室外,神色紧张,一脸沧桑,看到她出来,急切地问:"我妈怎么样了?"

"何阿姨渡过了危险,现在已经没事了。"

他终于松了一口气。他现在后悔,不该和母亲讨论顾氏的事,不该对母亲说出那些话。母亲让他放弃争夺,他却不肯。他自责,捶打着墙壁,恨不得替母亲受罪。

简静不知道该怎么劝他,只是说:"何阿姨没事了,你……别太担心。"

林嘉华出来了,何阿姨也被推了出来。顾宗伟跟着母亲的车子进了病房。

天已经亮了,太阳挂在空中。简静看了一下时间,到了她下班的时间。这个时候孙宁应该已经来了。

她的心跟着他一起走了,只是没有多余的借口可以留下,是该走了。

这一天一夜很煎熬。简静给自己找了各种借口想去医院看一看,想去看一下顾宗伟是不是还好。但是她没有勇气面对他,就像他消失得这么突然,回来得这么突然一样。

站在医院对面那条街上,她看着顾宗伟从车上下来进了医院,再看他从医院出来上了车。只是距离太远了,她看不清他的脸。

终于熬到了上班时间,简静比平常早来了很长时间。连早上起床的时候,简楚玉都觉得太阳打西边出来了,从没见简静起那么早过。早餐还没吃,就敬业地要去上班了。

简静早早来到医院,问值班的小美:"何阿姨的病情怎么样了?"

"还说呢,一直在反复,把顾总折磨得够呛。我昨天看他一晚上守在病房,好像晚饭也没吃。"

小美本来准备提前偷跑,现在简静来了,小美打了个招呼就溜出去了。

简静去那家早餐店买了稀饭和包子,特意让老板包了刚出锅的包子,热腾腾的。到了医院,她穿上护士服,站在服务台,眼睛却一直看着大门外。

终于,她看到顾宗伟那辆黑色宝马车来了,欣喜地拿出稀饭和包子,准备等他一来就给他。就算什么话也不说,她也会觉得满足。

然而,一起下来的还有安琪。

安琪挽着顾宗伟的胳膊朝医院走来,看到简静在服务台,微笑着冲她打招呼:"简小姐原来在这儿上班啊!"

简静尴尬地微笑。见安琪还穿着空姐服装,盯着看了一下。

安琪笑着解释:"听说阿姨病了,刚下飞机就来了。"

简静尴尬地说:"何阿姨知道了一定很高兴。"

桌上放着的早餐,包装袋上还写着"祥云"的品牌名字。他的视线粗略地扫描了一下,然后看着安琪,告诉她"这边"。两个人一起向电梯走去,连多余的一个眼光也没有留给简静。

简静的心一直在往下沉，包子的温度也逐渐在冰冷。

林嘉华不知道从哪里窜出来，"给我买的？"

"是啊，不想吃我丢出去喂狗。"

"吃，你第一次给我买早餐，我怎么舍得便宜流浪狗。"

林嘉华大口大口地吃起来，边吃边说："这是祥云的包子吧，好久没吃了，味道还是那么好。"

简静心事重重。

安琪和顾宗伟一直待在病房里，而上午的病房巡查简静一直拖着没有去，直到护士长提醒她，她才不得不去。

何阿姨的病房转移到了十二号病房，忌讳十一号病房刚刚死了一个人。

简静走过去，看到刚过世的老军官的两个儿子在争吵。好像在说老军官原来早写好了遗嘱，将所有遗产留给他疼爱的女儿。两个儿子争论不休。

那个晕倒的女儿已经清醒了，眼睛哭得红肿，替父亲收拾遗物。

简静过去安慰："节哀，老人家八十多岁了，也算是喜丧了。"

"简护士，谢谢你。"

"好好准备葬礼，让老人家能走好这一路。"

女儿含泪点着头。其实她自己也是五六十岁的老人了，头发染过还能看出白发的痕迹。到了这个年纪，有些人依然争斗不休。

简静到了十二号病房，有些不敢进去。但是越不进去，越代表自己心虚。其实，她很想再见他一面。

简静推门进去，换上职业般的微笑，"何阿姨，今天看起来气色好多了，感觉怎么样？"边询问边习惯性去摸茶杯里的水，水已经凉了。她将凉水倒在洗手间，又换上热水。

"就是觉得堵得慌，心里不舒服。"

"儿子和儿子的女朋友都在这儿陪着您，您要保持愉快的心情好得才更快。"

简静也不知道这些话怎么那么嘴顺就说出来了，也许是经常对病人说这样的话，不需要思考便已脱口而出。

顾宗伟坐在母亲身边，安琪陪在旁边，帮何阿姨剥橘子吃，一家三口其乐融融。

简静替何阿姨测量心率和血压，顾宗伟在一旁帮忙，问她有没有问题，只是日常的询问。她如实回答，何阿姨的血压还是有些偏低，家属不能再让病人受到刺激。

何阿姨拉着简静的手说："小简，有空的时候经常过来陪我说说话。"

安琪过来，语气温柔地对何阿姨说："阿姨，有我陪着您呢！"

何阿姨似乎不是那么喜欢安琪，并没有理她，继续对简静说："小简，阿姨看你最贴心。"

简静看了一眼顾宗伟，他很尴尬地苦笑。简静说："何阿姨，顾总很孝顺，担心您的病，一晚上守在病房，连早饭也没吃。安琪小姐也很关心您，一下飞机衣服也顾不得换，就赶来看您了。您有这么孝顺的儿子，这么懂事的儿媳妇，多有福气啊。我会常来看您，这是我的工作，有任何需要都可以跟我说。现在，我要去别的病房，您好好休息，无聊了就打开窗户看看外面的天，心情一定要好起来。"

老人有时候跟孩子一样，需要哄着。简静已经习惯去哄一些上了年纪的病人。他们往往会胡思乱想，比小孩子还任性。

安琪感激地看着简静，无声地谢谢她这么理解。顾宗伟却始终不敢直视她。

简静终于退出了病房。

第五章　原来他也在屋檐

每天早上去上班，简静都能在楼下遇到清洁工骂骂咧咧，不知道谁总在楼下扔一堆烟头，一连几天，每天都是如此。

简静笑笑，说不定是哪个男生跟女朋友吵架了，每天晚上痴心地等女孩下楼。

小情侣吵架，还蛮有意思的。这年头，男人还能在楼下等个几天已经算奢侈了，不去酒吧借酒浇愁就算好男人了。

上班之后，简静先去看了十楼角落病房的病人。美姨已经在了，守在男人身边，跟他讲话："德昌，你还记得十五年前的今天吗？你跟我说我们去领证，让我在民政局等你。我记得那天也是这样的天气，我还在电话里跟你说挑了个好日子呢。谁知道那天我等了你很久，最后才被告知你进了医院，我们最终还是没有结婚，我没有成为你的新娘。但是经过这些年，我已经看得很明白了，只要曾经我们那么相爱过，就算让我再照顾你十五年，我也不后悔。"

美姨背对着门，简静看到她抬起手拭泪。

"只要曾经我们那么相爱过，就算让我再照顾你十五年，我也不后悔。"这样的话一遍遍砸在简静的心上。如果当初她早一步跟上顾宗伟的脚步，是不是如今的结局就不一样了？

抬眼望过去，十二号病房紧闭着门，不知道顾宗伟在不在里面。安琪呢？他们快要结婚了，简静的爱只能卑微地隐藏在心底。

她推门走进去，美姨赶紧把眼泪擦干，起身对她说："小静来了。"

"美姨，给他翻身了吗？"

"还没，护工有事出去了，我一个人弄不了。最近他是越来越重了，我是越来越老了，力气跟不上。"

"我帮您。"

两个人一起把沉睡了十五年的病人翻了身，帮他换了一身干净的病服。美姨的确显老了，眼角的鱼尾纹很明显了，就连脖颈里的纹路也多了起来。不似她小时候看见的那么漂亮了。

美姨熟练地擦拭着男人的背、手、鼻子，专心致志。

"美姨。"

"嗯？"简静吞吞吐吐，刚想问些什么，却又没说出口。

"美姨。"

"有什么话还不好意思说，你跟我也算很熟了吧！"

简静顿了一下，说："美姨，您不后悔吗？"

"你指什么，伺候他吗？"

"你们在一起也不过一年多，却照顾他十五年，可能以后他还是这样。如果你们没有开始，说不定您现在更幸福。"

"小静，你还小。感情这回事不分时间。有些人在一起十年或者一辈子，也可能只不过是相敬如宾的夫妻，有些人在一起一年或者哪怕一个小时，就已经足够。唉，我跟你说这些干什么，你还没谈过恋爱，把你教坏了。如果你是我女儿，我也希望你过个平平淡淡的小日子。"

"为什么您不选择平淡，却要我过平淡的日子？"

"怎么了，谈恋爱了？今天有这么多疑问。"

简静害羞了,说:"哪有啊,就是问问嘛,您快说。"

美姨思考了一下,说:"嗯,这么说吧,每一个当妈的都希望自己女儿不要受到任何伤害。所以如果你是我的女儿,我希望你每天快乐开心无忧无虑。但如果是我自己,我觉得一辈子一个女人要爱一次才完整。爱情是很折磨人的,它比减肥药还凶猛,正因为它凶猛,它让你疼又让你笑,所以你永远也不会忘记。懂吗?"

简静似乎闻到了爱情的味道,她每天过多地担心,不就是恋爱初期症状吗?只是一个人的恋爱滋味真的不好。

美姨的回答就像告诉她,选择林嘉华还是顾宗伟。林嘉华可以给她平淡的生活,顾宗伟却只能让她受尽甜蜜的折磨。

"小丫头,有喜欢的人了?"美姨又问。

"没有,就是好奇。"简静又害羞了。

美姨帮病人擦拭着每一根手指,仔细看看他指甲里是不是有灰尘,用指甲刀帮他修剪指甲剔除污垢。

这样的爱情,真好。

转到十二号病房的时候,简静看到十一号病房已经空了。人生无常,遇见一个人是多么小的概率!

"何阿姨,我来看您了。这屋的阳光真好,照在您脸上,越发显得年轻了。"简静进门就看到一束阳光照在病床上。

"小简就会宽我的心,你说说还有几个女孩子能这么贴心,我这辈子就是没个贴心的女儿。"

"简护士这张嘴啊,说什么何姐都觉得跟喝了糖水一样。"护工边忙边附和。

"何阿姨再这么说我,下次我只好闭嘴了。"

"那不行,我喜欢听。"

"好好好,别嫌我唠叨就行。护士做惯了,总喜欢叮嘱这个叮嘱那个。"简静笑着说,把何阿姨逗得开心。

"简护士,今天的水还没倒,给你留着呢。何姐现在都不喝我倒的水了。"护工打趣道。

"何阿姨这是暗示我每天过来倒水吗?行,别说这是我的工作,就算不是工作,我也愿意天天给何阿姨倒水。每天看着您这么和蔼可亲的面孔,我都不想回家看我妈那张更年期的脸了。"

何阿姨把护工支走,示意简静坐在病床边,陪她说说话。东拉西扯了一会儿,何阿姨问了一下简静的家庭情况,有没有男朋友之类的。

"何阿姨,您要给我介绍对象啊?"

"你看我儿子行吗?"

简静忽然一愣,难道何阿姨知道了什么,在套她的话吗?

"别开玩笑了,顾总有女朋友。"

"我不喜欢。"

"安琪小姐挺好的,懂事,长得又漂亮。"

何阿姨不再说话,眼睛看着天花板,很久之后才回过神来。简静拿水给她喝,她推说不想喝。

"其实小伟挺不容易,我想让他找个能照顾他的女孩子。"

再一次听到有人说顾宗伟不容易,他到底背负了多少压力,让每个人都这么护着他,心疼他。

"他三岁的时候,我和他爸爸离婚了,我一个人把他带到十岁。后来我得了病,身体不好,也没办法给他好的生活,让他接受好的教育。他自己选择回到了顾家。那时候他爸爸又娶了个大户人家的小姐,生了个儿子,宠爱得很。小伟是顾家的长子,却像个外人一样寄居在顾家……"

何阿姨说了很多,简静第一次知道顾宗伟还有这么心酸的童年。看似风光的顾家大少爷，顾氏说一不二的总经理，原来不过是没有安全感的孩子。

"何阿姨，顾总已经不是当年的小男孩了，他可以保护您。"简静宽慰道。

"我只是担心他……"

"妈，今天好点了吗？"顾宗伟推门进来。

简静立刻站起来，冲他打了个招呼："顾总。"

自从顾氏投资为医院盖楼，他就成了她的顾总。

顾宗伟略微点头示意，"我妈怎么样了？"

"日常检查都正常，只是伯母绝对不能再受到刺激了。"

"谢谢！"

他们一直如此客气，客气到她想多说一句话，想告诉他"有我在，不要担心"，却只能在心里默默念着，不敢对他说出口。

她慌张地说要巡查病房，不顾何阿姨的挽留，匆匆出去了。因为她实在不知道用什么样的心情面对他。

林嘉华因为吃了一顿"祥云"的包子倍受鼓舞，终于买了一束鲜艳的玫瑰花送给简静。

"你吃错药了？"

"你不是说喜欢花店里卖的，需要花钱买的、漂亮的、真实的玫瑰花吗？我可是一大早过去买的。"

简静看了看，其中几枝怎么看都像残花败柳了，藏在百花丛中，"喂，你白痴啊，中间那几朵都残成那样了，店家骗你钱，笨蛋。"

林嘉华得意地大笑道："买一束多贵啊，我就买了十枝，中间那些都是老板扔了不要的，还很新鲜，我闻了，很香。"

简静服了，林嘉华绝对是铁公鸡，在没有确切的回报之前，绝对会算计着付出。

"敢情下次我给你包子的时候,要塞进去几只虫子给你补充点蛋白质,省得你这么愚蠢。"

"我还要攒五百万呢,这些花看一眼就扔了,买多了浪费。"林嘉华嬉皮笑地脸讨好简静。

顾宗伟从病房出来大喊医生,原来何阿姨刚才想上厕所,护工被支出去了,就自己摘了氧气罩,谁知道突然呼吸困难。

林医生把玫瑰花往简静怀里一塞,跟着去了十二号病房。

简静抱着一大束残花,沉默了。

经过抢救,何阿姨已经脱离危险,但还在昏迷。林嘉华告诉顾宗伟,他母亲的病已经很严重了,治疗只能是拖时间,想要保证不复发,一定要小心再小心。

顾宗伟不敢大意,又请了一个护工照顾母亲。

于米来到医院,在顾总跟前说了几句话,顾宗伟脸色大变。

"顾总,小顾总现在被顾董任命为财务总监,公司赞助医院盖楼这件事也被压下来了,听说是顾董的意思。"

"该死,马上准备动工了,给我来釜底抽薪。"

"顾总,下一步我们怎么办?"

"老头子故意给我出难题,在新加坡的项目没有正式启动之前,住院部的事只能暂时搁着了。"

"新加坡那边最近来了消息,还在说国内的质量问题。"

顾宗伟一拳打在墙上,最近百事缠身。为了顾氏他已经忍了二十年,如今母亲危在旦夕,他不能丢下母亲不管,但是他也不能让自己前功尽弃。

简静担心他,一直站在走廊。看他为难,她能为他做什么呢?

简静走过去,轻轻对他说:"你去吧,这里有我。"

他抬起头看她,她眼神里是"放心"两个字。

母亲生病这段时间,他每天需要将自己一劈两半,一半留在医院,一半留在公司,随时掌握公司的一切动态。

质量问题媒体那边已经压下去了,新加坡那边又怎么会知道?就算网络无国界,顾宗伟也已经联系了各大网站屏蔽一切有关顾氏质量问题的言论。

车到了公司,临下车顾宗伟丢给司机一句话:"你去医院守着,简小姐用车方便。"

于米和司机互相对视了一眼,对顾总的心意捉摸不透。明明很在意对方,却总是假装离得远远的,还特意交代医院,以后有任何与顾氏相关的事情都不需要交给简静了。

顾总,真是个谜一样的男人。

顾氏,小顾总的办公室比顾宗伟的大一倍,里面还有一条十米长的小溪流,扔了一些鹅卵石,养了几条金贵的鱼。

"大哥,你终于来了,我的办公室怎么样?你要不也重新装一下,我让他们按照这个给你整一间出来。"顾宗林正在办公室拍小金鱼,听到有人进来,原来是大哥,忍不住兴奋地炫耀。

"不必了。爸有没有跟你说新加坡项目的事?"

"跟我说那边出了点问题,他要亲自处理。"

"知道是什么问题吗?"

"好像是质量问题吧!"

顾宗伟拍拍弟弟的肩膀,这个同父异母的兄弟一向单纯,根本不适合在职场混。但是父亲从小宠爱弟弟,一心想把公司交给他打理,他却身在福中不知福,整日以摄影为乐。

"既然到了公司,就少弄你的相机,爸看见会不高兴。"

顾宗林调皮地撅着嘴,示意老爸一向这样,才不理他。

"镜头换了吗?"

"换了,多谢大哥的支持,这个镜头可宝贵了,下次帮你和小护士免费拍照。"

"别贫了，有时间了解一下公司的事。"

"大哥，知道了，我拍完这张马上就去了解。"

顾宗伟走出办公室，这个弟弟从小只有大哥支持他的摄影梦。他也一向把这个大哥当成亲大哥。正因为这样，老头子总是防着顾宗伟。

单纯的弟弟，顾宗伟摇摇头走了。

近期一定要去一趟新加坡，把启动仪式确定下来，中间不能再有任何纰漏。老头子已经决定插手了，而他要在老头子行动之前搞定一切，否则多年的心血就白费了。

母亲，他永远割不断的一块心病。

简静一直照顾着何阿姨，直到何阿姨终于醒来。简静为她盛了一碗米粥。何阿姨却没有胃口吃，摇着头。

"多少吃一点吧，这样好得才快。等您出院了，我陪您去逛街，陪您看戏，好不好？"

何阿姨开心地笑着，却笑得很艰涩。

"乖，这才对，我的好阿姨，吃了饭累了就睡一会儿，不累我就陪您说说话。"

简静哄着何阿姨，像哄小孩子。顾宗伟跟母亲生活了那么久，母亲不吃饭，他是一点办法也没有。

看着窗外月光升起来，简静给何阿姨念起"床前明月光"的诗。何阿姨声音很微弱，嘴巴一张一合跟着念。

"窗外月光这么好，等您病好了，我陪您看月光，好不好？"

何阿姨慢慢地睡着了，简静站起来，发现腰背酸疼。她轻轻出了病房，关上房门。孙宁这时巡查病房过来，揪着她问："你是不是喜欢顾总？"

"别闹了,我好累。"

"哦,我知道了,你们俩?"

孙宁忽然恍然大悟,顾总为什么忽然不让简静去顾氏了,简静为什么听到顾宗伟的消息会反应过度,再说人家妈生病她比任何人都紧张……

"别乱说。"

"'以后不许再喝酒'那条短信是顾总发的吧,尾数四个八,普通人哪有这种号。终于被我发现了。"

嘘,简静示意她小声一点。

"我可当你是最好的姐妹,你瞒着我就是不对哦!"孙宁有些不满。

简静幽幽吐出一句话:"你知道,他有女朋友。"

"所以你就问我油条和咖啡是不是?我说简静你是不是傻啊,有女朋友怎么了,有能耐你就给我抢过来,这样的男人没有女朋友才叫天下奇闻!"

简静惊讶,是这样理解的吗?

"只要没结婚你就有机会。来得早未必能守到最后,不到最后,还真说不好到底是谁的。喂,你要是抢,我支持你。只要记得我还不起房贷的时候,帮我吹吹枕边风就行了。"

这个孙宁,总是在给人希望的时候,再过来挠个痒。

于米和司机来了:"简小姐,顾总让你先回去休息,这里有我守着。"

"没关系,我可以。"

"你明天再来吧,顾总这几天会很忙,如果你也倒下了,恐怕他会更难受。"

简静不知道于米这话的潜台词,是顾总很担心她,还是她累垮了没人照顾何阿姨了?她非常忐忑,从来没有过的底气不足。于米再次劝她回去休息,简静只好交代了一些照顾病人的注意事项。

"老王,送简小姐回家。"

"不必了,让王师傅和你守在医院吧。"

"顾总交代,一定要送你回去,你不会让我们难做吧?"

顾宗伟总是安排得这么霸道,又这么让人无力拒绝的细心。

夜已深,简静刚换上自己的衣服,司机已在外等候。

"医院真该给你颁个'白衣天使'奖,照顾病人比照顾未来的男朋友都用心。"林嘉华不知道从哪窜出来的,嬉皮笑脸地说道。

"要不你跟院长商量商量,再给我发点奖金,提点工资什么的。"

"我看行!"

简静不理他,这时候还真有点累了,拿起包往外走。

"我送你,路上也好挺身而出英雄救美。"

"谢了,你的手术刀还是留给病人吧!"

"真的,我送你,这么晚不安全。"

"不用,还要我再说一遍吗?"简静径直走出医院,上了停在门口的一辆车。那辆车属于商务型的别克,林嘉华离远了只看到一个牌子,但是估计价格不菲。

林嘉华有些奇怪,他自认为对简静了如指掌,她的生活应该是简单的两点一线,两点之间唯一的交通工具就是公交车。但是深夜停在医院门前专门接她的别克车,让他茫然了。难道因为他还不够爱她,才那么不了解她?

简静靠在车里静静听着轻柔的音乐,窗外丝丝缕缕的清风吹得人惬意。这样的晚上,坐在车上,驶过城市中心的位置,看着灯红酒绿歌舞升平，自己如过客一样掠过城市。这种感觉，就像她在顾宗伟的世界里也扮演着同样的角色：过客。

"简小姐，幸好有你，不然顾总真要累垮了。"

"这是我的工作，我应该做的。"

"简小姐，别嫌我多嘴，其实顾总对你真的很好，我从来没见他对一个人这么用心。"司机忽然说。

简静愣神，对她有多好？就是避而不见，把她推得远远的？

"他对女朋友应该更好吧？"

"简小姐不知道，顾总和安琪小姐之间不是爱情，我看得出来，顾总很爱简小姐。"

"王师傅你没有酒驾吧？"

"我说的是真话，本来我一个司机不该说这些的，但是我看顾总每晚都到你家楼下盯着你的房间看，一等等到大半夜，每晚抽掉一包烟，实在是看不过去了。"

清洁工每早骂的人，原来是他。她的心骤然停顿，一秒钟之后心跳加速。

"那安琪小姐呢？"她迫不及待地想要弄清楚顾宗伟的心意。

"这属于机密，顾总不让我透露给任何人，你只要知道他是真心爱你的就行。在顾总最难熬的这段时间，你要多给他鼓励，帮他渡过去。"

最艰难的时光，应该期待最爱的人站在身边，哪怕什么也不做，只是默默地支持。简静能做的就是照顾好何阿姨，让他无后顾之忧。

原来那日简静让他放了自己，他真的放手了。躲避着，不敢靠近，却以这样的方式接近她。他们每个晚上都相距那么近，近到只隔楼层的距离，然而她却什么也不知道。

这一刻，她多想来到他身边，告诉他，我是爱你的。

"王师傅，谢谢你告诉我这些。"

"简小姐以后叫我老王就行了。"

"谢谢！"

老王是从小看着顾宗伟长大的，小时候，别的孩子用来玩耍的时间，他用来看书，看的都是经济学和管理学类的书。老王知道这个孩子内心承受着巨大的压力，他一直隐忍不发，也从不向任何人倾诉。作为下属，他无能为力；作为长辈，他万分心疼。

简静告别了司机老王，上楼回了自己的家。

林嘉华坐在出租车里，看到开别克车的正是顾宗伟的司机。

注定这是个不眠的夜晚，简静再也睡不着了。她从来不知道每天往楼下看的时候，原来有个人也在望着楼上的她。

简静站在六楼的阳台上，看着前方的天空，寂寥的星星。看着小区楼下已被暮色遮掩的绿化植物，看着一个个还在闪着灯光的房间。她突然对一切事物都万分有兴趣，看到什么都觉得是好的。

后来，竟不知怎么迷迷糊糊地睡着了，被子也忘了盖。早上简楚玉来敲门让她吃饭的时候，她才发现自己斜躺在床上，脚上还穿着拖鞋。也许，站得困了，直接倒在床上了。

简静醒来第一件事，赶紧打开窗户，看看楼下。然后饭也顾不得吃，匆匆喝了牛奶，拿了两片面包慌里慌张地下了楼。简楚玉还在后面喊着"你慌什么"。

她要看看地上有没有那些烟头了。没遇到清洁工，也没看到烟头，有些失望。

她站在楼道里等了一会儿，已有些早起的人从楼道里出出进进，看她不上楼也不下楼，有些奇怪地看着她。简静却内心兴奋到顾不得别人的眼光，等到清洁工来了，她装作刚从楼上下来。

"阿姨，今天早上还有烟头吗？"

"哪天没有，不过你们楼前那堆今天没了。"

"怎么没有了？"

"扔烟头死全家，我看他还敢不敢！"清洁工指着一张简陋地贴在楼前的纸，上面潦草的笔迹写着几个大字——扔烟头死全家。

"人家不过扔几个烟头，你扫起来就是了，这是你的工作。写这么毒干什么！"简静有些恼怒。

"咦，我说你这个姑娘，关你什么事啊，你急什么？"

"我……我就是看不过去。"

"我看扔烟头的人是找你的吧！"

"你管得着吗！"简静第一次这么蛮不讲理，为了让她一夜失眠的男人。

就算刚刚跟人掐了一架，简静的心情还是出奇地好。走出小区，发现王师傅的车已经在小区门口等着了。看到她出来，立刻按喇叭示意。

简静觉得心里甜甜的。钻进车里，让司机开到早餐店，她要帮顾宗伟买早餐，这次说什么也不能便宜林嘉华了。

"顾总也喜欢吃这家店的早餐，有时候给夫人带回去一些，每次都买多。"老王说。

"这家的味道很不错。"

"买这么多？"

"嗯。"想到为顾宗伟买早餐，简静心中就一阵一阵地兴奋。

来到医院，于米和两个护工正守在病房，孙宁和林嘉华正为何阿姨检查身体。

"知道我没吃饭,买这么多包子。"孙宁看到简静手里拎了一袋包子,伸手过来就要拿。简静打掉她的手。

"要吃自己买。"

"你吃得了那么多吗?不会是给林医生的爱心牌早餐吧?"

"真该饿死你!"简静看了一眼林嘉华,他今天是出奇地安静,见到简静之后一句话也没说。检查完何阿姨的身体后,他交代了几句,连招呼也没打就走了。

简静拉着孙宁问:"他吃错药了?"

"谁知道,早上一来就这样了。"

简静无心去想林嘉华的心情,全部心思都放在顾宗伟身上。真是想曹操曹操到。正盘算着怎么把早餐送给他,他就来了。

"顾总!"于米站起来问好。

顾宗伟点了点头,让于米回去休息。

"妈,今天有没有好点,我给您带了早餐,先喝点粥吧!"顾宗伟也提着"祥云"的包子和稀饭。

简静好不容易鼓起的勇气,终是瘪了。

"我也给阿姨买了早餐。"简静只得这么说。

"不必了,你吃吧!"

简静提着早餐,放下也不是,提走也不是。

"我把粥放在保温杯里,何阿姨饿了再吃。包子不容易消化,我带给孙宁她们好了。有事喊我,我先回去了。"一口气说完,放下粥,匆忙出门,出了门喘了好大一口气。

见到他怎么心跳那么厉害?简静回到服务台,几个小护士正在谈住院部大楼停盖的事。

"听说顾氏内部出了问题。"

"我也听说了,顾总不会说话不算数吧?"

"说不准,毕竟是一大笔钱。"

"对顾氏来说也不过九牛一毛,就是他们想不想盖的问题。"

"顾总不像那样的人啊,他妈还住在我们院里呢!"

七嘴八舌的议论传到了简静耳朵里,原来住院部的楼暂时停盖了,不知道顾氏遇到了多么大的危机,顾宗伟能不能挺过去。

昨夜,王司机的话还在她耳边回荡——在顾总这段最难熬的时间,你要多给他鼓励,帮他渡过去。

公司危机,母亲住院。每一件事都像是一座大山,压着他。

巡查病房的时候,简静又来到十二号病房,顾宗伟已经趴在病床前睡着了。窗外的阳光透过来,照在他的肩膀上。

何阿姨示意她帮宗伟盖件外套。

简静比了一个"OK"的手势,小心翼翼地拿起一件衣服轻轻为他披上。尽管她的动作足够轻了,他还是醒了。

"对不起,吵醒你了。"

"我怎么睡着了?"

到底是有多累才能在病房里坐着睡着。此刻的他,看起来很憔悴,让人心疼。

"你再睡会儿,我守着。"

"我没事。"

何阿姨也心疼自己的儿子,看着他到病房伺候自己吃饭后没多久,坐在凳子上就睡着了。他一定是很累了。她了解自己的儿子,如果不是困到了一定程度,他是不会被累倒的。

何阿姨伸出手抚摸着儿子的脸,充满疼爱地说:"小伟,有小简照顾我就够了,你回去吧,我知道你担心公司的事。"

"妈,公司没事。"

"别瞒我了,你是我养大的,我还不清楚你的脾气?但是小伟啊,妈还是那句话,不希望你为了权位放弃自己的幸福。

妈只希望你过得幸福,不求你有多大成就。"

"妈,您别操心了,我会处理好自己的事。"

简静听不懂何阿姨的话是什么意思。司机、于米、何阿姨,每一个人都对顾宗伟有着不一样的感情,每个人都觉得他很难。她却什么也不了解,什么忙也帮不上。

"你回去吧,这里有我。"她对他说。

"好,我处理好公司的事就回来看您。"

何阿姨点点头。顾宗伟临走时回头看着简静,想说什么,却始终没有说出口。

顾宗伟被公司的事和母亲的病情弄得焦头烂额,他一连几天都没有好好休息过。躺在床上却怎么也睡不着。看了一下时间,夜晚十一点半。

他拿了车钥匙,开车驶向每晚都会去的一个地方。

看着她的小房间亮起的光,心中就很平和安静。仿佛,她也在看着自己一样。十一点准时关灯。

开到小区,已经接近十二点了。她房间的灯却还亮着。她也失眠了吗?还是那个林嘉华让她不开心了?

他将车开到楼下,下车站在车旁,点起一根烟,一口一口抽起来。六楼房间的灯忽然熄灭了,他才想她是要睡觉了!

烟越抽越清醒,更无心睡眠了。

想起那次看到她和那个林嘉华在小吃摊前甜蜜的笑容,他的心仿佛被针扎了一样。这样的笑容是他做梦才能看得见的。他多想拥有,把她紧紧贴在心口,给她自己能负担得起的一切。

只是,现实很残酷。

这个局,他布置了二十年,绝对不能放弃。

"宗伟。"一个声音在寂寥的夜空里响起,在零点时分格外清晰地传过来。又是幻觉，手里的烟烫在胳膊上，让他清醒。

然而，却不是幻觉。他看到简静站在楼道里，正向他走来。

"为什么把自己烫成这样？"简静跑过来，扔掉他的烟，抚摸着他的一个个伤疤，心疼地问。

他什么也不说，用力搂着她。这一刻，管它是梦也好，是现实也好。

简静终于等到了这一刻，守在窗前看着楼下有没有车驶过来，看看有没有一个人从车里下来抽着烟看着她的房间。

她终于等到了，蹑手蹑脚地躲过了母亲，关上房门，飞奔下来。正好见他用冒着火星的烟头烫自己的手臂，她心疼地跑过来，阻止他。

依偎在他怀里，再也没有比这更踏实的感觉了。

"为什么躲着我？为什么每晚来这里？为什么抽很多烟？为什么每次遇见我，你都不温不火？为什么……"

他轻捂她的嘴。

"我不能。"

她踮起脚尖吻上他的嘴，烟味还在嘴里弥漫。原本讨厌的味道，因这味道是为她而染，她贪婪地吮吸着。就算是毒，她也宁愿毒发身亡。

他回应着。

简静生涩地吻上去，没有经验的她只是嘴唇贴着嘴唇。

顾宗伟撬开她的唇，贪婪地亲吻她的芳泽。

"为什么你又来了？"声音在接吻中模糊不清。

"我爱上你了。"只是这几个字，他浑身一抖，差点抖落了眼里二十年不曾滴过的眼泪。他用力抱紧她，生怕她再跑了。

"你不在乎我有……"

"不在乎，我什么都不要，只要你不要不理我，不要躲着我。"

顾宗伟拉着简静上了车,他开得很快。

"你慢点。"

"我的心跳比它还快。"他听了她的话,把车慢下来,一手握着方向盘,一手紧紧抓着她的手,"还是有点凉。"

"嗯?"

"我说你的手还是这么凉,不过以后有我在,我会暖热它。"

顾宗伟从来没有像现在这样有过归属感。一个漂泊不定的心终于有了避风港。他什么都不告诉她,什么都不需要她担心,只要她站在自己身边。

他们站在上次去海底餐厅吃饭的海边,紧紧靠在一起。海风有些凉,他们却一点都不觉得冷。

靠在她的肩膀上,他再次睡着了。简静却怎么也睡不着,侧脸看着他熟睡的样子,如医院的那个夜晚一样。他就是这样靠着她,她也是这样坐得很直。谁会想到有一天他们又可以这样依偎在一起,这次心也拴在了一起。

清晨五点,一阵闹铃,顾宗伟醒了过来。

他看了一眼始终望着他,甜甜地笑着的简静,抬头在她脸上留了一个吻。

"以后我再这么睡着,你要叫醒我。"

"看着你睡,很幸福。"

"肩膀也很累!"

她笑了,他也笑了。

"你的闹铃怎么这么早?"

"我平时就这个点起来。"

"每天就只休息四五个小时?"她有些心疼。

"四个小时就够了,五个小时太奢侈。"

"怪不得你这么显老,睡得太少了。"简静抱怨道。

"这么快就嫌弃我了,昨天是谁说爱我的。"

简静羞起来,捶打着他:"哎呀,不理你了。"

顾宗伟固住她的两条胳膊,抱在自己怀里,略带伤感地说:"我会给你幸福,只要你等我。"

简静摇摇头说:"我只要你对我好,一天,两天,一年,两年,都好。"

他心疼地拥着她,亲在她的额头上,"我会给你幸福,相信我。"

简静一夜未归担心被母亲发现,趁简楚玉还没醒来做早餐,又溜回家中。

刚打开门,迈进去一只脚,只听一声"一大早去哪儿了"。

简静笑嘻嘻地站在老妈面前,殷勤地帮老妈捏捏肩膀,"妈,我发现您的皮肤越来越好了。"

"别企图转移话题,这么早你去哪儿了?"简楚玉根本不吃这一套。

"就是溜达溜达。"

"溜达了一晚上,夜不归宿。你知不知道你妈担心死了,我等了你一晚上。"

"我错了,我错了,好不好。下次再也不会。"

"坦白!"

"医院有急事召我,我看您睡着了就没跟您说。这事都怪那个孙宁,她什么时候请假不行,昨天那么忙,医院送来急诊病人,你说我不去多不合适,好歹我也是白衣天使。是不是,妈?"

简静捏得住老妈的软肋,她刀子嘴豆腐心,平时看起来像有七八个心眼,其实一个也不全。简楚玉听简静这么一说,也不生气了,"你忙了一夜还没吃饭吧,我去给你做。"

"妈，我回来拿点东西，还要回去。"

顾宗伟在楼下等她，她回来取包和手机。

"医院还让不让人活了，回头我去找你们院长说道说道，一个人当三个使。"

"我走了，您自己做点吃吧！"简静不等母亲回答，跑出门外。她已等不及见到楼下那位了。

"给你拿了块山芋，还热着呢。"简静拿出两块山芋，给了顾宗伟一块。

"你平时就吃这个？"

"有时候我妈懒或者心情不好的时候，我就没早饭吃啰。就拿微波炉热这个，比烤的好吃。"

"每天吃这个可不行，我带你去吃早餐。"

简静又想起他们第一次一起吃早餐的情形，她饿惨了，他也很饿，两个人不顾形象地大吃。忽然觉得很开心，笑了起来。又想起为他买了两次早餐，却没有机会给她，不禁还有些气。

"我给你买过两次早餐，但是那时候你总是不理我，害得我也不敢给你。"

"哦，哪两次？"顾宗伟饶有兴趣地问，他很想知道在他煎熬地躲避她的日子里，她是不是也在想着自己。

"阿姨第二次住院那次，你和……她一起去看阿姨，还有昨天。"她想起了安琪，这个标志着她身份的女人。因为安琪，简静只能成为别人眼中的第三者；因为安琪，她和他只能谈地下恋情。一进医院，她是她的护士，他是他的顾总。

顾宗伟见她说到安琪时，顿了一下，用"她"代替，知道她想的是什么。他气自己，没有资格去安慰和承诺。

"以后你为我做了什么，无论是什么时候，告诉我。"

简静温柔地点点头。

简静和顾宗伟一起下车,一起走进了医院,这一幕被林嘉华看在眼里。他猜得一点也没错,简静成了别人的小三。

顾宗伟去看母亲,简静必须去值班。他们告别时都那么含情脉脉。

"喂,林嘉华,看见我你跑什么?"这个林嘉华最近越来越奇怪了,不跟她说一句话,连见到她也要躲着走。

"我忙着呢!"

这口气不对,自从她认识林嘉华以来,这家伙从来没用这么冲的口气对她说过一句话。他总是贱贱地叫她"静静",她就算打他骂他,他也一直是逆来顺受的。

简静看林嘉华头也不回地走远了,嘟囔一句"脾气见长"。

此时,她才管不了林嘉华如何,刚刚获得爱情,甜蜜的感觉正冲击着她的大脑。有人来服务台咨询,她不但详细亲切地回答完毕,还会赠送一些友情提示,甚至亲自领着一位身强力壮智商正常的青年小伙子到自助挂号处,现场教授挂号流程。

"简静吃错药了?"孙宁问。

"护士又不是卖笑的,你看她那脸笑容都快把下巴笑掉了。"小美说。

"趁她心情好,我多争取点赞助。"孙宁走过去,笑眯眯地问简静,"亲爱的,最近天气真好啊!"

"嗯,天气是不错。"

这个简静,明明降温了,还说天气不错。

"我最近付房款手头有点紧,能不能借你点嫁妆钱用用?"

"没问题,要多少?"

"五……五万。"

"好,给你五千。"

"我说的是五万。"孙宁比画出五个手指头。

"对啊,我只有五千,爱借不借。"

"亲爱的,看在你心情这么好的份儿上,就不能多出一点点?"

"我心情好又不是智力残障,你上次借的两万块什么时候还我?"

"当我没说,OK?"

顾宗伟过来了,对简静说:"我公司还有事,要回去一趟,帮我照顾一下我妈,我已经让于米过来了。"

"路上小心。"

顾宗伟回过头来说:"对了,这张卡先放你这儿,需要交费的时候帮我交一下。"

孙宁眼都直了,惊呼:"白金卡,这就是传说中的无限透支吗?"

简静狠狠鄙视她一下,说:"见到钱眼睛就直成这样了?"

"你可以顺便多借我五千了。"

"没有。"

"亲爱的、静静、静姐姐……"孙宁各种亲切的称呼都喊遍了,简静一口回绝:"不行!"

"今天心情这么好,原来是吃油条的终于和喝咖啡的在一起了,真令人羡慕。"

简静只顾笑不说话。

"你真的搞定了?"孙宁一副不敢相信的样子,她不过随口说说,顾总是什么样的人物,有了身材一流的空姐,怎么还能看上简静呢。这是什么重口味?难道喝惯了咖啡的胃,都希望尝尝自来水的清凉吗?

简静笑着默认,示意孙宁不要说出去。

"天啊,你太疯狂了,你知道他有女朋友的!"

"不是你让我追的吗?"

"我随口说说的。"

"你——"

"好吧,不管怎么说,也算是我促成了你们。你说我那个房子是不是再打个五折六折的。"孙宁总是时时刻刻不忘她的房子,简静真是服了,朋友是关键时刻用来利用的吗?

"我在想,要不要让他把你的五折收回去。"

"我闭嘴。"

第六章　他窥视她的真心

下午，顾宗伟从公司回来陪母亲聊了会儿天，等简静下班接她一起去吃饭。

"今天吃什么？"

"吃小吃。"

顾宗伟开车行驶到夜市，车靠路边停下。他为她打开车门，手挡着头顶，以防她磕到头，这样的服务真是贴心。简静心里美美的，看着他就是一种幸福。

"我以为像你这样的人会不喜欢吃路边摊。"

"只要你喜欢吃，我都可以带你来。"

"你怎么知道我喜欢吃？"

"我做梦梦到的行不行！"顾宗伟一手揽上她的肩膀，"想吃什么随便买。"

"是刷你的白金卡吗？"

顾宗伟爽朗一笑："我让于米帮我去取现金了。"

简静觉得于米真是太伟大了，早上要把当日天气情况发到顾宗伟的手机上，公司的来电按照轻重区分筛选，偶尔还要晚上加班照顾何阿姨。现在连取钱这样的事都管，简直全才。

于米打的过来了，取了一沓钱交给顾宗伟。于米冲着简静意味深长地一笑，简静明白她的意思，羞涩地回以微笑。

简静要于米一起逛逛夜市,吃些小吃。顾宗伟却打发于米回去,于米自己也说不当"电灯泡",看来她这个小情妇当得还挺深得人心,以及光明正大的。

"这个羊肉串来个十串,这个臭豆腐来五盒,还有这个章鱼小丸子来五份,这个……""喂,你要养个吃货吗?够多了。"

顾宗伟问也不问她想吃什么,直接上来就点,就算不吃,光提着也拿不了啊。

顾宗伟笑而不答,继续点他的小吃。他可知道简静有多大胃口,那次真把他给憋坏了,一个人在车上看戏生闷气。好不容易有这个机会,非要她也吃得高兴。

两个人找了个塑料圆桌,虽然白色的桌面看起来已经染上了污垢,但是一点也没影响到简静一颗吃货的心。她左手拿着羊肉串,右手牙签插着小丸子,顾宗伟还学着林嘉华,时不时喂她一口臭豆腐或者鸡排。

"够了够了,我嘴里塞不下了。"简静一张嘴又是吃这个,又是被他塞进来那个,实在是吃不下了。

"你别光看着我吃,再这样我不吃了。"简静放下手里的小吃,这个顾宗伟只是盯着她看,一口也没吃。而且还有些嫌弃白色塑料圆桌上的污垢。像这样的小地方,难道和他在海底餐厅的标准一样吗?

没体会过人间疾苦的大少爷!

"张嘴!"简静拿着小丸子命令他。

顾宗伟摇摇头说:"你吃。"

"我让你张嘴,乖!"

顾宗伟只得做个听话的孩子,简静兴奋地喂给他吃。

原来,看着自己所爱的人吃东西,是这么令人兴奋的事。

"喂,走啦!"

顾宗伟拿起塑料圆桌上还没吃完的小吃，催促简静快点走。简静还在吃她最爱吃的小丸子，冷不丁被揪起来，真是舍不得。

"还没吃完呢！"

"边走边吃啊！"

"走着不好消化。"

"走啦！"他根本不管她，拿着小吃就走了。简静嘴里嚼着小丸子，边喊边追上去。这家伙却越走越快了，她几乎要小跑着追上去了。

"我不跑了！"她生气了，站在原地，蹲地上耍赖不走了。顾宗伟到底什么意思，就是故意不让她追上去。

顾宗伟还冲她喊："起来，快点追我。"

简静继续耍赖："就不追，不追了。"

顾宗伟只好转身回来，俯下身对她说："你不觉得这样追着东西吃的感觉，很开心吗？"

"顾宗伟，你是耍着我玩吗？不开心，一点不开心！"

"你和林医生明明就是这么这样的，你笑得很开心。"

简静努力回想，她和林嘉华？那次夜宵吗？

原来他今天带她来吃夜市小吃，为她买了很多小吃，还非要闹着玩追逐游戏，就是因为"嫉妒"！简静突然觉得顾宗伟很可爱，像个小孩子一样耍赖吃醋。

"你吃醋了！"

"没有。"他也意识到自己太孩子气了。站起来，把手里的小吃都塞给她，自己掸掸身上的衣服，恢复成顾家大少爷的派头，命令地说了两个字："走了！"

顾宗伟拨了一个号码，冲电话那头发了一个命令："你过来一下。"

不到十分钟于米就来到了他们眼前。简静惊讶地看着于米，怎么可以这么迅速?

于米报告了公司目前的状况,在他们逛夜市的这一个小时里,顾氏一共发生了三件事:小顾总闹着要辞职;顾董大发雷霆要封锁小顾总的经济;医院住院部的经费已经得到解决。

"我知道了,公司你暂时不用盯着了,一起回医院。"

"是。"

三个人朝黑色的宝马车走去,简静很自然地去拉副驾驶的车门。顾宗伟却拉着她,让她去坐车后座。她心中有些不悦,难道就这么怕被人看到吗?

只见于米坐在驾驶位上,顾宗伟和她一同坐在了车后座。于米还会开车?

碍于于米在车上,简静还是选择了低调。顾宗伟要拉她的手,她却往边上挪了挪,手放在腿上。

护工已经为何阿姨煮了营养汤,简静接过碗,喂何阿姨喝汤。顾宗伟靠着病床,直直地看着。

这一刻,他冒出一个想法:如果带着母亲和简静离开这个地方,离开顾氏,过着只有他们三个人的生活,不知道是不是更好。但是这个想法很快被他否定了。离开顾氏的他什么都不是,离开顾氏的他只是个彻底的失败者。从前丢失的尊严,将永远也找不回来。

只有成为王者,才能拥有一切。这是老头子教给宗林的至理名言,但宗林每次左耳朵进右耳朵出。真正记在心里的,是他这个躲在门外偷听的大儿子。

林嘉华过来了,为何阿姨检查身体。看似好转的病情,其实暗流涌动。

"林医生,我妈病情怎么样了?什么时候可以出院?"

林嘉华看着简静在十二号病房里做了那么多不是一个护士该做的工作,看到她亲自喂病人喝汤,他甚至想过隐瞒病情,不告诉这个一向骄傲的富家少爷。然而,他是有职业道德的,应该他负责的,他不允许自己有任何的闪失。

"顾先生,跟我来一下。"

林嘉华把顾宗伟喊到外面来,将何阿姨的病情一一相告。她的病情已经稳定,但是心中郁结一直没有舒缓,这样下去只会导致病情反复,而且也不能预料什么时候会复发。

这个消息犹如晴天霹雳。

"林医生,没有其他办法了吗?"

"这种病最忌讳心中有放不下的心结,可能一点微小的刺激都会要了病人的命。所以我建议,病人身边二十四小时都要有人守着,一旦发病立即抢救。"

顾宗伟差点站不稳,虽然只是可能,但微小的可能性还是让他无法承受。他还没有成功,母亲不能有任何闪失。

"林医生,如果转院呢,我找国内最好的医院,最好的医生,顶级的医疗设备。"

"顾先生,请你冷静。"

距离成功就那么近了,一切却好像失去了意义。顾宗伟回去之后,每每看到母亲,心中便涌起一种难以言喻的悲伤。何阿姨还在问他"什么时候出院",她想看公园里的海棠花,想去海边吹吹风晒晒太阳。她说她还有很多愿望,不能一直待在医院里,这里的空气太压抑。林嘉华也建议满足病人一切的愿望,尽量让病人保持开朗的心情。

母亲的心结已经郁结二十多年,不是一下子就能放下的。他到底要怎么做,才能让母亲健健康康呢?

简静见他一直失魂落魄,问他,他却不肯说。

"林嘉华,你跟宗伟说了什么?"

"宗伟,叫得真亲!宝马车坐着很舒服吧?"

"你什么意思?"

"他有女朋友!"

原来他都知道了。

"你故意夸张病情对不对,你故意气他的?"

"简静,原来我林嘉华在你眼里就这么不堪,看来以前我是看错了你。"林嘉华不做任何解释,离开了。

简静一个人待在原地,想着林嘉华那句话。她知道林嘉华是个负责任的医生,任何时候他都不会拿病人的生命开玩笑。她却还说出那样的话,伤害他。

林嘉华的姐姐,就是因为一个不负责任的妇产科医生,失去了子宫,再也没有办法生育。而姐姐从小对他最好,所以他高中的时候就对简静说:"我要考上最好的医学院,成为最有责任心的医生。"

她一直敬仰的偶像,崇拜的大哥哥,就这么在她混沌的恋爱中失去了。

记得第一次顾宗伟要换主刀医生时,她还为林嘉华辩护。时间才过去没多久,就变成了她对他的怀疑。想来真是讽刺,一段感情可以改变一个人的是非判断。

顾宗伟开始联系国内最好的专家,但是得出的结论是一样的。

母亲的心结是,一直劝他不要和顾氏再有任何瓜葛,但是他偏偏想霸占顾氏。他该放手了吗?

简静站在他身边,安静地抚摸着他的脸,还有胡碴儿在挠着她的手心。

"别担心，阿姨不会有事的。"

他用力抓着她的手，放在自己的脸上，盖住眼睛，让眼前灰暗起来。他什么也不要看见，什么也不去想。

按照母亲的意思，咨询了林医生，顾宗伟为母亲办理了出院。那天安琪从印度转机飞回来，特意接何阿姨出院。

安琪穿了一身无袖印花连衣裙，复古的风格衬托出她娇美的脸庞，脚上是一双白色的鱼嘴高跟鞋，露出几个染着红色指甲油的脚趾。简静注意到她的手指也染上了淡绿色的指甲油，镶着闪闪的钻。她从头到脚的精致，让简静不自觉地后退。

一个女人的自卑，最容易在另一个女人的美貌之下无所遁形。何况，安琪还是那样优雅，连走路的姿势都是经过国际航空班训练过的，举手投足都透着优美。

"上帝太不公平了，让她长得那么好看，还送给她一个这么完美的男人。"小美不满地说。

孙宁看了一眼简静，她故意装作什么都没有发生，站在服务台热情回答众人的咨询。

"简小姐，我们又见面了。"安琪投过来一个善意的微笑，越过三米远的距离，和简静打招呼。简静尴尬地回一个笑，看她一阵风似的从医院大厅熙攘的人群中走过去。

孙宁拉着简静，"还忙什么忙，看住自己的阵营啊！"

简静倔强地不肯挪动一步，看到安琪，她已经没有气势了，还怎么面对她和他在自己面前演戏，扮演亲密。

"小美，帮忙看一会儿。"孙宁不顾简静的顾忌，拉着她就走。

"我不去。"

"你傻啊，你难道真想做一辈子地下工作者。"

"那我要怎么办？说顾宗伟是我的，他爱的是我？我能怎么办，我去了只会让自己更无地自容。"简静几乎要哭了，心爱的东西被人光明正大地拿走，她却只能无动于衷。这种感觉没有人能懂，她只能一个人默默地承受。

"我就是看不过去。她不就长得比你漂亮点，比你有气质点，比你有点小能力，你也不必这么自卑吧！"孙宁已经赤裸裸地把简静压下去了，还让她不必这么自卑。有点羞耻心的人都没有勇气盲目自信。

"阿姨，我接您去新加坡疗养吧，那里风景好，很养人的。您住上一个月，至少年轻十岁，保证宗伟再见到您都不敢认了。"

简静和孙宁看过去，安琪和顾宗伟正挽着何阿姨向这边走来。顾宗伟看到简静，眼神并没有表现出异样。

"简小姐，又见到你了，真巧。"

"是啊，好巧。"简静表情尴尬，答得极为勉强。

何阿姨过去拉着简静的手，亲切地说："小简，多亏你这段时间的照顾，你向我保证过，我出了院要来看我的，不能食言。"

简静侧眼看了看顾宗伟，他偷偷地挑了一下眉毛，传递给她一种两个人都懂的默契。简静有些释然了，"何阿姨，什么时候您想我了给我打电话。"

安琪甜甜地说："阿姨，有我和宗伟陪您，您不会闷的。这次我会住几天才走。"

顾宗伟忽然说："怎么没听你说起？"

安琪冲他一笑，"亲爱的，你不高兴吗？"

顾宗伟下意识地去看简静，简静脸上表现得平静，什么表情也看不出来。

安琪和顾宗伟挽着何阿姨走了，简静待在原地，心中五味杂陈，说不清什么滋味。偷来的幸福，迟早要还回去的。

孙宁陪着她。

孙宁为了让简静开心,慷慨地请院里的年轻人唱歌。

"我不去。"林嘉华说。

"你有病啊,平时简静去哪儿,你恨不得给她安个全球定位系统,全方位跟踪。今天她不开心,你装什么清高?"孙宁毫不客气地指责道。

"她不是不开心,是活该。"

"你抽什么风?"

"你知道她……"林嘉华气得说不出来,"她生气又不是我惹的。"

见林嘉华吞吞吐吐的样子,孙宁直觉他是知道了什么才会犯神经。

"你是不是知道了?"

"连你也知道,她真不知……廉耻。"

"你是不是男人,人家不喜欢你也用不着这个恶毒吧。林医生,我原本还以为你是个痴情种,原来这么龌龊。她喜欢谁是她的自由,你吃什么醋?"

"她喜欢谁我不管,但是不能喜欢那个人吧,他可是有女朋友的。"

"少啰唆,换了我也会选择顾宗伟不选择你,要五百万,没有;要气概,没有;要风度,没有!世界上多少个女人做这道选择题,答案也只有一个。"

林嘉华猛然一惊,是这样的吗?简静只不过选择了多数人都会选择的一条路吗?孙宁撂下一句"去不去随你"就走了。他却始终转不过弯来。

相对于冷漠和辱骂,也许他更应该有的是支持。

在包房里,简静坐在沙发上喝酒,林嘉华在一旁陪着。孙宁和小美霸占着麦克风,一首又一首要飙高音的歌曲响起,震耳欲聋地回荡在整个包房里。这样也好，不必说话，只管喝酒。

回去的时候，林嘉华护送简静。

出租车一直开到距离小区还有一段距离的地方，简静一口吐出来，司机将他们赶下了车。

林嘉华扶着简静，两个人醉得东倒西歪，还一起唱起孙宁在包房里唱的那首《死了都要爱》。安静的深夜里，两个人的声音穿梭在汽车疾驰的街道上，空旷的回音伴着此起彼伏的笑声连绵不绝。

"林嘉华，你真的好小气。"简静醉话连篇，边说边笑。

"静静，你真好看。"

"说了多少遍，不许叫我静静！"

林嘉华哈哈大笑起来，笑声和简静猛然吼起的一句"死了都要爱"，混合在一起，仿佛是伴奏。

路过的车辆，探出一个头，骂了一句"神经病"，绝尘而去。

林嘉华脱了外套，朝汽车绝尘而去的方向丢过去，骂骂咧咧道："你他妈才神经病。"

两个人就这样扶持着走到小区门口，一个人挡在他们面前。他眼神中是怒火，一把将林嘉华摔出了很远，扶着简静就走。

林嘉华揉揉醉眼，踉跄着跟过来，冲着男人就是一拳，只是这一拳打偏了，反而被揍了一拳。

"顾宗伟，你他妈的要好好对简静，你敢对不起她，我饶不了你，饶不了你！"林嘉华一屁股坐在地上，望着搂着简静走进小区的顾宗伟，骤然起誓。

顾宗伟已经等了三个多小时，简静的电话始终没人接，也不见她回来。他早已做好准备，但是今天的事还是太突然了。一想到她受到伤害，他便不能安心。处理完紧急事情，将其他事都推到明日，这才赶过来。

此刻却见她醉醺醺的,和那个一直被他羡慕的林医生抱在一起,唱着该死的《死了都要爱》。他的心都要裂了,看她在他的搀扶下一步步走过来,他简直忍无可忍。一拳砸过去,将林嘉华打得远远的。

那个小子竟然还敢对他说出那种话,他不会辜负简静,更不会让她受到伤害。只是,他需要时间,只差一点点,只要成功了,一切就都好了。

"死了都要爱,不淋漓尽致不痛快,不痛快……"简静唱着歌,还伸长了手臂表演。

顾宗伟一次次把她手臂抓回来,她又一次次伸出去。

"林嘉华,你以后不要动不动不理我了,真的很烦。"

顾宗伟心中猛然一惊,"简静,你看看我是谁!"

简静傻笑道:"你怎么了,生气了?不过你生气的样子还真好看。"

"我不是林嘉华,你看清楚了。"他真的是生气了,他等了三个多小时,就是来被她当作别的男人吗?这换谁也会容忍不了的。简静一副醉意,傻笑着,摇晃着脑袋左看看,右看看,看到他心慌意乱。

"你怎么长得那么像宗伟?我醉了,不要理我,我醉了。"她继续傻笑着。

"我不是林嘉华,我是顾宗伟,你看着我!"

"别闹了,你不是他,你不是。"

深夜的楼道里,没有人来往。狭窄的空间,只是两个人面面相对。是灯光太昏暗了,还是酒精作用挥发得太猛烈,她竟然认不出他了。他只觉得胸口压着一块巨石,没有办法移开。看着她因醉酒潮红的脸,她头上戴着的他送的发夹,还有她意识模糊不清时也带着让人可气的可爱。

"我爱的是……"

他吻上了她的嘴，问她："你爱的到底是我还是他？"

简静使劲儿推开他，挣扎着，后退着，退到了墙根儿。他始终不肯放嘴，一直索取她口里的温度。她的眼泪流了下来，拼命摇晃着脑袋，拼命挥舞着拳头想要推开他。只是他太强大了，简静只是像一头被猎到的小兽，任人宰割。

"我是顾宗伟，你只能爱我。"

嘴唇与嘴唇的交缠，他的口齿因吻得热烈而变得不清晰，却足以让她听见。他霸道的口气，他衣服上好闻的味道，盖过酒精向她扑面而来。

她终于看清了，眼前这个人是她一直放不下的男人。她伸开手环抱着他，攀在他的腰上。在狭窄而老旧的住宅楼道里，他像一个侵略者，霸道地烧杀抢掠，夺走她每一处的金银财宝。

声控灯在几分钟后暗了下来，楼道里一片漆黑。他的吻落在她的脖子上，落在她娇嫩的肩膀上。她闭着眼睛，任由他侵略。

突然，他停了下来。他呜咽着说："对不起，我不该让你难过。"

他们挨着在台阶上坐下来，她靠在他肩膀上。

"原来爱情，真的比猛兽还汹涌。它会一下子让你甜蜜到连空气里都能闻到甜味，一下子让你痛苦到全世界都在掉眼泪。"简静的话落在夜空里，在黑漆漆的夜里飘荡着。

"安琪不过是我遵照老头子的意愿去追求的女朋友，我不是顾氏唯一的继承人，甚至不是父亲得意的儿子。我有的只是努力，宗林想得到一切却只要他愿意就可以。"他终于讲了出来。

简静已经睡着了。她靠着他，呼吸里还有酒精的味道。他拿出打火机，在漆黑的楼道里点出一串火苗，跳动的火苗映出她熟睡的脸庞，安静祥和。他如果每天清晨醒来，能看到这样的脸庞，就足够了。

火苗跳动了几下，熄灭了。

她的手机响了，在黑夜里闪着一缕银光——简楚玉的电话。顾宗伟挂了电话，屏幕是她抱着一只小猫，很可爱。

点开相册，带着密码。

"喂，你的相册密码是什么？"

"LoveGu。"简静迷迷糊糊地说了密码，又继续睡着了。

"这可不是我要偷看的，是你告诉我的哦。"

顾宗伟输入密码，感到一阵甜蜜。这个丫头很早开始就爱上他了，竟然用他的姓氏做密码。

相册里只有寥寥几张照片，一张是手机屏保，一张是两个人握着手互望着对方。其他几张都是她自己的照片。小女孩的心思，这么单纯。

看她睡得这么香甜，不忍叫醒她，在她额头深深留下一个吻。抱起她，向楼上走去。

简楚玉一开门，看到简静已经睡在一个男人的双臂上，这个人就是经常在楼下的那个男人。

简楚玉让他把简静送进卧室就出来，她有话问他。

顾宗伟看着简静的房间，一间小小的房间，布置得却很温馨。床头还放着好几个布娃娃，可爱极了。他为她盖上毯子，捋了捋头发，轻轻关上门，走出小房间。

简楚玉坐在沙发上，脸色阴沉。

"阿姨，您好，早就该来看您了，今天什么也没带。"第一次上未来丈母娘家里，抱着她醉酒的女儿，两手空空，窘态毕露。

"你们在谈恋爱？"

"是。"

"能给我说说你家里的情况吗？"

"我家里只有我妈一个人,父母很早就离异了。"他说。

"你什么工作?"

"我做房产开发的。"

"楼下那辆车是你的吗?"

"是。"

"看你也不像是普通工薪阶层,我和静她爸也很早就离婚了,所以我不想让她重蹈我的覆辙。你能保证她跟你在一起,你不会有二心,不会对不起她?"

"阿姨,我不会让她受半点委屈。"

"阿姨暂且相信你,但是结婚前你们不能有出格的行为,晚上必须在十点之前把她送回家。"

"好。"

"你可以走了。"

"我改天再专程来拜访您。"

简楚玉已经多次看到简静房间的灯亮到很晚,有时候蹑手蹑脚偷偷溜出去。她跟着女儿下去过一回,躲在楼道里,看到过这辆车和这个男人。

女儿很爱他,越是这样,女儿越容易受到伤害。她不想让女儿受苦,所以今天一定要盘查清楚。这个男人的回答还算满意,简洁不啰唆,可见人品磊落。

简静醒来的时候,简楚玉已经盛了一碗醒酒汤,让她去去昨晚的酒味。

"大晚上醉醺醺的,让一个大男人送过来,成什么体统?"

"对了,林嘉华也醉了,不知道有没有安全回去,我得问问。"简静说。

"你管他干什么?"

"他送我回来的,我好歹也问候一下吧。"

"昨天送你回来的不是他。"

"不是他?"

简静已经想不起来了,她只记得被赶下出租车,她和林嘉华还抱在一起唱《死了都要爱》。不是他又是谁?

"谁送我回来的?"

"姓顾的,到底喝了多少酒,连谁送自己回来的都不知道了。以后再敢这么喝,就不要回家了!"

简静打给林嘉华,"喂,你在家吗?"

"在,正准备去医院。"

"昨天不是你送我回来的吗?"

"一开始是,后来你被人劫走了。"

简静努力想,好像有那么一点印象。

"今天别去上班了。"简楚玉冷冷地说。

"为什么?"

"自己照照镜子看看。"

简静莫名其妙地跑到卫生间,镜子里的她脖子处全是吻痕,像一瓣瓣残花凋落。太羞愧了,她可从来没在母亲面前提到自己已经恋爱了,怪不得刚才母亲表情那么冷淡。羞死了。

简静找了一件领子略高的衣服,搭了一条丝巾,几乎可以盖住所有吻痕。

"妈,我上班去了。"

简楚玉冷傲地坐在沙发上,端坐着,不回头看她,只是说:"对于你的事,你没什么要交代的吗?"

"什么事?"简静假装糊涂。

"昨天我已经问过那个人了,你们既然已经谈恋爱了,就该大大方方地跟妈说,我会不同意吗?他的家庭跟我们相似,工作也还不错，看外表也过得去。既然你们决定在一起，尽快定下来，省得夜长梦多。"

"你问过他什么了？他都说什么了？"

简楚玉把昨晚的事讲了一下，简静才发觉这个妈真的不是一般的聪明，居然可以跟踪刺探她的情况。

"我们才刚谈……"

"就要趁热打铁，男人都是三分热度。"

"不了解长一点，如果像你和爸……"简静还没说完，简楚玉一脸不悦。简静闭口不敢说下去了。简楚玉还在生气，简静灰溜溜地跑去上班了。

在一夜之间，一切恢复到了从前。

林嘉华看到她笑嘻嘻地跟她讨要"青春损失费"。还说追了她这么多年，身心俱疲，如今简静一脚把她踹开，就得有所补偿。

"清明节，我带五百万瓣满天星给你送过去。"

"静静，你不能这么伤我的心。"林嘉华做出一箭被射中心脏的动作，脸部表情扭曲，表演十分到位。

"再说一次，不许叫我静静。"

"静静，你就从了吧！"孙宁哈哈大笑，学着林嘉华的语气。

简静恨不得找一种哑药，把这两个人的嘴堵上。

孙宁过来是宣布一个消息，她已经被光荣"下岗"了。简静在顾宗伟的暗箱操作下又成了顾氏和医院的联络员。为此，她特意郑重地交给简静一个额外的任务：房款宽限几日。

"孙宁，你别得寸进尺。"

孙宁一副脸皮就是厚的贱样，笑嘻嘻地哄着简静，"我婚事办了，你总得尽你的努力安慰一下我吧。"

简静惊讶，询问原因。

"就是发现找不到青春的感觉了,像两个熟人在聊天,一点没有你和顾总眉来眼去的激情。"

"谁眉来眼去了,再说你这样还青春呢,青春痘都死几万次了,你现在是奔着中年妇女的职称去的。"

"行了,房款的事务必办成。"

这个孙宁,又给她出难题。难道顾氏的房子是她说了算的,一点不明白顾宗伟在顾家的尴尬地位。朋友,关键的时候怎么总是拉你下水?

一想到马上又能见到顾宗伟了,简静什么烦恼都没了。

刚进顾氏集团,简静又被前台拦了下来,"请问有预约吗?"

"我是中医院的简静,为顾总送一份文件。"

"我是问你有预约吗?"

"没有。"

"顾总很忙。"

"可是……"

"安琪小姐在顾总办公室,闲杂人等一律不见。"前台睥睨地看了她一眼。

前台今日很得意,在她面前耀武扬威过的女人终于败在她手下了。原本还以为简静可以一步登天获得顾总青睐,成为顾氏少奶奶。谁知道顾总的正牌女友是比眼前这个小护士漂亮一百倍的空姐。顾总对这个小护士,不过就是偶尔的兴趣。如今小护士又来献殷勤,真是不知廉耻。小前台越看简静越觉得她身上有一股狐魅劲儿,更加看不惯。

"那可以麻烦你帮我叫一下于秘书吗?"

"于秘书没时间,有事就跟我说吧!"

"可是,我这个文件是需要签字带回去的。你可以代替顾总吗?"

小前台气得牙痒痒,没想到眼前这个小护士竟如此看不起她,于是干脆拦她拦到底了。前台可是她的天下,如果她不让一只苍蝇飞进去,就算一只小小的蚊子也别想溜进去。

"我代替不了顾总,所以我没办法像顾总那么善良,放你这种浑身洋溢着一股味道的女人进去。像你这样的女人,我一天要接待十个八个的,如果每个人都进去,顾总岂不是忙死了。我劝你还是从哪里来,到哪里去吧。"

本来简静想交给于米就回去的,安琪在,她根本不想来顾氏。但是小前台不肯叫于米,她也没办法进去,工作完不成回去无法交代。又遇到小前台咄咄逼人,牙尖嘴利,实在是不能忍。

"你是前台小姐吧。如果有人进顾氏,你是不是有责任去通报。如果因为你私人对我有什么看法而耽误了顾氏的大事,顾氏是不是有权开除你?我想顾总应该很高兴前台换个新面貌。"

"你,你,你别吓唬我。你算哪根葱?"

"你没看见我一个大活人站在你面前吗?如果我是葱,你顶多也就是个蒜头。"看谁厉害。她简静只不过想低调一下,可是低调不等于忍气吞声,女人何苦为难女人。

"你以后也别想进顾氏。"

"好啊,那咱们就看看。"

简静想拨电话给于米,却发现自己从来没存过于米的电话,都是顾宗伟直接联系于米。可是那个顾宗伟现在和他的女朋友安琪在一起,她怎么也不想这个时候打电话给他。

怎么办?简静干脆坐在前台沙发上,看着来来去去的人,想着如果遇到认识的就跟着混进去。

时间滴滴答答地过去了。小前台连个厕所也没去,一直盯着简静，时不时还补一下妆。

别克商务车，老王？简静看到一辆别克商务车停在了顾氏大厦前，她惊喜地发现司机老王。兴奋地冲老王挥手。

"王师傅，王师傅……"

老王看到简静坐在顾氏接待处的沙发上，走过去，问她是否需要用车。

"你能带我去见于米吗？我进不去。"

"跟我来。"老王带着简静往里走，简静得意地看着小前台脸色都变绿了。

"喂，她不能进去。"

"再不让她进去，小心顾总炒了你。"老王回道。

小前台闭嘴不敢说话了。老王跟了顾总十几年，公司上下都给他面子。

简静跟在老王后面，心情格外好。她又闯过一关，比打游戏通关还让人兴奋。

"老王，谢谢你。"

"简小姐客气了。"

简静见到于米，把文件交给她，说："顾……总有空的时候让他签个字，回头你打电话给我，我过来拿，拜托你了。"简静想了一下，还是说了"顾总"。在顾氏大厦里，她有一种外来人的感觉。仿佛与顾宗伟之间只是梦幻，这栋大楼和办公室门上写着的"总经理"三个字，都让她觉得有距离感。

"既然都来了，怎么不自己送给他？"

"不了，医院还有事。"简静将文件交到于米手上，想要走。但是她还没转身，顾宗伟办公室的门已经打开了，安琪和顾宗伟一起出来了。

安琪看到简静，开心地喊："简小姐，你这条丝巾好漂亮。"

简静下意识地想往后躲,害怕安琪突然伸过手来要看丝巾。她脖子上的吻痕岂不是要暴露在这么庄严的办公环境里了吗?

"简小姐,能陪我去买东西吗?"

"不好意思,我还要回医院。"

"没劲,宗伟没空,于米没空,连你也没空。"安琪无奈地看着顾宗伟。

"顾总,院长让我交一份文件给你,说你知道。"简静低下头,声音很小。这样的狭路相逢,这样的尴尬难堪,她站在他们的对面,不知道应该以什么样的姿态面对他。

安琪开朗的性格,完美的身材,举手投足的精致,都与这富丽堂皇的顾氏大厦相契合。而自己,总像过客,像被挡在前台无法逾越的小人物。

她这样的身份,这样的人,怎么能让人联想到她与他之间是因为爱。

深深的自卑,汇合成了苍蝇般小的声音。她喊他顾总,有一种讽刺的感觉,嘲讽的是自己。一个暗无天日的地下工作者,一个只能深夜偷偷靠在他肩膀的女人。

顾宗伟对于米说:"把你手里的工作暂时放一放,陪安琪在咖啡馆坐会儿。"

安琪撒娇道:"宗伟,我不要去咖啡馆,我就在这儿等你吧。"

安琪坐在于米的位子上,笑容亲切地问于米:"我坐这里,不影响你的工作吧。"

于米微笑着说:"当然没关系。"

顾宗伟拿了文件,让简静进办公室。办公室的门开了,却不好意思关上。外面坐着正牌女友,里面的人又怎么敢关上这扇门。

她看他走进去,坐在办公桌后面的老板椅上。

她在对面的沙发上坐下。

他手里拿着文件,却对她说:"对不起。"

她低着头,有些拘谨,怎么看都觉得是一出闹剧,没有出了这栋大楼、这间办公室的自由。她只觉得格外有距离感。就像现在,他坐在后面,她坐在前面,他们之间隔着一张总经理的办公桌。那么近,却又那么远。

她只是说:"如果没问题,麻烦您签个字,我好回去交差。"

他的心猛地被针扎了一下,他用力攥起拳,很痛。她只是不经意地轻声说出此次来的目的,顾宗伟却觉得轻柔的一句话仿佛是一把利器,将他的心剜了出来。

他说:"晚上等我一起吃饭。"

她轻轻地"嗯"了一声。

他是有千万句话要对她说的,但是看她这样委屈自己,又一句也说不出来。办公室的门开着,他看得见安琪坐在于米的位子上,冲着他笑。这样的日子,已经过得太久了,也让他太压抑了。

环顾这间办公室,这栋自己十岁就经常出出进进的办公大楼,还有周围忙碌着的顾氏员工,一切都那么压抑。他有一种冲动,拉着她的手,逃出去。不管是安琪、老头子还是顾氏,统统抛到身后,再也不管了。

这时简静站起来,对他说:"顾总,我先回去了。"

她如坐针毡。这种感觉他如何不明白。看着林嘉华送她回家,他们抱在一起唱着《死了都要爱》,他也是像她现在的心情一样,恨不得一把火烧了记忆,干脆没有思想。

"等一下。"顾宗伟把文件交给简静,离她只有一份文件的距离。

简静又闻见了他身上好闻的洗衣液的味道,不,是香水的味道。那种让她为之着迷的味道。她抬起头来,看着站在她面前的顾宗伟。这个人让她不断想起从前,想起他们认识的一幕一幕。那么近,又那么远。

"晚上,等我。"

"我走了。"她连"嗯"一声也没有了,夺过他手中的文件,走出了办公室。

办公室的门依然打开着。

安琪站起来,走过去挽着顾宗伟的胳膊,亲昵地说:"陪我去好不好?这个要未来儿媳妇和儿子一起挑才好。"

简静走在不远的地方,听着安琪撒娇的声音,忽然想要走过去拿掉她搭在顾宗伟身上的胳膊,对她说:"这个男人是我的。"

简静转身,走回去,站在顾宗伟面前,眼神是不容置疑的坚定。

顾宗伟下意识地放下安琪的手臂。安琪莫名地看着简静。

简静不说话,只是盯着他们看。于米和老王倒抽了一口冷气。

许久,简静终于开口:"顾总,有件事实在不该打扰你,但是我想我还是得说出来。"

顾宗伟默默地看着简静,不知道她到底想要做什么。是要分手还是要挑明。如果她敢挑明,他就敢跟她走。

"孙宁的房款可以宽限几日再交吗?"

什么,居然是这样一句话。简静,我也太高看你了,还以为你终于不能容忍别的女人在我身边了,还以为你内心比我想象中还要爱我,原来……原来竟是这个。顾宗伟差点笑出来了。这个女人是吃错药了吗?这点小事至于用这么吓人的表达方式吗?

"于米,你联系一下售楼处的人。"

"是,顾总。"于米着手去联系。

简静还是没有勇气迈出那一步,她抱歉地对顾宗伟和安琪小姐说:"对不起,打扰了。"然后,揣着一颗早已上蹿下跳的心,逃离似的匆匆离开了顾氏。

顾宗伟只是递给老王一个眼神,老王便已明白。当简静走在路上等公车时,老王已把车停在她面前,摇下车窗,"简小姐,请上车。"

简静坐上车,心情很郁闷。她为什么不能理直气壮地拒绝,为什么不能等到公交车,死也不要听他的安排。

"简小姐,你别怪顾总,他是身不由己。"老王又为顾宗伟辩护了。

"老王你又为他辩护了,你一直都护着他。"简静不满。

"简小姐,顾总真的不容易,他为了这一天已经等了二十年,所以还请你能忍耐一下。"

"他在等什么?"

"等顾董把位子传给他。"老王想了一下,终于决定还是说出来。

"他本来就是顾董的儿子,以后继承顾董的事业不也是顺理成章吗?"

"顾董很喜欢小顾总,如果小顾总不是钟爱摄影,不喜欢商场上的事,那么顾总是没有任何机会的。"

"为什么?两个儿子难道有这么大差别吗?"

"因为顾董的事业是靠着小顾总母亲的帮助才建立起来的,有顾夫人的帮助,小顾总如果愿意,可以顺理成章地继承顾董的事业。而顾总,不过在顾氏拥有一个管理的头衔罢了。"

原来,还有这一层。那些年他一定很不容易。

简静觉得自己很不了解他,也从来没考虑过他可能承受的压力。母亲的病情,安琪的小姐脾气,简静的不满,还有公司一大堆事情,包括顾氏的家事……太多太多东西压在他心上。她能做的只是不让他担心,就算再有一百次会遇到安琪,她也应该笑着离开,大方地告别。

因为爱,所以忍。

第七章　他们有了一个家

简静熬到下班时间，换下了护士服，解下医院要求女生必须挽成髻的头发，梳了个马尾。她又解下马尾披散着，再三看了看，还是不满意。一头柔顺的黑发在她的折腾下有些毛躁了，简静有些气恼地散在脑后，又干脆扎起马尾。

简静很少用化妆品，但是这一次顾宗伟约她，应该算是两个人第一次正式的约会。她向孙宁借来了化妆品，还被嘲笑了一番。

对着镜子，看着手中的化妆品，想着如果他吻她的脸怎么办？亲一嘴的化学用品吗？想着心跳快了，脸也红了。发觉自己的心真的是一刻也不安定，这就是恋爱的感觉吧！

终于，她只是拿着唇蜜抹在嘴唇上一点，看起来整个人亮了起来。

电话始终没响，简静想着是不是发个短信问一下，却又怕他和安琪在一起。这种第三者的感觉，有些不能言说地难受，但她又冲动地向往着。

"不会是约会取消了吧，化妆品借给你都没用。这种有钱人都比较忙，习惯就好了。"孙宁嘲笑她。

"我清水芙蓉，他就喜欢这样的我。"简静争辩。

"你就是瞎猫碰上个死耗子。"孙宁向来口无遮拦，简静早已习惯。但是这一刻,她心里想得一直都是顾宗伟,还是不在医院里等了,省得被笑话。

简静佯装赴会,一双帆布鞋愣是踩出高跟鞋的动静。她站在医院附近的街口,如果顾宗伟的车过来,她一眼就能看到。

简静等了很久,天已经从黄昏到了黑夜,街上的霓虹灯亮了起来。白天那些逛街游玩的人渐渐奔赴自己温暖的家,享受夜生活的人们开始三三两两地上场了。简静一个人站着,呆呆地看着医院的方向,一颗提起的心开始不安起来。

他是不是忘记了?

安琪还没有走吗?

他是太忙吗?

还是那只是他随口许下的约定……

无数猜测,已经让简静有些懊恼地想要放弃了。他说不定和那个女人在某个温馨精致的餐厅里喝着咖啡,听着钢琴曲,谈情说爱。她还在这里傻等。

干脆回家!她一生气,甩着包转身就走。脸色难看,眉毛狰狞,心绪烦乱。

"生气了?"一个声音从身后响起,她全部的不高兴一扫而光,惊喜地转过身。看到他竟站在她背后,站得笔直,两手插在裤袋里。在夜的风口里,穿堂风掀起他的衣角。

简静着迷地扑进他怀里,腻着这份来之不易的温柔。

顾宗伟揉揉她的头发说:"老头子突然来公司了,现在才脱开身。"

简静摇摇头,没关系,真的没关系。只要他还记得,只要他来了,一切都不重要了。

"为什么站在这儿等,这里多冷!"

"我想第一眼看着你的车开过来,这样就知道你来了。"

"傻丫头，你可以去商场逛逛，喜欢什么就买了，给你卡怎么不用？"

简静摇摇头，她只要拿着那张卡就已经很知足了。

"看你没戴一件饰品，不知道的以为我亏待了你。"

简静摇摇头说："我不喜欢。"

一瞬间，顾宗伟觉得太亏待她了，她什么都不要，只是说"不喜欢"。哪有女人不喜欢金银首饰，她这样的不要求，只会让他更心存愧疚。

简静没料到晚上的约会，为了舒服，今天出门穿得极其简单——T恤衫、牛仔裤、帆布鞋。在顾宗伟身边，有种混搭的感觉。

"去哪里吃饭？"

"海底？"顾宗伟提议。

简静拼命地摇头，上次的惊险她到现在都惊魂未定，再也不想下水了。

"你想去哪里？"

简静又摇摇头，一脸无辜地表示不知道。

顾宗伟看着这个总是摇头的小姑娘，真有些心疼地爱怜。

"跟我走。"在车上，顾宗伟打了一个电话，问于米，"让你买的东西都买了吗？"然后看看简静，仿佛有什么秘密，简静问他，他又不说。

车最终驶到了一栋楼前，这里也是顾氏开发的楼盘。前些年已经交付，尽管有些旧了，但从外面看起来还是一样大气。

顾宗伟拉着简静的手，进了三单元，上了顶楼。他拿出钥匙，打开了房门——原来，这里是他家。

简静环顾着顾宗伟的家，这里有他的气息，有他身上那股好闻的香水味。简单的欧式风格，以白色为主。似乎不衬他的身份。

"我还以为你的家会是浓重的灰色调,全是那种笨重却昂贵的欧式家具。"

顾宗伟抓过简静的手,摊开她的手心,一串钥匙掉落在她手上。他握住她的手,对她说:"以后,这里是你的,是我们的。"

简静猝不及防,一张白金卡已经让她不知所措了。她慌张地后退一步,摇着头说:"太贵重了,你不要对我这么好,我怕我承受不起。"

他能给的是很多很多的钱,很多很多的物质。她想要的只是一颗心,仅此而已。越多的物质,只会让她觉得这份爱在变质,也许某一天她迷失了,她真的成了他的金屋藏娇,一个见不得天日的情人。

简静说:"我很单纯地爱你,我要你也很单纯地爱我。不要用这些庞大到我连想也不敢想的卡和房子让我困惑,让我不知所措。"

顾宗伟伸出手,抚摸着她的脸,娇小、不施粉黛,单纯到什么都不肯要求,什么也不要的一张脸。

"我想给你我能给的一切。"

唯一不能给的,却是她最想要的。简静不愿再想这个问题,她决定爱上他的那一刻,便已经想过种种必须经历的苦痛。这不过是其中最平常的一种。她还记得老王对她说过"顾总很不容易",她不想再给他增添一丝一毫的烦恼。如果他喜欢看她接受,她就笑着接受。

"谢谢你!"

"傻丫头,饿了吧。今天让你尝尝我亲手做的家常菜。"

顾宗伟交给她一个平板电脑,说:"你负责玩,我负责给你做饭。"

简静不服,凭什么他一个人忙碌,自己却傻乎乎地在客厅里玩着无聊的游戏，百无聊赖地等待呢。她珍惜和他在一起的每一分每一秒，就算是在厨房，也不要分开。

顾宗伟拿她没办法，两个人协商，一人做两个菜。

冰箱里已经塞满了蔬菜和各种食物，生产日期都是今天的，颇为新鲜。简静这才知道他打给于米的那个电话。

"做你的秘书真不容易，既要给你预报天气，还要当你的提款机，有时候还得为你买菜。"

"羡慕的话，你来我们公司做我的秘书。"

"我才不要伺候你，你比医院的病人难伺候多了。"

"我觉得我很通情达理。"

"才怪！"

"看我怎么收拾你。"顾宗伟系着围裙，拿着锅铲，鸡蛋还在平底锅上煎，他就伸出魔爪去挠简静痒痒。简静大叫一声，差点把正在水池里活蹦乱跳的鱼吓晕。

"鸡蛋要煳了！"简静提醒他。

"都怪你。"顾宗伟埋怨着。

简静准备做老妈的拿手好菜——红烧肉，只是发现她切肉的工夫，顾宗伟已经烧了两个菜，鱼已经在锅里炖了。顾宗伟嘲笑她不是来做菜，是来捣乱的。

最后一道红烧肉，她说什么也要亲自动手。简静将顾宗伟身上的围裙解下来穿自己身上，把他撵出去："你负责玩游戏，不许偷师学艺，我这是祖传的烧法。"

顾宗伟没办法，站在厨房门外，简静却冷不丁地拉上了门。他偷偷地打开门，斜靠在门框上，看她手忙脚乱。

终于，饭菜都烧好了，碗筷都摆好了，颇有家庭的味道。

"尝尝我的手艺。"简静夹了一块红烧肉给他。

顾宗伟吃了一口，眉毛都拧到一起了。

"不好吃吗？"

简静自己尝了一口，"呸呸"地吐了出来。明明看老妈烧过无数次，很简单的步骤，她怎么就烧不出老妈的味道。

"祖传的味道果然有一股历史悠久的感觉。"

"失误失误。再说，你烧得也不见得好吃。"

简静不服气，夹起顾宗伟烧的鱼吃了一口，味道鲜美。又夹了一筷子银鱼煎蛋，味道还是不错。

"你发挥超常了吧？！"

"如果不是你在我身边捣乱，我的水平何止如此啊！"

简静不说话了，安静地吃饭。班门弄斧最后砸了自己的脚，真是窘大了。

顾宗伟盯着她沉默地吃饭，心中甜蜜。这一刻他盼望了很久，有个人等在家里，等着自己一起吃饭。只是普通的家常菜，哪怕只有一个煎鸡蛋也是好的。不必再出去应酬、喝酒，吃着早已经品不出滋味的菜肴。

简静一抬头，猛然看见他盯着自己看，还带着笑意。

"我会做菜，就是这道不会。这是我妈的拿手菜，她三天两头烧，吃都吃腻了，我还以为很简单呢。下次，下次我给你做其他菜，保准味道一流。你别不信啊，笑什么？"简静说了一大堆，那个人只顾着看着她傻笑。

他放下碗筷，牵起她的手。

简静站离餐桌，被拉到他跟前。他猛然一用力，将她揽进怀里。虽然他脱了外套，可衬衣里依然有好闻的味道，在下巴剃得光滑的胡须处，在脖子处，在肩膀上……

穿着帆布鞋的简静，需要踮起脚尖才能够到他的下巴。

顾宗伟两手抱紧她，吐气如兰的气息温热地在她耳边氤氲。

他轻声说："今天晚上不要走了，好不好？"

她不说话，趴在他的怀里，贴着他的胸膛，闭起眼睛。

他解开她的衣服，手指触到她的皮肤。她的身体抖了一下，他的手停了下来。

"对不起。"他在心中责骂自己。

简静拉过他的手，将自己的衣服褪离了肩膀。然后是激烈的吻，旋转在白色调的客厅里。他将她横抱起来，走进卧室。

床上弥漫着暧昧的气息，她裸着肩靠在他胸口，闭起眼睛，微微小憩。他点着烟，薄薄的烟雾从嘴里氤出来，蒸腾在空气中。

简静突然睁开眼，抓着他的胳膊去看时间。他胳膊上的腕表早已在激情时摘了下来。

"怎么了？"

"我该回家了！"她边找衣服穿边说。

"我送你。"

该死，简楚玉警告过她不能有婚前性行为，约会不能超过十点。她回去，准会被母亲责骂一顿。

他也匆忙穿上衣服，拥着她下楼。

果不出所料，简静家还亮着灯。

"我陪你进去。"

"不用了，你回去吧，不早了。"

"我陪你！"又是不容商量的口气，他拥着她的肩膀，坚持要跟她一起面对。

简楚玉打开门，看到简静和顾宗伟一起回来了。

"顾先生，我记得我说过十点之前必须把小静送回来，不知道你是健忘还是根本没放在心上？"简楚玉一脸严肃。

"妈！"

"你闭嘴！"简楚玉一把将简静拉到身后，简静不知道母亲原来这么大力气，差点把她摔倒。

"阿姨放心，我会照顾好她。"顾宗伟说。

"照顾？男人说过的话有几个算数的。"简楚玉不屑一顾。

"无论我做了什么，我都会对简静负责。"

言下之意，就是已经做过了。简楚玉横眉冷对地看着简静，简静不敢看母亲。原来如此，她的话这两个人都当耳旁风了，到时候男人吃干抹净拍拍屁股走人，她女儿呢？她是受过男人欺骗的，一直小心翼翼，绝对不让女儿有半分差池。谁知道眼前这个人，竟然对女儿做出禽兽之事。

简楚玉走回客厅，坐在沙发上。仿佛坐在乾清宫的宝座上，庄严肃穆，不容侵犯。

"坐下来，我们好好谈谈。"

"妈，其实……"简静想解释。

"没你的事！"简楚玉粗暴地打断女儿的话。

顾宗伟示意简静没事，让她别担心。他坐在简楚玉对面的沙发上，等待暴风雨的来临。

"你对简静是真心的吗？"

"是。"

"你想过娶她吗？"

"我一定会娶她。"

"既然你想过，我们先来谈谈你们的婚事。"简楚玉突然说。

"妈，现在说这个是不是太早了？"简静忍不住插嘴。

"生米煮成熟饭了还嫌早！"简楚玉声音提高了八度，简静再也不敢插嘴了。

简楚玉接着说："既然你们互相喜欢，又想过在一起。我们家小静也到了婚嫁的年龄，干脆今天把话挑明了。双方父母见个面，把婚订下来，至于结婚的日子两家人挑个黄道吉日，越早越好。"

"妈，我现在还不想结婚。"

"这么丢人的事都做了，不结婚你还有脸出去见人，我都没脸。"简楚玉说。

顾宗伟本来想等到顾氏的事情解决了，就和简静结婚。她看着简静在母亲面前羞愧的样子，心有不忍。她不该承受他的过错。

"好，我没意见。"

简静惊讶地看着顾宗伟，他……那安琪呢？顾氏呢？

简楚玉和顾宗伟继续谈了一些有关结婚的事，顾宗伟几乎都没有意见，全由简楚玉一人做主。简楚玉这才放了顾宗伟回去。简静要送他下楼，被简楚玉呵斥住了。

顾宗伟一走，简楚玉对着简静就是一顿狂轰滥炸。

"你是一个女儿家，女人要懂得矜持。男人一旦得到你就不珍惜了，我就是最好的例子。我们母女这些年怎么过来的，你不是都亲身体会过了吗？我跟你说过多少次，千万不能让男人占了你的身体，一定不能在婚前有越轨的行为，你把我的话当耳旁风了……"

简静知道没有爸爸的日子，她们母女俩生活清贫艰苦不说，就是面对邻居的质问，她和妈妈都无法说出口。小时候，妈妈抱着她哭，她记得很清楚。所以妈妈一直恨美姨抢走了爸爸。

然而这么多年过去了，美姨的日子也并不好过。她每天都走那么多路，到医院去看望一句话也不会说的植物人，帮他翻身、擦身、按摩，十五年如一日。

或许，没有爱的家庭，也早晚会破碎。

或许，爱情就是疯狂的，宁愿用半生的凋零换取一时的绽放。

她已经陷入顾宗伟给的爱中无法自拔了，就算不能结婚，就算不能相伴一生。只要在他身边，她觉得已经足够。

只是，母亲毫无修饰地责备，还是令她觉得丢人。到底，是自己做出了女儿家不该有的行为。

简静被母亲折磨了一夜，大小道理耳提面命，她到现在都觉得耳朵嗡嗡作响。突然电话响了，本来温柔的铃声听着也像母亲不厌其烦的教诲，有些讨厌。

"喂。"

"简静，我是安琪。"

"安小姐，你好。"

"我明天就走了，想给伯母买一些补品，可是这里我除了你谁也不认识，宗伟又没空陪我。你陪我好不好？"

安琪应该真不知道她和顾宗伟之间的事，电话中的声音还带着欢乐。如果有一天她知道了，不知道还有没有这样的口气。

"我……"简静犹豫着。

"别拒绝我，陪我去吧。"安琪的口气让人无法拒绝，那种温软的声音，连她听了都不忍，顾宗伟如何能狠得下心和她分开呢？简静心有杂念。

"你把家里的地址告诉我，我去接你。"

"不用了，我们在医院门口见吧。"

"也好，除了顾氏，我也只认得医院。"

见了面简静才知道，安琪从小在新加坡长大，对这里完全是陌生，难怪死活都要拉她作陪。

两个人买了一些补品后，安琪说还要去逛逛内衣店。

简静依照她买补品的大手笔，带她去了本地最大的一家百货。安琪不看女式内衣，径直走到男士内裤售卖处，很大方地挑起来。

简静觉得难为情，除了那晚，她还从来没仔细看过男人的内裤。她们家只有两个女人，一件男人的衣服都没有，何况是私隐的内衣。

她站得远远的。

安琪一把拉过她，拿着一件红色的内裤问她："你看这个怎么样？"

安琪摸着内裤的面料，左看右看，还让简静摸摸料子。简静像摸到蛇一样害怕，手触电般弹回来。安琪奇怪地看着她，觉得这样的反应太过奇怪。

"你还没谈恋爱，等你谈了恋爱就不会觉得难为情了。"安琪说。

简静仔细品味着这句话的意思，看着安琪在一架子男式内裤前挑来挑去，每一件几乎都会摸一下料子，有时候看看包装盒上肌肉男穿上的效果，故意让简静看。简静恨不得马上离开这个地方。但是她内心知道，这样的大方坦荡和安琪的爱情一样，都是光明正大的。而她，只是存在于黑夜的欢愉。连挑选内裤的权利都没有。

一个从未谈过恋爱的女人，要和别的女人分享一个男人。这种滋味，实在让人难受。

她以为奉献了身体，两个人就再也不能分开。但是对顾宗伟来说，仿佛不是，安琪和她都不过是他的女人而已。

想到这里，再看着安琪拿起一条内裤，对售货员说："就要这条，帮我包起来。"简静心里酸酸的。

安琪回头冲着她笑，简静尴尬。

她在安琪身上挑不出一点毛病，她不是骄纵任性的大小姐，没有讨人厌的脾气。这样好的女人，不应该得不到幸福。而她，只是个没有能力的小护士，长得并不出众的丑小鸭，有时候摆着臭脸发着臭脾气的人。

如果 1+1=2 的话，安琪和顾宗伟在一起才是天生一对。她和顾宗伟的组合，怎么看都是负数。

安琪冲她笑着，像认识很久的好友，安琪搭着她的肩膀，说："走吧，我请你吃午饭。"

简静建议两个人去吃麻辣米线，这样的天气坐在空调屋里出一身汗，感觉绝对很爽、很痛快。

安琪说下次，她要请简静吃一顿大餐。

出了百货公司，坐着老王的车，两个人到了一间五星级饭店。只是两个人的午餐，太过奢侈了。

到了简静才知道，这不是两个人的午餐。顾宗伟已在餐厅里等候，看到简静的时候，也愣了一下。

"亲爱的，我带简静一起吃饭，你没意见吧！"

简静真想逃走。

"怎么会。"顾宗伟说。

安琪很自然地挽着顾宗伟的胳膊，亲昵地在他耳边诉说今天的收获。简静跟在后面，像个迷了路不知所措的孩子，找不到方向。

"简静今天陪我走了好多路，多亏有她，不然你只能报警找我了。"安琪有时候像个小女孩，的确很可爱。

"谢谢你！"顾宗伟端起茶杯，以茶代酒感谢简静。

这一切多么讽刺。前一刻还答应母亲要娶她过门的男人，这一刻却是别的女人的专属品。

简静有些失神，直到安琪提醒她"再不喝，宗伟手都端酸了"，简静这才发现他一直端着茶杯，等自己饮了这杯感谢茶。

她喝了，故意找了个借口，去了洗手间。没想到，她收拾好心情刚出洗手间，却看到他在等她。

"你没事吧？"

本来已经收拾好情绪，本来已经足够坚强，可是他这一句问候，她仿佛凭空多了很多委屈，眼泪忍不住要流下来。但是，她知道自己必须忍住，从一开始和他在一起，就注定要坚韧。她拼命摇头，说："没事。"

"晚上在家里等我。"

她点着头，一滴泪从眼睛里落下来，恰好在点头的瞬间被遮掩住。抬起头的时候，已经不着痕迹。

他先回去，她忍了忍眼泪才走过去。

安琪正拿出那条红色的内裤，当着她的面，兴奋地展示给顾宗伟，"亲爱的，你最喜欢的牌子，我挑了好久呢。"

顾宗伟不动声色，对安琪说："收起来吧，这里还有别人。"

猛然间从他嘴里说出"别人"，简静如梦初醒。虽然告诉自己不要在意，但是那种喜欢上一个人，不顾一切要跟他在一起的冲动，因为这句"别人"有些委屈地剧痛着。

明明知道他不过是演戏，自己还要入戏这么深。

安琪毫不在意，"她陪我一起挑的，有什么好避讳的。"

顾宗伟让安琪收起来，转移话题谈起安琪明日回去的事。

简静只是安静地吃饭，当安琪提到她的时候抬起头笑一下配合着。

这顿饭，吃得很煎熬。

晚饭过后，简静回了医院一趟，去七楼看了那个植物人。

又是一天，他始终安静地躺着，一切纷扰与他无关。简静想问他是不是后悔，想问他当初有没有考虑过她这个女儿的感受。

她真的快要忍不住了，对着他大骂："你别以为一句话也不说就这么算了，我和妈的痛苦你永远也不会明白！我恨你，恨你们太自私了，为了所谓的爱情就可以抛弃我和妈了吗？"

她骂着，但仍不忘帮男人调好电风扇。

简静记得很小的时候，这个男人从家里净身出户。她抓着他的衣角喊着"爸爸别走，爸爸别走"，这个男人最终还是掰开她死死紧扣的手。

那一刻，看着父亲决绝而走。母亲连眼泪也不敢当着她的面而流。

她哭着喊着要爸爸，妈妈打了她。

后来，她再也不敢提任何与爸爸有关的事。而这个男人自从住进了医院里，她连看一眼的权利都没有。母亲的恨不允许她看这个男人。

可是，自从到了这所医院上班，每次带回这个男人的消息，母亲竟然冷不丁地听着。偶尔一段时间不提，母亲还会挂念着。

原来，有些一头栽进去的爱情，让人看不清自己。

母亲在煎熬里折磨着自己，却从未忘记父亲。如果爸爸还在，如果爸爸一直没有离开过，她是不是还会遇见顾宗伟，是不是还会爱上他，是不是还会这样不知所措？

如果爸爸在，也许她还有人可以诉说。

简静坐了很久。

她向母亲撒了个谎，说晚上医院有个内部聚会，可能要晚一些回家。母亲不信，她请孙宁向母亲解释，这才瞒过母亲。

晚上，又是晚上，也只能是晚上，他才能出现。

她第一次拿着钥匙进了顾宗伟的家，里面的一切和第一次来的时候一样。她走进卧室，看着曾经旖旎过的地方。忽然发现卧室床头的墙壁上挂着一张照片，是她躲在他身后惊慌失措的样子。

那次小顾总偷拍的照片不是被他毁掉了吗？原来他一直保留着。

这个家，这么令人向往，又一次以它神秘的魅力吸引着她。什么安琪，什么内裤，统统不要计较了。简静，你爱这个人，你愿意承担一切。她劝着自己。

门铃响了，她飞快地过去开门，想着马上就要见到他了。

他看到她，直接抱过来，语速有些急，"我只有一个小时。"然后是他帮她脱衣服的声音，之后是褪去自己的衣服的声音。

两个人的关系，会因为上床而变得直白。

一阵运动之后，简静问他："是不是要走了？"

顾宗伟刮着她的小鼻子，"今天让你委屈了。"

简静摇着头。

他说："给我一点时间，等我搞到一笔钱，带着你和我妈一起走得远远的，离开这个鬼地方。"

她说："你放在我那里的白金卡，不够花吗？"

他笑着说："傻丫头，一旦离开顾氏，那张卡就是一张废卡。"

简静猛然想起老王师傅说过的话，他在顾氏二十年的隐忍是为了成为顾氏的继承人，而自己的出现，只会让他失去一切。那张卡成了废卡，他这个人会不会也因为失去了一切而没有了此时此刻的骄傲？

"养我不需要花那么多钱，我有你就够了。"她躺在他腹部，一头乌黑的头发软软地抵在他六块腹肌上。

"我不允许我身边的人跟着我吃苦。"他将手插在她头发里，撩拨着丝丝柔柔的头发。

她拼命摇着头，说："不要因为我放弃你的理想。"

他搂过她："你就是我的理想。"

"对了，送给你，看看喜不喜欢？"他送给她一个包装精致的盒子。

简静打开盒子，开启她接到的第一份正式的礼物。里面是一套饰品，有项链、耳环和手链，贵重到它的光闪着她的眼。她心花怒放，然而却推给他，摇着头对他说："你不用给我买这么贵重的东西，我喜欢你送我的发卡，有它就足够了。"

"不要让我心疼，给你你就统统拿着，这样我的内疚才会少一点。"

如果收着，能让他更好受，她愿意拿着，尽管觉得烫手。

他开心地替他戴上去，像欣赏一件收藏品一样点头赞好。

看他盯着自己赞美，她心中是满满的快乐。两个人之间的感觉，微妙到连看着对方都觉得幸福。

很快，他要回去，她也要回去。顾宗伟要送她，她拒绝。他不再询问她的建议，直接拉她上车，把她送回家。

安琪走后，一切恢复正常。没有安琪的日子，仿佛他只属于她一个人。

顾氏忽然来电，要简静过去，说事情紧急。

正在巡房的简静被召回，护士长让她放下手中的一切去顾氏，工作交给孙宁去做。

顾氏的车已经在医院门口等候，老王一路上闭口不肯泄露到底出了什么事，气氛这么紧张，连护士长也不知道什么事。

"简小姐，到了你就知道了。"

"神神秘秘的，是顾宗伟交代的吗？"

若真是顾宗伟交代，老王绝对不泄露半点风声。

车没有开进顾氏，而是到了一家娱乐会所，老王领着简静进了顶楼。会所每道门都站着长相漂亮的迎宾小姐，看到她都点头齐喊"欢迎光临"。简静有些诚惶诚恐，不会是要她陪酒吧，她的酒量顾宗伟是知道的。

"简小姐，顾总在里面。"老王这意思是让她一个人进去吗？

里面有什么，还需要这么神秘。

简静疑惑地打开门，只见里面是个宽大的室内游泳池，空无一人。只有游泳池里有个人影像鱼一样游来游去。

顾宗伟游到岸边，穿着泳裤走上来。

简静虽然已经见过他赤身的模样，但工作的时间看见他只穿着紧身的游泳裤，身上还在地滴水，便有些难为情地看向别处。

"换上你的衣服。"

"你很着急让我过来，就是为了游泳？"

"上次在海底餐厅吃饭，刚下水你就晕过去了，我当时就决定，一定教会你游泳。"

"可是我不想学，行不行？"

"不行！"他又是这种让人无可违逆的语气，说着还递给她泳衣。

她无可奈何去换衣服，却迟迟不敢走出来，这种衣服太暴露。她扭扭捏捏许久才犹抱琵琶半遮面地披了一件浴巾走出来。

顾宗伟笑了，"就是怕你害羞，我才包了全场，不让任何人进来。"

他倒好，落落大方地看着她，似乎并没有任何的别扭。难道不知道光天化日之下，在只有两个人的泳池里，面面相觑，会很尴尬吗？

简静在被拖下水拼命挣扎了几分钟之后，已经忘记尴尬这件事，忙喊"救命"还来不及。

顾宗伟是个好老师，教给简静一些容易学的姿势，要她练习。

泳池底下是天蓝色的瓷砖，整片水域都是明亮的天蓝色。顾宗伟像一条飞鱼在里面自由地畅游。她欣赏地看他游来游去，姿势优美，身姿迷人。

海边那天，如果自己会游泳，也许两个人就可以做一对海底爱人，一起游进海底餐厅。事实上，她是晕过去的，是被他硬拖过去的。想起来，就觉得窘死了。

顾宗伟说："海底是另一个世界，没有顾氏，没有安琪，没有一切需要堤防的人。他喜欢那里的轻松自在。简静学会了游泳，他们就可以经常过去吃饭，欣赏海底的鱼儿，完全放松地吃一顿美餐。"

简静这才知道，原来他有那么多顾忌。

对他来说，一个轻松的世界是那么难。难怪他羡慕玻璃幕墙之外的鱼儿，它们才是真的自在。

简静已经开始认真练习，在号称安全的浅水区练习游泳动作。她脚忽然抽筋，身体不受控制地下滑。"救命"还没喊出来，已经喝了一口泳池的水。她扑腾着，水花四溅。

顾宗伟拼命游到她身边，将她托出水面。连他自己也忘了，这片浅水区只要站起来，水才到胸前。

简静闹脾气不想学了，她是旱鸭子，非要学什么游泳。

顾宗伟只是说："改天再学。"

她倔强着说："不学。"

顾宗伟忽然脸色暗沉："你知不知道上次你差点被淹死我有多担心，当时我就告诉自己，必须让你学会游泳，我不能允许你存在哪怕一丝的危险。你必须好好学会。"

简静不知道一个游泳，他为何发这么大脾气，就算为了她好，也不应该这么生气。

顾宗伟投进泳池里，潜在池底闭气。

那年他十岁，回到顾家的第一次家庭派对就开在露天泳池旁。他被人撞下了游泳池，因为不会游泳，差点淹死。父亲不救他，家里没有一个人肯救他，都在看他挣扎。

在他绝望的时候，父亲才将他拖起来，对他说："一个不能自救的人，不配做顾家的人。"

游泳对他而言，像很多他必须学会的技能一样，不仅仅是自保，更是武装自己的工具。

简静担心起来，他没有戴氧气罩，这样憋气是会死人的。她不会游泳，在泳池边喊着顾宗伟的名字。但是不管她怎么喊，顾宗伟仿佛溺在池底，不动也没有反应。

简静害怕极了，也不顾自己是不是会游泳，扑腾着朝顾宗伟的方向游过去。只是游泳看起来简单，不会就是不会。简静喝了几口水之后，也沉了下去。

顾宗伟这时才游过来，在宽阔的天蓝色泳池里，吻上她。这个在他被池水吞没意识的时刻最牵挂的人，这个奋不顾身下水，不管是想救他，还是想要殉情的女孩子，和他一样，牵挂着对方。

这一刻，他是那么确定，他要的不是顾氏，而是她。
宽阔的天蓝色泳池里，他们像飞舞的两只翅膀。

顾宗伟带着简静回到了母亲家，那是一个很普通的住宅小区。顾宗伟说母亲一直住在这里，不肯搬，他想把房间重新装修，让母亲住着舒服，母亲也不愿意。一直保留着最初的样子。

何阿姨看到简静来了，很高兴。又是忙着切水果，又是倒水。

"何阿姨，您坐着，这些我来做就行。"简静抢过去，不让她做任何事情。

"还是小简好，知道疼阿姨。"

"何阿姨，您最近感觉怎么样，有没有按时吃药，测量血压，都正常吗？"

"都好，你来看我，我的病好得更快了。"

顾宗伟让简静和母亲都坐着，说他有事情要说。

"妈，我要和简静结婚，婚后我们一家三口就移居到外地，您觉得怎么样？"

"好好，我早就盼着有这一天了。小简这孩子我喜欢，懂事，也会照顾人。你也早该有个人管管了，妈劝了你二十年都不能让你放下，看来还是小简有办法。"

何阿姨说的应该还是争夺顾氏继承权的事。这件事对顾宗伟影响深远，要他放弃会不会是自己太自私了？简静此刻脑海中不断想象着以后的种种。

"简静，我妈问你怎么想的？"看简静出神，顾宗伟唤醒她。

"哦，很好，我听你的。"

何阿姨高兴地要亲自下厨为简静做一餐家常菜，简静不敢让她太操劳，提议应该自己下厨。这是未来儿媳妇对婆婆的一点心意。何阿姨听着这句话，心情开朗，一直拉着简静的手讲顾宗伟的童年趣事。

简静这次再也不敢烧红烧肉了，虽然已经向老妈讨教过，上次肉炒得不够烂，味道没有浸透，酱油又放太多，导致味道怪异。这次她烧了几道自己拿手的清淡小菜，也正好符合何阿姨这段时间的饮食习惯。

一个笋丝炒百合，一个松仁玉米，还有一个长豆角烧茄丝，一个汤。本来准备三菜一汤，但是想到顾宗伟一个大男人没有肉吃怕会喊"虐待"他，于是多烧了一条鱼。

清淡的饮食，何阿姨吃得比较舒心，夸奖她比护工烧得饭菜还好吃。

"妈，您对我的评价一向不留情，怎么对简静这么客气？明明还达不到我的水平，给这么高的评价，不怕她骄傲吗？"顾宗伟不满道。

"阿姨明明说的就是实话，我看你吃得挺多嘛！"简静不服。

"我是甜在心里，吃在口里自然觉得味道好了。不像你，整天让我操心，多好吃的饭菜到胃里都不消化。"

"您太偏心了！"顾宗伟忍不住抱怨。

"小简能跟我这么和睦，我们娘俩儿这么处得来，是你的福气，傻小子。"

好久没有在饭桌上吃着饭还能斗嘴了，往常他好不容易回一趟家，母子二人的话题都在他"离开顾氏"上，不是闭口不谈，就是不欢而散。

在顾家，一家人的餐桌上，往往是父亲不说话，没有人敢讲话。一顿饭吃得寡言少语，没有生趣。

顾宗伟喜欢这样小家庭的感觉。房间不大，设施不豪华，但是温馨，有家的气息。这一刻，他坚定了自己的想法：放弃顾氏。

自打抱定了要和简静结婚的决心，恋爱再也不用遮天盖日了。简静一上班，就收到花店送来的一大束鲜花，绝对是鲜艳的玫瑰，九百九十九朵。

"哇，谁这么大手笔啊，不会是林医生终于想通了吧？"小美羡慕得不得了。

"最近又不是清明节，坟上哪有那么多鲜花让林医生捡，八成是有新追求者。"另一个护士说。

"真让人羡慕，比起我这个好死不如赖活着的初恋，还是简静命好。"孙宁感叹。

"看看卡片不就知道是谁了。"小美眼疾手快，拿到卡片大声念起来，"静，在未来的日子里，你是我的所有——顾。"

"顾是谁啊？"一个护士好奇地问。

"又不是送给你们的，都激动什么，赶快回去干活了。"孙宁见简静不知所措，帮着解围。只是医院里感情的八卦太少了，小护士们根本不肯罢休。

"该不会是顾总吧？我的天啊，简静，你别告诉我真是顾总，我可受不了这个刺激。"小美忽然想起什么，继续说道，"我就好几次看到顾总的司机在医院门前接你。"

"没有的事，别瞎猜。"简静一把夺回卡片，"不过是个无聊的人也姓顾罢了，我哪有那么好命。"

"孙宁明明说因为你一句话，她的房款都可以暂时不交了。要不你也跟顾总说说，给我们也优惠优惠，顾氏的房子我做梦都想住进去。"小美说。

孙宁这个大嘴巴，就是捂不住秘密。简静不敢承认也不能承认，她的否认根本没有人相信。那些护士仿佛记忆力一下好了很多，都在集中回忆简静和顾总有关的点点滴滴，捕捉着蛛丝马迹，恨不得立刻让简静承认。

"吵什么吵，不用上班吗？都给我回去。"护士长走过来，看到一群人围在一起乱哄哄的。

送花事件并没有就此结束，之后的一个星期，每天都有不同品种的玫瑰花按时送过来，而卡片上总是写上一个"顾"字。

护士们的猜测更加肆无忌惮，纷纷猜测简静在顾母住院期间向顾宗伟投怀送抱，俘获钻石王老五。这样的猜测慢慢演变成嫉妒和无聊的八卦。简静"第三者"的身份也逐渐被八卦出来。

简静如芒在背，无论走到哪里总是能感觉到有人在议论她。简静拿出电话，拨了四个八的电话。

"医院快成花店了，顾总可不可以别再送花了？"

"好，改送衣服，或者首饰也可以。"

"千万不要！"简静吓得赶紧制止。

"为什么，不喜欢吗？"

"不是，可不可以低调一点？"

顾宗伟笑她太傻，哪个女孩子不喜欢被追求，不喜欢鲜花的狂轰滥炸，让众人羡慕。顾宗伟以为这样的公开，就可以让简静明白他的心意。他是真心想放弃一切和她在一起。可是他不知道简静的顾忌，这样的高调，她承受不起。

"好好，你说低调就低调。"

此后的几天，确实没有了鲜花。简静以为会风平浪静一阵子，但没想到一个人的到来，改变了一切。

那天约好和顾宗伟一起回他们的小家度周末，还对简楚玉撒谎说周末和孙宁一起去度假。

她刚打扮好出了门，看到顾宗伟的车子停在外面，想也没想打开门坐上去，却没想到司机并不是老王。

"请问这是顾总派来的车吗？"

"是。"

"老王呢，为什么不是他开车？"

"他有事请假了。"

"哦。"简静总觉得不对劲，因为车子没有按照路线将她送到他们的小家，而是一直驶向了郊外。车越走越远，道路两边越来越荒凉，她也越来越害怕。简静悄悄拨顾宗伟的电话，却没想到司机的眼睛如鹰，直接刹车，她惯性地撞在了后座上，司机往后一仰，夺过她的手机。

"简小姐，请您配合一下，这段时间最好不要和任何人联系。"

"你是谁？你要把我带到哪里去？"简静害怕至极，窗外的荒凉之地，让她无端生起一阵寒意。

"顾董要见简小姐。"

顾董？是顾宗伟的父亲吗？他要见她为何要用这种方式，还不允许她联系任何人。

"你们这是绑架，我可以告你们限制我的人身自由。"

"简小姐难道想顾总以后在顾氏难做吗？"

简静哑口无言，她知道她只有配合的分儿。车子继续往前开，一直越过了荒凉之地，来到一片美丽的海边。

车，终于停下来。

海边的风凉意肆起，在炎热的夏季显得惬意。简静被"请"下车，沿着海边向前走去。直到走近了，看到了一直在等她的顾董。

那是一个让她看上一眼便觉得惧怕的老人，他的眼睛矍铄尖锐，看得简静心惊胆战。

"你就是简静？"

"是。"

"你在和我儿子谈恋爱？"

"我……"简简静想了一下，"我们只是朋友。"

哈哈哈，一阵阴郁的笑声随着一阵浪潮拍讨来，简静身上起了一层鸡皮疙瘩，寒意四起。

"六月二十四日，在顾氏豪庭洋房三单元的顶楼，他把你带到了他自己的住所。一个星期前，你每天都会接到一束玫瑰花……我想更多的细节不用我再细说了吧！小姑娘，你还太年轻，最好跟我说实话。"

简静被海风吹得几乎浑身发抖，她单薄的身体已经不足以抗击凉意了，却没想到这里的风这么冷，浪这么大。

"顾伯伯是想说什么呢？"

"离开他。"

"为什么？"

"你会毁了他。"

"顾伯伯，我不懂您说的意思，但是我知道宗伟在顾家不快乐，他压力很大，我不能看着他每天把自己逼得那么累。也许，跟我在一起，再也不理顾氏的事，对他才是最好的选择。"

简静想起无数次看着他疲惫却故作轻松的表情，想起他每晚只睡四个多小时，想起他在顾家寄人篱下的感觉……她只是单纯地想守在他身边，哪怕只是为他添一杯茶，为他在深夜掖一下被角。

"他是顾家的子孙，从一出生就意味着比别人承受的要多。他的价值在顾氏，你有没有想过，离开顾氏他一无所有。一个没有光环，连母亲医药费也付不起的男人所承受的压力并不会比现在少多少。小姑娘，你不了解他，他放不下顾氏，也不能放下。"

"我只知道只要他开心就好。"

"一个女人可以成就一个男人，也可以毁灭一个男人。"

"顾伯伯，我不懂什么大道理，我爱他，他也爱我，我们为什么不能在一起？"

顾董没有回答，而是讲起了其他的事。

顾宗伟从十岁进入顾家，就在筹谋继承顾氏的财产。他甚至比他这个父亲还要宠爱弟弟，给弟弟买最贵的摄像机，送他去最好的摄影基地拍摄。看起来，他很宠爱这个弟弟。其实，他不过是想瓦解弟弟的斗志，让自己成为顾家唯一可能的继承人。

顾董的夫人尤其溺爱小儿子，一心想让小儿子继承顾家的产业。顾董只能加倍教授小儿子生意经，但是他所讲的一切，小儿子总是左耳朵进右耳朵出，一切都被躲在门后的顾宗伟学了去。顾董从一开始就知道他的野心。

"一个人从十岁就建立起来的目标，他付出了多少你能想到吗？"

二十年的付出，都为了同一个目标。很难想象，一个十岁的孩子就要背负这么多压力。简静不知道让他放弃是不是对的，她真的会毁了他吗？

"如果你甘愿做他的情妇，我不会过问。如果你们想结婚，绝对不可能。"

做他的情妇？"情妇"这两个字从一个长辈口中说出来，让简静感到羞耻。从前自己最不齿的人，居然就是现在的自己。这一切仿佛再次提醒着她的身份，就算他高调恋爱，频频送鲜花，她也觉得自己是暗夜中开放的玫瑰，享受着偷来的幸福。

她呆呆地看着风平浪静的海面忽然掀起一阵巨浪。悠闲地准备觅食的海鸟，被浪头拍打得扑腾乱飞，免不了脱落几根心爱的羽毛。

任何事情，都是有代价的。

顾董跟她说，成功的不快乐和失败的快乐，前者总是风光无限，后者大多数寂寥颓废。她不想让顾宗伟成为一个快乐的废人。

"我没想过要毁了他。"

"他的婚姻需要门当户对，顾氏也需要他来拯救。"

顾董说顾氏已经数年亏空了，项目做得太多，然而收益甚微，又遭遇这两年房地产下滑。看着地产龙头企业表面上无限风光，其实早已难以喘息。而顾氏将一切都寄托在了新加坡的新项目上，庞大的贷款投资，如果功亏一篑，顾氏大厦将倾。

"这和他的婚姻有什么关系？"

"安琪其实是新加坡富商的女儿，宗伟能追求到她让我很满意。小儿子一向贪玩，没有远大志向，就算有朝一日继承了顾氏基业，没有他大哥的扶持也根本不行。为了顾氏，宗伟必须和安琪结婚，强强联合。"

简静终于明白了,这个溺爱着小儿子的老头子,从来没想过要宗伟继承顾氏基业,只不过想让他永远为顾氏服务。商人的确精明。

难怪,外人都说顾董年轻时因为事业,抛弃妻子娶了银行家的女儿。为了事业,可以放弃婚姻,甚至是自己的亲生儿子。

关于顾氏继承人的猜测,媒体也众说纷纭。简静一直当八卦的无稽之谈,今天看来的确是无风不起浪。顾夫人占有顾氏百分之三十的股权,顾董一向忌惮这位夫人,所以顾氏继承人一定非小儿子莫属。

如今,为了顾氏,顾董宁愿牺牲宗伟的婚姻,就像当初牺牲了宗伟的母亲一样。

"顾伯伯,我以为您今天找我是一位慈父对儿子未来的担忧,我现在才明白,宗伟不过是您利用的工具。二十多年前您为了事业抛弃了他们母子,二十年后您又要牺牲宗伟的婚姻去稳住顾氏的基业。您太自私了。"

"虎父无犬子,宗伟遗传了我的自私,他身上这点是我最欣赏的。"

"我不可能离开他,我们也不会谈地下恋情。顾伯伯,对不起,让您失望了!"

这样的家庭简直让人恐惧,她也没有了父亲,她的父亲同样自私地选择了抛弃她和母亲,但是父亲至少不会拿她做交易。

"可惜出身不好,可惜了。"顾董喃喃自语。

"我要回去。"

顾宗伟派去的车子在楼下等了很久也不见简静下来,简楚玉说简静一早就出去了。司机这才联系顾宗伟,他却打不通她的电话。

老王和顾宗伟开着车子分头寻找，包括医院，但是没有人知道简静的下落。

"顾总，要不要报警？"老王说。

"先不要，如果是绑架，也会冲着我来，报警反而会激怒对方。"

"顾总别担心了，也许简小姐只是想给你一个惊喜，说不定会突然出现在你面前。"

顾宗伟也希望是这样，简静你到底在哪里？她的电话明明可以打通，但为什么没有人接？是手机丢了，还是她迷路了？

他胡思乱想着，希望简静不要出事才好。

林嘉华听说简静不见了，比谁都要着急，到简静可能去的地方一一寻找，但是一无所获。甚至在寻找简静的路上，因为心急，差点被丁字路口冲过来的车辆撞到，幸好开车的人紧急刹车。

就在他们怎么也找不到简静，准备报警的时候，简静被送了回来。顾宗伟看到那辆车与老王的车是一样的型号，车牌分明是顾氏的车辆。

简静看到他，立刻跑了过去，和他抱在一起。

林嘉华只是看着，然后默然转身，走开。

"你去哪儿了？急死我了！"顾宗伟看着她，两个人才分开半天，却像煎熬了半个世纪。

简静摇摇头说："我很好，我没事。"然而心里满是委屈，她不过是单纯地想爱一个人，却这么难。顾董最后那句"出身不好"，仿佛是割裂她和顾宗伟之间的界限，以最轻的口吻说出最重的话，让她无力承担。她是个名不见经传的小护士，父母都是最普通的工人。而他是堂堂顾氏的大公子，背景令人咋舌。原本以为可以忽略掉，以为相爱就可以。但是那一刻，她才知道在别人的眼里,她只配做"情妇"。

医院议论纷纷,她以为他心里有她,她就可以不计较,然而每句话每个眼神都像一根针扎在她心上,难以剔除。

顾董软硬兼施,也只不过是让她认清现实。

"送你回来的那辆车是我们公司的,如果我没猜错,是老头子找你了吧。"顾宗伟小心翼翼地说。他不愿这样猜测,但是顾氏能这么明目张胆接了她走,又送回来的人,除了老头子,别无他人。

简静含着眼泪,始终在眼眶里打转。她不想让他担心,不想让他知道。

"他跟你说了什么?"顾宗伟再次问。

简静含着眼泪摇摇头,什么也不肯说。

"妈的!"顾宗伟恨自己无法保护身边的人,明明简静心里全是委屈,她却什么也不肯说。这个倔强到让人心疼的女人!顾宗伟拉着她上了车。

车一直开到了家里。为了迎接两个人的周末,他提前交代于米准备好了一切。

推开房门,映入眼帘的是一条玫瑰花大道,选用了新鲜绝无枯萎的玫瑰花瓣铺成,为了保鲜还撒上了少许露水。然而,简静的失踪让花瓣再也熬不住阳光的侵袭,许多花瓣开始蜷缩枯萎。客厅的餐桌上,是简洁的西式料理,摆放着浪漫的烛台和一捧蓝色妖姬。玫瑰大道一直通向卧室,卧室大床上换了简静喜欢的布娃娃图案,有些幼稚和不搭调。床上摆了很多与她房间一样的布娃娃。

本来这一切,都是顾宗伟授意,于米布置的。

但是简静看到之后并没有特别感动,她却非常想逃避。顾董的话总是时不时在她耳边萦绕,她会毁了顾宗伟,她配不上他,她只能当情妇。

"宗伟，其实你不必为我做这么多。"

"这段时间我能陪你的时间很少，所以要加倍补偿。"

"只要你心里有我，就足够了。"

"可以告诉我今天发生什么事情了吗？你凭空消失让我很担心。"

忽然，门铃响起。简静和顾宗伟互望了一眼，都非常诧异。这里除了他们两个人，很少有人知道。

"是于米？"简静猜测。

"我去看看。"

顾宗伟走过去，她跟在他后面，想知道来的人是谁。可视电话里他们看到了安琪。简静心跳忽然加剧，有一种被捉奸的感觉，脑子里想到的是该往哪里躲。

顾宗伟要去开门，她拦着他，说："等一下"。

简静回房把他们两个人的照片揭下来藏在床下，又看了看房间还有没有她的其他东西，统统都塞起来。顾宗伟看着她这一系列的举动有些诧异，阻止她再去收拾洗手间的化妆品。

"也许这是个机会对安琪说清楚。"

"不要。我还没做好准备。"简静不顾他的阻拦，将属于自己的化妆品和洗漱用品统统放在了隐蔽的角落里。

门铃响了一遍又一遍，安琪已经等得不耐烦了。顾宗伟打开门，安琪看到简静也在房间。而房间里，从玫瑰花瓣大道，到餐桌上的浪漫烛台和简易料理，安琪似乎明白了什么。

"安琪，其实这件事我早就想跟你说了，我和简静……"

"安琪小姐不要误会，我和顾总在为你准备浪漫晚餐，这都是顾总为你准备的。我是特意被他拉过来为你准备这一切的。因为花瓣准备过早，已经枯萎了，所以正准备将花瓣收拾起来。"

简静打断顾宗伟的话，急于解释，冒了一头的汗。

"没关系，我很喜欢。"安琪兴奋地搂住顾宗伟脖子，当着简静的面狠狠亲了一口，"亲爱的，本来我准备给你一个惊喜，没想到你给了我一个大大的惊喜。"

顾宗伟没料到简静会这么说，更没料到安琪热情到让他无法开口。他看着简静，简静示意他不要说出口。

"既然安琪小姐已经来了，我的工作也做完了，我先回去了。"简静故作轻松地说。

"谢谢简静，辛苦你了。"安琪很热情地给了简静一个大大的拥抱。

简静回避着顾宗伟的眼神，逃出了这个被称为"专属于他们俩"的小家。她站在楼下，望着顶楼，眼睛湿润了，不知道自己这么做对不对。

第八章　他的女友不是她

简静心里很复杂,她其实没有想象中那么勇敢。她做不到对旁人的冷嘲热讽视而不见,做不到让顾宗伟放弃一切跟她走。

她没有回家,直接去了医院。

七楼的植物人安安静静地躺着,和每一天一样,需要靠机械维持生命。

"如果当初你没有和妈妈离婚,是不是现在我们一家人可以很幸福地在一起?"

这个问题她曾经想过很多次,但是没有恋爱过的她,怎么也想不明白,为什么爱情可以让一个人迷失。家可以不要,老婆可以不要,女儿也可以不要。朗朗乾坤,每个人都有每个人的业障因果,你得到一些,就必须承受一些。

爸爸得到了美姨十五年不变的爱,代价就是高昂的健康和生命。虽然,爸爸只是昏迷的时间很长,但是这样的生命意义在哪里?

"你后悔吗?如果不是你的自私,我不会没有快乐的童年,妈妈不会变得脾气暴躁。就是因为你们两个人这么自私,才让我失去了父爱,让我失去了一个完整的家。我恨你,也恨她。"

简静一直不想承认,也不想回忆从前。她把自己伪装成快乐的小公主,不让任何人看出她家庭破碎的痕迹。每次有小朋友住院,看着他们的爸爸妈妈陪在身边,守在病床前又是心疼又是宠爱,她都羡慕得跑到楼梯里掉眼泪。

"为了所谓的爱,伤害了一家人,你们没有后悔过吗?你不会觉得心里愧疚吗?"

尽管知道他没有还口的能力,简静还是忍不住一句句逼问。仿佛也是叩问自己,为了自己的爱情,去放弃一些东西,是否值得?

她的眼泪滴下来,落在男人的手上。男人的手指轻微动了一下。简静并没有发现,眼前递过来一张纸巾,她抬头看了一眼,是林嘉华。

简静没对任何人说过她与七楼病人的关系,别人都当她和美姨相处得好,才经常来七楼看望这个病人。

男人的手指又动了一下。"去叫陆医生过来,病人的手好像动了。"林嘉华说。

简静盯着男人的手指,隔了一会儿男人的手又轻微地动了一下,她激动地握住男人的手,喊着:"爸爸,爸爸。"

林嘉华劝了劝简静,让她不要这么激动,但是简静根本没听到他说什么。

陆医生来的时候,简静已经擦干了眼泪。她像是和病人不熟一样,只是作为护士照看着病人。林嘉华为简静这一系列的举动而疑惑,她心里藏着这么大的秘密,却可以装作若无其事。

陆医生为病人做了一系列检查,从检查中发现病人心跳加快,有苏醒的前兆。陆医生说病人的心跳和心情有强烈关系,虽然他意识还不清醒,但很可能会听到一切声音。他问简静是不是病人家属下午看过病人了。

"没有,是我刚才对病人说了一些家属的事。"

"难怪了,病人受到一些刺激,导致他有苏醒的征兆。如果不是过激的内容,可以让家属尝试和病人继续对话,用意识唤醒病人。"

"病人多久可以醒来?"

"这个不好说,可能很快,也可能几年,甚至十几年。"

陆医生要简静通知家属,她像个没事人一样,甚至还开玩笑地对陆医生说:"如果沉睡十五年的植物人苏醒了,咱们医院又成新闻了。"

林嘉华看着简静走出病房,向家属陈述病人病情,她没有一丝刚才的悲伤。

简静走出了医院。林嘉华跟了过去,担心地喊住她,"简静。"

"我没事。"她没有任何表情。

"如果你想说些什么,我保证做个好听众。"

简静拉过他的肩膀,靠在上面,眼泪不争气地流出来。她说:"嘉华,让我靠一会儿。"

林嘉华有些心疼地伸出手,想要搂住她的肩膀,但是他反复练习了几次搂抱的动作,最后还是放弃了。简静就这么趴在他肩膀上,似乎要把全身的力气都搭在他身上。他静静地站着,让她依靠着,她不说话,他一句也不问,却可以感觉到她内心的难过。

许久,简静起来,冲着他笑笑,"是不是觉得我很可怜,所以才跑过来怜悯我?林嘉华我对你说过,没有五百万就别靠近我,我只会当你是我的闺蜜。闺蜜你懂吗?没有性别之分,对我来说,你就是妇女之友。"

林嘉华看她故作轻松,很想对她咆哮,可不可以不要装,不会觉得累吗?然而,他开不了口。对简静,他从来不忍。

"就算是妇女之友,只要能留在你身边,让我做植物人我也愿意。"

"林嘉华你混蛋,你不知道我最恨别人说'植物人'三个字吗?你知不知道什么叫一语成谶,知不知道有些事情老天爷会当真的!"简静忽然咆哮起来。

"简静,别生气了,我不说了,不说了。"

唔唔唔……眼泪终于决堤了,毫无准备地一泻千里。

有时候过度地悲伤,就像暴风雨之前的天空,把伤痛都挤在乌云里,寻了空,一层层铺盖过来。天空一片阴霾,乌云蔽日,大雨倾盆。

林嘉华终于鼓足了勇气,走过去,让简静靠着他的肩膀,眼泪一滴滴滴在他白色的大褂子上。

简静也顾不得许多,拿起他的白大褂擦眼泪、擤鼻涕。林嘉华心疼地看着自己的衣服,还要回去上班呢!但是,如果能让她心情好一点,浪费一件衣服又算什么。

这一天之中发生的事情太多,她来不及消化。这个时候,顾宗伟应该和安琪吃着烛光晚餐,或者已经躺在她的布娃娃床单上了。这一切,她是咎由自取,主动让贤。

她已经替顾宗伟选择了,也为自己选择了。

从此以后,没有鲜花,没有猜忌。

第二天的报纸杂志,头条都是顾氏大公子与相恋多年女友即将订婚之事。孙宁拿着报纸气冲冲地问简静到底怎么回事,前几天还是鲜花玫瑰,怎么说变就变?

简静故作镇定,一副乐呵呵的样子说:"天啊,公主终于和王子幸福地生活在一起了,看来现实中的童话也可以很美好。"

"你是不是傻了?"

"你才傻呢,我很好,智商和情商都正常。"

"你不是跟他在谈恋爱吗?他怎么能和别人订婚,那你呢？"

"他和女朋友订婚不是很正常吗？我为他开心。"

"你怎么办？"

"继续上班下班，继续在医院里向白衣天使靠近，继续和亲爱的你逛街，继续臭美，嗯，很多事情。"

"我的房款呢，我还没钱交那么多！"孙宁突然大声说道。

"你活该，没钱你买什么房！"

"我就是觉得便宜嘛。"

"有便宜你就占，听到无痛人流打折是不是都想怀孕了？"

"去死，有你这么恶心人的吗？"孙宁扑哧笑了出来。

"就恶心你了怎么了，我喜欢我高兴，谁让你招惹我的。"

"喂，到底怎么回事，跟我说说呗。"

"不合适，分了。别再问了，小心我生气让你请我吃饭，陪我买衣服，带我唱歌。钱还都要你来付。"简静愤愤地说。

"凭什么啊，我房款还没着落呢。"

"孙宁！"

"干吗？"

"给我消失！"

简静眼睛瞪得大大的，这个孙宁，一说话就是房款，神经大条什么心也不操，什么事也不着急。吃回头草的初恋男友跟前女友好了，孙宁也没一点失恋的状态，念念叨叨的就是房款，这就是关心她和顾宗伟感情的真正目的，残酷的现实啊！

消息一出，医院里顿时沸腾了起来。大家关于前几日简静的神秘送花者是不是顾宗伟又进行了热烈的讨论，热烈过后是一阵冷寂。

也许，这就是新闻的时效性，热度一过，关心的人就少了。

简静能做的就是让生活回到原本的轨道上，每天去看七楼拐角的病人，和美姨一起祈祷他能早点醒来，一起帮他翻身、擦洗、按摩。

然而，他的病情再也没有好转过，手指再也没有动过。

简静还在上班，母亲一个电话打过来，怒气冲冲地要她马上回家。

"妈，我还在上班，有什么事等我下班后再说吧。"

"你马上给我滚回家！"简楚玉挂了电话，简静根本不知道家里发生了什么大事，让老妈这么生气。只得请了假，速速赶回家中。

简静回到家，打开门，走进客厅，拖鞋还没换好。坐在客厅表情严肃到冰冷的简楚玉走过来，一巴掌打在简静的脸上。

"妈，怎么了？"简静捂着红色掌印不解地问。

简楚玉拿着一张报纸拍到她脸上，"你还要脸不要脸，做了人家的情妇还敢把人领回家，说什么要结婚，你丢死人了。"

"妈，您听我解释。"简静哽咽着想要解释。

"我养你这么大，就是让你当人家的小三？"

"妈，我错了。"简静哭着说。

"别叫我妈。从小我就跟你说过，做人要清清白白，尤其是一个女孩子，千万不能做破坏别人家庭的事。你倒好，我说的话全当耳旁风了，我痛恨什么你做什么，你是故意气我是不是？"简楚玉气得要晕过去了，一屁股坐在沙发上。简静去扶她，她一巴掌打掉简静的手，狠狠地甩在一边。

"妈，我不是故意的，我很爱他。"

"爱？！爱算个屁。有爱就能破坏别人的感情吗？你看看报纸上怎么写的，他们认识十年，谈了五年多恋爱了。你不是第三者是什么？你让我这张老脸往哪儿放？"

简楚玉的婚姻不幸正是因为丈夫要寻找真爱，所以她一向痛恨以"爱"为借口破坏人家感情的第三者。她却怎么也没想到，她唯一的女儿竟然背着她做出这种事。如果不是看到报纸，她还被蒙在鼓里。

"妈，我爱他，我是真的很喜欢他。"简静跪在母亲跟前，趴在母亲膝盖上哭着说。

"我没有你这种女儿，你那么不要脸，就别再回这个家。"

简楚玉把简静的东西扔出门外，赶着她往外走。简静抱着妈妈，怎么也不肯放手。简楚玉看到简静，仿佛看到了当年夺她老公的小三，几十年的恨意全部发泄出来。她用力掰开简静的手，将她推出了门外，一道门狠狠关上，还带着愤怒的"砰"的一声。

简静哭着拍打着房门，哭着喊"妈，我错了"，然而简楚玉躲进了房间，装作听不到，不开门，不出声。

简静哭了很久，抱着自己的行李走下楼梯。也许是哭得时间太长了，全身的力气都用完了。下楼时一个踉跄，脚崴了一下。只是脚再痛，也不及心里的伤痛。

她唯一的亲人，竟然这么绝情地将她赶出了家门。

她知道母亲痛恨小三，知道因为父亲的事，母亲一直不能释怀。但是她怎么也没想到母亲的情绪竟是这样激烈，容不得她解释，容不得她存在。

简静踉跄着，终于下到了一层。

站在一楼的台阶看过去，原来顾宗伟停车的地方空空如也。一切都是她活该，明知道前面是万丈深渊，还要往下跳。明知道没有结果，还非要去尝试。

一切的文字都是苍凉而凄美的，然而现实和文字不一样，它是血淋淋的绝望和无望。

简静拉着行李,不知道要往哪里走。茫茫天地间,哪里都不是她的落脚地。

小时候,因为没有父亲,母亲那么护着她,不许任何人欺负她。她一直觉得自己像母亲掌中的宝,虽然这几年母亲脾气大了,但从来没对她这么狠心过。不过嘴上唠叨几句,刀子嘴豆腐心罢了。

这次她真的触动了母亲的底线,伤了母亲的心。

顾宗伟,我原本就不该爱上你的。

简静望着天空,脚伤带来的痛越来越厉害。

闷热的天气里,整个天空都让人觉得窒息。简静感到呼吸不畅,头脑发汗,头晕目眩。忽然,晕倒在路上。

醒来的时候,她已经躺在床上,周围是深棕色的家具和一张深棕色的脸。

"这是哪里?"

"这是我家。"

"我怎么会在这儿。"

"你知道你忧伤过度加上中暑晕倒了吗?你怎么会拖着行李跑出来,脚还崴了。"

"你不是应该在医院吗?"

"护士长说你非要请假,家里可能出了什么事,我不放心就跟过来看看。结果就看到你很悲惨的一幕,于是我就好心地把你领回家了。"

上次简静趴在林嘉华肩膀上哭了半晌却什么也不肯说,林嘉华就隐隐觉得她心里有事。今天跟过来,虽然不知道她家里出了什么事,却看到她一个人拖着行李,一瘸一拐地走在大街上,那种表情,跟那天一样绝望。

他跟在后面，想过去帮她，却害怕简静会像上一次一样，见到他连表达伤心的欲望都没有了，只是假装。这世界上，最容易的是伪装，最难的也是伪装。林嘉华只是跟在后面，只要确保她安全，他就放心了。

然而，简静忽然晕倒了，像一只折断翅膀的蝴蝶，失去了平衡，在晴天朗日里一头栽在行李上。林嘉华着急地跑上去，看到她嘴唇发白，脸上没有一丝血色，失去了意识。

林嘉华把她带回家里，打开家里的窗户让空气流通，还拿了冰块给她敷额头。其实按照他的医学常识，中暑并不是什么大病，他知道简静会很快醒来，但还是忍不住担心。只要她一刻不醒，他就提心吊胆放心不下，守在她身边，一刻也不敢走开。慢慢地，简静醒了。

"谢谢。"

"跟我客气就不是我的静静了。"林嘉华开着玩笑。

"就让你逞一时口舌之快吧，看我好了之后怎么折磨你！"简静有气无力地说。

"欢迎欢迎。"

"变态，你有被虐倾向啊！"

"被你虐总好过被你忽略。"林嘉华忽然严肃起来。

简静不再说话，空气仿佛凝固了，气氛尴尬。简静一直以为林嘉华追求她不过是生活中的调剂，因为他总是那么不认真，那么不严肃。可是，这一刻他认真了，她却害怕了。

林嘉华忽然拉着简静的手，望着她，像发誓一样，说："简静，不管发生什么事，我都会保护你。"

简静眼神躲闪，抽出手来，转移话题："喂，有没有吃的，我饿了。"

林嘉华眼神中掠过一丝失望，继而打起精神说："想吃稀饭还是米饭，是番茄炒蛋还是红烧肉？"

"随便吧！"

"你中暑了，给你来一点清淡的。就大米绿豆粥和拍黄瓜吧！"

"别太抠了，至少炒个鸡蛋吧！"

"鸡蛋涨价了，一个一块，我还得攒老婆本。"

"小气！"

"等着吧，姑奶奶。"

看着林嘉华系上围裙去做饭了，简静忽然觉得自己并不了解他。这个拿手术刀的男人和此刻拿菜刀的男人仿佛不是一个人。也许在她心中，林嘉华就像一杯白开水，原以为可以一见到底，没有什么味道，但是加点料也会有不一样的味道。只是，在从前喝白开水的日子里，早已把白开水当作离不开的朋友了，再难往里面加茶品。

简静又想起了顾宗伟，他像是山涧泉水，清冽甘甜、难以寻觅，却让人尝过再也忘不了。这种山泉，看起来清澈，却像毒一样。因为染上了毒，母亲生气了，将她赶出了家门。

想到这些，脑中一片混乱。她们母女一直是相依为命的，没想到有一天会落到如此田地。她哭着在门外喊"妈"，哭着拍门，却得不到母亲任何回应。她是真的不会原谅自己了，简静害怕极了，头一次感到这么孤独。

林嘉华在她胡思乱想的时候，已经将饭菜做好，摆上了餐桌——拍黄瓜、西芹百合炒虾仁、土豆牛腩。

"哇，好丰盛，会不会花了你一周的生活费，做的时候分外心疼吧！"简静忍不住赞叹。

"拍黄瓜是你的，其他两个菜是我要吃的，吃到自己肚子里，丝毫不心疼。"林嘉华一脸得意。

"嗯。"简静若有所思地点着头,"我就喜欢你这种口是心非,明明就是给我做的。"

简静毫不客气地坐下来,拿起筷子三个菜吃了个遍,边吃边点评:"这个牛腩不错,土豆太烂了;那个虾仁不错,西芹切得太细了;还有这个黄瓜,没吃饭就是没力气,拍这么大块。啧啧啧,还好我不挑食,勉为其难吃一顿得了,不能浪费你的手艺。"

"姑奶奶,求求您老人家就浪费一下吧,您吃这么香,我丝毫看不出来您吃得勉强。"

"吃饭的时候说话不消化,你妈没告诉你啊!"

林嘉华无语,简静总当他是妇女之友,说话丝毫不客气。他就是攒出五百万,身体锻炼成顾宗伟那么健壮,也依然会被她化为"朋友"的行列。

谁让林嘉华这么嘴贱,平时就爱跟简静打嘴仗,最后真是不打不相识,打成闺蜜了。

男人与女人之间,必须有距离,才能产生暧昧,暧昧才能升华成感情。

简静在林嘉华家里养精蓄锐了小半天,要回家去找简楚玉。她不信老妈这么绝情。林嘉华陪她一起回去,然而门都没进去,简楚玉从门缝里传出一句绝情的话:"给我有多远滚多远。"简静哭着让母亲开开门,她可以解释,她可以从此再也不见顾宗伟。简楚玉就像没听见一样,把电视的声音开得很大。简静在门外只听见电视里传出两个人争吵的声音,一个人叫另一个人"滚",就像妈妈的代言。林嘉华把她劝走了。

简楚玉坐在客厅里默默流泪。当年林德昌也说过要和那个女人分手,结果还不是暗度陈仓、藕断丝连。她不相信男人的鬼话,也不相信热恋中做出的决定。

女儿,活生生就是德昌的翻版。她做错了什么,这一生最亲的两个人都要这么折磨她。简楚玉眼角的鱼尾纹都湿润了。

林嘉华扶着一瘸一拐的简静出了小区,看她脸上还挂着泪痕,递给她一张面纸。

"报纸我看了,他要订婚了。"

"觉得我很坏吧,做了第三者还恬不知耻,活该被妈妈赶出来。"

"坏的是顾宗伟,他凭什么玩弄你之后又和别的女人订婚,我恨不得揍扁他。"林嘉华气不过。

"那个女人和他本来就是一对,我才是'别的女人'。"

"那你们?"

"分了。"简静故作轻松地说。

林嘉华愤愤不平,那个人怎么可以这么对待简静。

简静睡了一晚,觉得心里轻松多了。准备早起给林嘉华做点早餐,感谢他的收留。没想到餐桌上已经放好了早点,还有一张纸条——

> 简静,医院有急诊,我先过去了,我会帮你跟护士长请假,吃完早餐别忘了帮我收拾一下桌子,谢谢!
>
> 林嘉华

简静已经做好准备去上班了,她可不想待在家里继续胡思乱想。

刚下了公交车,看到医院大楼前停着一辆黑色的宝马车。她最熟悉不过的车牌,与电话号码一样是四个八。

车上的人走下车,向她走过来。简静的心在怦怦乱跳,她已经不知道应该怎么面对他了，最好不相见，才能不相恋。如此这般折磨，于他于自己都是一种煎熬。

简静站在原地，等待他走过来。他越逼近她越心慌。心里一直有个声音告诉自己：你要坚强。她一瘸一拐地走向他，距离近了，两个人自动停了脚步。

"顾总，好久不见了。"简静伸出手问好。

顾宗伟脸上一怔，他看到她脚崴了，想要蹲下来帮她看看脚，结果她一声"顾总"叫得他心里发颤。简静，你怎么了？为什么要对我这么陌生，为什么对我这么残忍？

"顾总如果没什么公事要交代，我先回去上班了。"

简静尽量让自己平静下来，将重心转移到右脚，左脚只能蜻蜓点水地挨着地面，踉跄着从他身边走过去。

"简静！"顾宗伟忽然抓住她的胳膊，简静的心咯噔一下，没预料到这么突然，"昨天怎么走了？"

简静眼角越来越湿润，她告诉自己不能流下来。她回头故作坚强地对他微笑，轻松地耸耸肩，说："不是应该这样吗？顾总，我想，以后我们还是这么称呼比较好。"

"安琪去酒店住了。"

简静心想，你骗谁，杂志报纸和新闻都在讨论你顾大少爷的订婚大事，你可以前一天对未婚妻说分手，后一天马上说订婚吗？简静知道自己很爱他，她还从来没爱过谁，所以她很傻，分不清爱情的真假深浅。

"其实你没必要跟我说这些，我已经不介意了。"

"我介意！"顾宗伟忽然大声说，这样的声音从来没有过。在她面前，顾宗伟总是表现得绅士，就算霸道一点，也绝对不是无理。这一刻他的声音充满绝对的反抗，她有点吓到了。顾宗伟继续说："如果你介意报纸上的事，我可以告诉你，我根本不知道，这些完全是老头子一个人的想法。我会澄清，只要你坚定。"

原来如此。姜果然是老的辣，顾董下手一向这么狠，任谁都无法防备。

"不，我觉得我们不合适。你看过咖啡和油条搭档吗？"

"你说过你爱我。"

"我给你爱，你给我什么？白金卡、房子，或许还有很多很多可以买来的东西，你知道我不稀罕。"简静从包里拿出白金卡，甩在他手里，继续说，"这个还给你，我不需要。"

"你想要的我都会给你。"

"算了，我不想成为全城人讨论的焦点，更不想成为别人口中破坏感情的第三者。"

"你原来不介意的？！"

"我变了。"简静用尽力气大喊。

是，她变了。她没有勇气了，她想要放弃了。顾宗伟怔怔地看着她，有些难以相信，简静冷冷地说："顾总，我上班了。"

简静脚步迈得很快，以至于左脚很疼很疼。再疼也比站在他面前煎熬要强，只要面对他，她不知道自己会不会心软，会不会忍不住掉眼泪，会不会趴在他肩膀上哭泣，要他带着自己走得远远的，再也不要来这个地方。

女孩子的梦总是太过美好，眼前却太过现实。医院大楼提醒着她，她必须工作，必须回到生活中来。

顾宗伟茫然地站在医院大楼前，直到院长看到他，带着几个主治医生和护士十分热情地前去迎接他。"顾总，您大驾光临怎么也不说一声。"

这时，他才回过神来。握手寒暄，然后借口开车离开。

七楼拐角的病房，美姨在帮林德昌翻身。简静过去，帮她一起。她很熟练地帮病人擦洗已经生了褥疮的背。一个躺在床上十五年的病人，尽管经常被翻身，经常通风晒太阳，还是躲不过生疮。一份感情，搁浅了十五年，也会变质吧！

"小静，你说他会醒来吗？"美姨问。

"不知道，美姨，你希望他醒来吗？"简静反问。

"没醒的时候希望他早点醒来，真醒来了我又不知道怎么面对他，毕竟我已经结过婚了。"

"他不会怪你的，你也不能因为他一辈子不结婚吧！再说这十五年都是你在照顾他，我想他若真爱你，会理解你的。"

"照顾他是应该的，毕竟若不是为了我，他也不会这样。"说着说着美姨又开始掉眼泪，她又想起了十五年前，她还年轻的时候。

简静心里也很乱，这个男人本来应该听她诉苦，替她出主意，甚至为她出气的。但是他只能躺着，什么也做不了。爸爸的没有意识，妈妈的绝情，她已无家可归。

美姨帮林德昌做了一系列日常护理，又回家去了。她也是个苦命的女人，照顾一个和自己没有关系的植物人，还要照顾自己的家。

爱情，甜蜜和毁灭总是一线之差。

简静坐在病床前，望着林德昌，他的手指再也不肯动一下，让大家空欢喜一场。

"你知不知道自己很自私，三个女人都跟着你受苦。如果你当初没有抛弃我和妈妈，我们每个人都会过得很幸福。妈妈也不会把我赶出家门，我也不会爱上不该爱的人。妈妈一定是觉得我跟你太像了，看到我就想起你当初对她的绝情，才会那么狠心。我不怪妈妈，她把我养这么大，很不容易。我以前很恨你，现在也不恨了，我已经长大了。"

简静自言自语，一个人坐在病床前很久，这几天来，一件一件的事情弄得她筋疲力尽。

"爸，你醒醒，我现在只有你了。"简静拼命要忍住的眼泪，终始没有忍住。一颗颗掉落下来，打在病人的手背上。一滴、两滴、三滴……

手指微微触动。

简静握住父亲的手，哽咽着说："爸，我可以这样叫你吗？"

男人的眼皮动了一下，简静以为自己眼花了，擦了眼泪，揉了揉眼睛。男人的眼皮确实动了，他在努力让自己睁开眼睛。

简静激动地叫着"爸爸，爸爸"。

男人终于睁开了眼睛，看着已经长成大姑娘的女儿，用力地想要给女儿一个微笑，安慰她"有爸爸在"。然而太久没有表情了，嘴角的牵引让他觉得吃力，他只能睁开眼睛，微微张了张嘴，喊了一个"静"字。

简静激动地跑到门口大喊"陆医生，陆医生"。

陆医生和林嘉华都来了，简静握住男人的手，不住地点着头说："是我，我是小静。"

男人终于抽动了嘴角，露出一个微笑。

陆医生开始为病人检查身体，简静喜极而泣地看着这个奇迹。医院的人都为这个奇迹的发生而兴奋，但是谁也没有简静这么激动。因为这个人，是她爸爸。

林嘉华拥着简静的肩膀，她因激动而不住抖动的双肩，看起来那么单薄。

这个女孩，这几天经历过太多伤害，已经不能再受打击了。林嘉华真怕她再有什么闪失，像守着一块珍宝一样守着她。

恢复良好，病人的呼吸和心跳都正常，但因为常年躺着，各项功能已经下降,体质很弱,需要进一步调养。幸运的是,没有大碍,一切都可以逐步恢复。

简静第一时间把这个消息告诉了美姨,美姨听到电话,激动地哽咽起来。十五年了,她终于等到了这一刻。

第九章　正牌女友来夺爱

何阿姨拿着报纸出门了,不许任何人跟着她。护工和保姆面面相觑,只得通知顾宗伟。顾宗伟要保姆偷偷跟着母亲,以防她出什么事。

何阿姨打了车,到了顾家别墅。

好个豪华气派的顾家别墅,这是拿着他们母子的幸福换来的物质,她丝毫不稀罕。二十年来,她第一次出现在这里,只为了儿子。

"请问你要找谁?"管家问。

"告诉顾准,何丽娟来了。"

管家报告之后,打开了大门,恭敬地弓着腰请何丽娟进去,领她到了客厅。从外面看顾家别墅气派豪华,站在里面看,富丽堂皇、名贵奢侈。她素来知道顾准这个人喜欢附庸风雅,从各地收藏来的古董不过是摆在家里给人看的,他做任何事都是有目的的。

"何姐,好久不见了。"

何丽娟看到顾准和秦月一起走过来了,都过了二十年,岁月在他们身上都留下了痕迹。但是对秦月来说,仿佛岁月让她更端庄了,不愧是银行家的女儿,何年何月都是一副大家闺秀的派头。

"二十年了，确实好久了。"

"管家，看茶。"

顾准和秦月坐在主人的位子，何丽娟并不落座，站在他们的对面，等待顾准开口。

"你来干什么？"顾准终于开口。

何丽娟扬起手里的报纸，一副质问的口气，"连儿子的婚姻你都摆布，你还是不是人？"

"难道你想让儿子娶一个毫无背景的小护士？"

咳咳，秦月故意咳嗽起来。

顾准改口："宗伟的婚事我做主了。"

"当初能狠心抛弃我们母子，把婆婆气得吐血，你还好意思做主儿子的婚事？！他是我儿子，你没资格决定他的婚姻大事。"

"简直是无理取闹，如果你是来撒泼的，我这里不欢迎。"

"你没人性，你还我儿子！"

"如果你不糊涂，你应该记得从宗伟十岁开始，他就在顾家生活了。你有什么资格质问我？"

"儿子是我的，我不要儿子进顾氏，不要儿子受你摆布，你把他还给我。"何丽娟有些激动。

"我说何姐，当初是你求我老公收留宗伟，他才可以接受最好的教育，衣食无忧，生活富足，成为顾氏的总经理。跟着你，他指不定在哪里打工，填不饱肚子呢。你应该感谢我们夫妻，而不是跑到我们家来撒野。"秦月一向看不惯何丽娟，觉得她文化低，粗俗。

"姓顾的，我已经被你毁了，你还要毁了我儿子吗？他可是你的亲生骨肉，你还是不是人？我不会让宗伟继续留在顾氏的，我要带他走，一辈子都不回来，让你小儿子给你养老送终吧！"何丽娟不受控制地辱骂。

"神经病，疯婆子，给我滚出顾家，这里没你的位置。"

顾准也激动起来。何丽娟一直是他的一块心病。年轻的时候，受父母之命，两个人结婚了。婚后他发展起来，却不满意这个只会在厨房打转的妇女，毅然决然离婚了。也因为这样，母亲过度伤心，吐血病发，不久之后郁郁而终。

"管家，送客！"秦月喊了一声。

管家来赶何丽娟出去，何丽娟看到顾准和秦月的嘴脸，这些年她所受的委屈和不满完全爆发了，直接动手过去打顾准，老管家根本来不及阻止。顾准挨了一巴掌，虽然并不是很重，但他再也不能容忍，只是一推，何丽娟就被推到地上了。

何丽娟躺在地上，面色苍白、大汗淋漓、呼吸困难。

顾宗伟推开门，看到父亲一把将母亲推在地上，母亲痛哭地躺在那儿。父亲错愕地睁大眼睛看着这一切。顾宗伟扑过去抱起母亲，脚步匆忙地抱到车上，驱车朝着医院的方向开去。

母亲的脸色越来越苍白，他恨不能车子飞起来，道路无所阻碍。每个红绿灯他都回头看母亲痛苦的神情，就像一把刀插在心脏上。

"妈，妈，您忍一下，马上就到了，您会没事的。"

何丽娟张了张嘴，却没有力气说话。

顾宗伟急了一头的汗。

到了医院，马上安排急诊，林嘉华和陆医生进了急诊室。

简静本来决定再也不理顾宗伟了，就这样恢复正常生活，等简楚玉气消了，她还做她的乖女儿。

但是看到顾宗伟着急慌张地喊"医生，医生"，双臂上抱着的何阿姨已经昏迷，那一刻她知道自己没有办法置之不理。

何丽娟进了病房，他仿佛瘫了一样，坐在长椅上，没有了往日的霸道和风采，六神无主、精神涣散。

她走到他身边，递给他一瓶水，"喝点水吧，嘴唇都起皮了。"

他摇摇头，目光空洞地望着天花板，仿佛是在自言自语："我是不是活得很失败？"

简静坐下，拍拍他的肩膀，让他不要胡思乱想，平静下来。

"二十年了，我一直阻止妈去见爸，因为每次她见到爸都会激动。我怕她老毛病再犯，所以从不在她面前提起老头子一丝一毫的事。没想到，终究还是没拦住。"

"别想太多，阿姨那么好的人，不会有事的。"

她握住他的手，只想给他一点力量。顾宗伟仿佛抓到了稻草，反手紧紧捏着，简静忍着疼任由他捏着。

时间一分一秒过去了，仿佛天地鸿蒙，混乱得看不清未来的样子。他的期待和焦急都表现在脸上。

于米来了，安琪来了。

简静慌乱地抽出手，把水递给安琪，"我想顾总必须喝点水了，否则待会儿我还得忙着帮他输液。"

"谢谢你，简小姐。"安琪接过水说。

"亲爱的，听简小姐的话，喝点水吧，你看你嘴唇都泛白了，我很担心。"安琪一口新加坡味儿，娇滴滴的温柔。

顾宗伟接过水，喝了两口，递给了安琪。

安琪坐在他身边，温柔地抚慰着他，一双手在他肩膀上轻轻拍着，希望他不必这么担忧。

终于，林嘉华出来了。顾宗伟着急地问："我妈怎么样了？"

林嘉华摇摇头。

顾宗伟情绪激动地揪住林嘉华的衣领，"你医术不行就换医生，我妈一定会没事的。"

"顾先生，请您冷静。病人几次三番受到刺激，心脏不能负荷，我们已经尽力了。"林嘉华解释道。

"我不管，如果救不回我妈，我把整个医院都拆了。"顾宗伟接受不了这个事实，暴怒着。

简静回到服务台，心却一直系着这边，一双眼睛不住地看向急诊室。听到顾宗伟愤怒地咆哮，她马上叫了孙宁顶班，跑了过去。

顾宗伟接受不了母亲病危的事实，他咆哮之下双手在抖。看着他无助的样子，简静真想给他点安慰。只是安琪已经拉住他，温柔地抚慰着他，让他"冷静冷静"。

林嘉华从简静身边走过去，看她一脸担忧，他说："我尽力了。"

简静没有看林嘉华一眼，更没有注意到将近五个小时的抢救，他已筋疲力尽，此刻连走路都在摇晃。

她的目光追随着顾宗伟。

何丽娟被推进了病房，顾宗伟跟在医护推车旁，进了七楼的十二号病房。

昏迷中醒来的何丽娟，一直喊着顾准的名字。

顾宗伟眼眶里蓄满了泪水，母亲就是在临终前，也不肯忘记负心的父亲。

很小的时候，他看到妈妈对着一张很旧很旧的黑白合照发呆，一看就是一下午。他后来才知道那张照片是父母结婚证上的照片，象征着父亲和母亲永结同心。只是，照片里笑得再甜，也物是人非了。

后来，母亲开始买有关顾氏的报纸，一张张地剪下来贴在一本旧书里。若不是他要找那本书用，他永远不会知道母亲在"恨"的外衣下，藏在一颗炽热的"爱"之心。

他握着母亲的手，轻声呼唤："妈，我在这儿，您会没事的。"

何阿姨微弱地睁开眼，突然很用力地抓紧他的手："你终于肯来看我了，我就知道。"顾宗伟心如刀割，母亲错把他当成了父亲。

"我求求你去见一见妈妈，医生说她……"顾宗伟和顾准面对面站着，恳求着。

"我不会去的。"

"爸，我求求你！"

"这种把戏她年轻的时候用多了，你以为我还会相信吗？"

顾宗伟双手握得紧紧的，心脏突突地疼着。那么多父母都可以相亲相爱，只有他的父母从小冤家路窄，从不见面。他甚至不知道一家三口在一起坐着吃饭聊天，会是怎样的滋味。他抱着一次侥幸心理，觉得看在母亲病危的份儿上，父亲也许会去医院看一看母亲，他在三十年的人生中，可以体会一次一家三口相聚的幸福时光。然而，父亲的脸上没有一丝动容的神情，他那么冷酷，那么决绝。

"妈随时会离开我们，在她临终前你就不能去看她一眼吗？"顾宗伟再一次恳求。

"她看不见我对她病情更好。"顾准依然冷酷地说。

"她是爱您的！"

"你是我一手调教出来的，这个时候不要把时间过多地放在私事上，公司还有许多事情等着你去做。"

扑通一声，顾宗伟跪在父亲面前，"爸，我求您了！"

顾准脸色更冷，"跟安琪结婚，把新加坡项目做好，我可以考虑。"

"可是我妈等不了那么久。"

"那就是天意！"

顾准离开了，留下仍然跪在地上的顾宗伟。偌大的会议室，空荡荡的房间，像地板一样冰冷。

顾宗伟返回医院，简静正在替何阿姨擦拭嘴角的口水。安琪有些嫌弃地拿着纸巾站在一侧。对她这个大小姐来说，这样的事的确太为难了。

"谢谢。"他对简静说。

"这是阿姨的心电图，很微弱。无论你有多重要的事，今天晚上最好一直守在医院。"简静说。

顾宗伟点点头。

简静注意到，才一天时间，他已经憔悴了很多，往日刮得干净的胡须又冒出来了，一层一层，彰显着这十几个小时的心力交瘁。

"没事的话我先出去了，有紧急情况按床前的呼叫铃。"简静说。

"谢谢。"顾宗伟除了这句，也实在不知道该说些什么。

简静走了之后，顾宗伟让安琪先回去，他想一个人守在母亲身边，陪母亲度过最后的时光。

尽管安琪一再表示想陪在他身边，但顾宗伟还是拒绝了。

顾宗伟守在母亲身边，为母亲把额前的头发整理了一下，发现母亲耳朵后面有几丝白头发。

原来，母亲总笑着说自己不老，头发还黑，只是不想让他担心，偷偷把头发染黑了，藏起日渐发白的发丝。

顾宗伟心一阵一阵突突地难受。不知道怎么，眼泪就氤氲出来了，一个没注意，滴到母亲的脸上。

这么多年，母亲是他唯一的支撑和动力。他所有的隐忍和努力，都为了母亲。然而，这一刻，被告知母亲将要离开他，一想到就无法控制地难过。

一只温暖的手伸过来，擦拭着他眼角的泪。

"妈！"

何丽娟尽量微笑着，看着儿子："我日子不多了，还不给个笑脸。"

"妈，别胡说，我还要让您风风光光进顾家呢。"

何丽娟的脸色立刻变了，她说："我从来都不想进顾家，我跟你说过很多遍了。"

"妈，您别生气，我说错了。您还要看着我结婚呢，我还要生个孩子给您带呢。"

何丽娟又恢复了每个母亲特有的慈祥温和，伸出手，握着儿子的手，像临终前的叮嘱一样："小伟，简静是个好姑娘，别辜负她。妈日子不多了，妈希望你不要把时间都浪费在仇恨上。"

"妈，您会好的，我已经找了全国最好的医生给您治病。"

"妈的身体妈自己知道，我好困，呼吸也很困难。"

"医生，医生……"顾宗伟一听到母亲说呼吸困难，立刻叫医生。何丽娟制止了儿子。

简静第一个闯进来，她一直守在病房外，担心他有事。

"何阿姨怎么了？"她紧张地问。

"小简。"何丽娟使出力气，声音还是很轻很轻。

简静握住何阿姨伸过来的手，站在病床前，"何阿姨，我在这儿。"

何阿姨把她的手放在顾宗伟手里，微笑着，仿佛看到三十年前的大婚日，婆婆把她的手放在了顾准的手里。她微笑着，慢慢闭上了眼睛。

顾宗伟全身颤抖着，他压抑着哭声，牙齿打架。他抑制自己的悲伤，连眼泪都不忍掉下来，眼睛睁得大大的。他一向是坚强的、霸道的，有王者之风。如今，他却脆弱得像个稻草人，经不起风吹草动。

她伸出手，搂着他。他靠在她怀里，终于哭了出来。

简静的心突突地疼着，却不知道怎么去安慰他，只能静静地让他哭着，发泄着。

母亲的骨灰摆在家里，他静静地守护着，就这样不吃不喝闷在家里两天两夜。

安琪接到父亲电话催她回新加坡，她已经拒绝了多次。当顾宗伟听到她再次拒绝时，替她做了决定，要她回去。

他说："树欲静而风不止，子欲养而亲不待。"

安琪舍不得让他一个人经历痛苦，但是顾宗伟说："他只想一个人陪母亲最后几天。"安琪不再强求。

"有事一定要告诉我。"

顾宗伟点点头，安琪飞回了新加坡。

顾家没有一个人前来吊唁，哪怕是顾氏公司的员工。老头子已经对顾氏上下严重警告，没有他的允许，绝对不能私自去吊唁。

简静默默地守在他身边，不知道以什么身份这样守着、忙着。

顾宗林来了，"大哥，节哀！"

顾宗伟悲伤地回了个礼貌的点头礼。

"我回公司帮忙了，你安心打理阿姨的后事，公司的事不必担心。"

顾宗伟拍了拍弟弟的肩膀，代替万语千言。这个弟弟一向心思单纯善良，顾家也只有他敢来。

"大哥，爸让我告诉你，新加坡的开幕式定在明天了，他说要你务必参加，不过我已经跟爸说过，我会替你出席。"

"不用，我一定会出现在开幕式上。"

"大哥……"

"不要再说了，我心里有数。"顾宗伟本来已经决定带着简静和母亲离开顾氏，重新生活。但是母亲的突然离世，父亲的绝情，让他心灰意冷，除了心痛，更多的是愤怒。

顾宗林走后，简静默默搭上他的肩膀，感受到他压抑着不肯释放的情绪。顾宗伟伸手握住她的手，示意她"不必担心"。

"你已经两天两夜没吃东西了，这样下去会把自己累垮的。我替你守着，去吃点饭吧！"简静实在不忍他这样折磨自己。

"我不饿。"他眼窝深陷，布满了红血丝。

"宗伟……"

"我想最后陪母亲三天，我没事。"

两天两夜他把自己关在家里，不理会顾氏的事，不接任何电话。老王和于米都很担心，却不敢打扰他。

老王说："顾总从十岁起脑子里都是顾氏的生意，从来没有像这样不理会顾氏任何事，尤其在这么重要的时刻。"

于米更多的是担心，却又不知道该做什么，向简静求助。

简静说："给他点时间，什么都不要问，什么也不要说。"

三个人静静地陪着顾宗伟。

这天夜里，一直守在灵堂前的顾宗伟忽然站起来，对于米说："帮我订一张马上启程去新加坡的机票，还有那件事可以发给媒体了，我需要它明天就出现在新加坡新闻里。"

"明天是何阿姨的丧礼。"简静不解地问。

"我妈更愿意看到我在新加坡，这里麻烦你和老王帮我照顾着。"他的眼神里一扫悲痛，代替的是让人不解的愤怒。

顾宗伟开始拼命地吃饭，填补这两天流失的营养。他手里捧着的不过是一碗家常面条，他吃起来却像山珍海味。简静从来没见过这样的顾宗伟。

吃过饭，顾宗伟洗了个热水澡，换了身干净的西服，刮了胡子，又恢复到往常意气风发的顾总了。

他走到母亲的遗像前，怔怔地站了许久，"妈，不能送您最后一程了，儿子不孝。"然后擦拭着母亲的遗像，看着母亲的照片，抱着悲恸。

于米上前，轻声说："顾总，该走了。"

顾宗伟才回过头，看到简静站在一旁。他对简静说："不管我做出什么决定，我都是爱你的。只要你在这里，一直等着我，我就会回来找你。"

简静感到莫名其妙，他一连串的举动太反常了。前两天还为了母亲不吃不喝，如今连葬礼都不能参加了。难道顾氏在他心里真的那么重要吗？

于米走上前，轻声说："顾总，要启程了。"

简静望着他，不知道该说些什么话，是劝慰，还是支持。最终只能浓缩在一句"照顾好自己"。

他说："等我。"

她凝望着他，看着他坐上老王的车，消失在夜色里。

新加坡项目开幕仪式在圣淘沙海滩度假村举行，宁静雅致的幻境，悠闲舒适的氛围，可以边随意漫步，边享受日光下的自助餐。如此别具一格，重在突出顾氏进驻新加坡的盛大决心。

顾董偕夫人秦月和小儿子顾宗林一起出席这场活动，将小儿子介绍给各大商贾。顾宗林却一心想要拍下海滩的自然风光。

顾董看了一下腕表的时间，开幕仪式即将开始，却还不见顾宗伟的身影。

"我想他不会来了。"秦月说。

"不成气候!"顾董恨铁不成钢。

"你还有宗林,他才是未来顾氏的继承人。"

这时,顾宗林拿着相机,专注地拍下了棕榈树下正在玩沙滩排球的一群孩子。

"这就是你不务正业的儿子!"顾董溺爱宗林,却对他不爱商业爱摄影的个性极其不满。

"孩子的爱好,谁说喜欢摄影就不能成为商界奇才了。"秦月说。

"去,把顾宗林给我叫过来。"顾董对手下说。

顾宗林被拎回父母身边,颇为调皮地冲母亲挤了挤眼,秦月忍不住说他:"今天是顾氏的大日子,你要收敛点。"

顾氏开幕仪式进入倒计时。

顾董站在台上刚开演讲,从顾氏的发展史一路说到与新加坡的缘分,获得台下阵阵掌声。闪光灯"咔咔"频闪,记者们的提问异常热烈。

"请问顾董,据可靠消息称,顾氏房产存在质量问题,钢筋以小充大,虽然不至于造成危害,但是这种诚信问题又怎么解释?"人群中一个记者忽然提出严肃的问题,给顾氏来了个猝不及防。

顾董的脸白了一下立刻恢复笑容,"这位记者,所谓树大招风,不知道您从哪里听到的谣传要恶意中伤顾氏。我对发起这种不实报道的媒体保留追求法律责任的权利。我们希望顾氏和记者之间互相诚信、互相坦诚,欢迎大家继续提问。"

这位记者不依不饶,"顾董何必回答得这么搪塞。大家都知道,前段时间顾氏被爆出质量问题,但是一夜之间所有报道均被撤下。不知道这是做贼心虚的公关手段呢,还是顾氏财大气粗,有钱能使鬼推磨呢?"

顾董已经非常不满了,却又不能表现在脸上。司仪很知趣地询问:"由于记者比较多,每个记者只能提问一个问题,下面我们有请华商记者提问。"

华商记者和顾氏素来交情不浅,没少发公关稿子。

记者中许多人议论起来,针对顾氏质量问题喋喋不休地追问,一时间杂乱无章。

新加坡方面的董事主席坐在台上,对这一场面极为不满。突然,一个人递过来一张报纸,报纸大版标题写着:顾氏欲攀上新加坡大树,故意隐瞒质量问题。文章中引用数据颇多,如果没有十足的把握,是不会有这么多业内数据的。

主席的脸拉得很长,拍桌而起,"顾氏简直是胡闹,我们决定撤资。"然后愤怒地拂袖而去。

那张报纸随海风刮起来,飘到记者脸上。记者们拿起报纸,针对上面提到的证据纷纷追问顾董。顾董无力支撑,心脏病突发,倒在台上。

秦月手忙脚乱,看着被推到救护车上的顾准,和一团糟的现场,不知道应该去哪边。

顾宗林早乱了阵脚,他从来没遇到过这种状况,无法招架。顾氏的几个高层只能一味保全顾家人退到安全的地方,不被记者骚扰。

就在这时,一个人站在了台上,他满脸英气,不怒自威。

"顾宗伟?"

"他不是守孝吗?"

"他怎么来了?"

……

台下一阵议论。

秦月看到顾宗伟来了，只得叮嘱现场一切交给他，自己跟着顾准去医院了。

顾宗伟扫视了一下台下，记者们蠢蠢欲动，每个人似乎都有无数的话要问。他只是淡淡地站在话筒前面，示意大家安静。

哄闹的现场渐渐安静下来。

"顾氏的房子不是卖出去一套、两套，顾氏做房产也不是一两天了，一个品牌更不可能脱离诚信矗立几十年。大家要相信自己的判断，对于报纸上所说的问题，我在这里保证，会彻查清楚，给各位一个合理的解……"

一个记者还没等顾宗伟最后一个字落下，急切地提问："请问顾总是在拖延时间吗？多少大品牌都是在诚信中倒掉的，我们不信这些说辞。"

"这位记者，我想请问你，如果我面前有一杯水突然有异味了，你觉得会是什么原因？"

"放久了，或者加了东西。"

"很好。"顾宗伟很自信地接着问，"如果我想分辨是放久了还是有人加入某种东西，我是不是应该去化验一下？"

"这个……当然！"

"很好。既然如此，你认为化验报告出来需要多长时间？"

"这个嘛，我又不是化验人员，我怎么知道？"

顾宗伟淡淡一笑，继续说："各位，顾氏现在就是这杯有异味的水，至于是自身问题，还是有人加入了某种东西，我们需要内部专业人员做一个详细的调查。既然我在这里承诺会给大家一个交代，绝对不会没有下文。但是，请各位给我化验的时间。"

慌神了顾宗林看着哥哥指挥若定，对答从容，不禁从心底佩服大哥。

那位记者却不依不饶,继续追问:"但是质量问题已经让新加坡董事主席撤资,是不是意味着顾氏入驻新加坡失败?众多客户的投资打了水漂?"

"听说顾氏这几年的资金都套牢在几大项目上,所以才想从新加坡圈钱缓解燃眉之急,不知道顾总作何解释?"

"顾氏真的已经成空架子了吗?"

一个个问题抛过来,顾宗伟示意大家安静,但记者好像故意作对,反而越来越热烈了,一次比一次逼问得激烈。

"这个问题,我来回答。"一个娇柔的声音传过来,全场的目光一起看向声音来源处。顾宗伟也扭过头,看向自己的后侧。

安琪穿着一身白色的小礼服,头发盘在后面,戴着法国设计师设计的最新款珍珠项链,款款走向台上。

"安琪小姐?"

"她不是新加坡富商安董明的千金吗?"

台下又是一阵议论纷纷。

安琪微笑着,示意大家安静,听她讲话。台下顿时闪起一片闪光灯,之后是静等发言。

"相信各位记者朋友对我的身份已经熟知,我就是安氏集团董事长安董明的女儿。但是,今天在这里,我以顾氏公司顾宗伟女朋友的身份站在这里,是想说,我作为他最亲密的人,顾氏的一切就是我的一切,我会无条件支持我爱的人。"

顾宗伟惊讶地看着她,简直不敢相信,"安琪……"

安琪转过脸,甜甜地笑着看向他,"宗伟,原谅我没有告诉你我的真实身份,我只是想让我们的爱情更纯粹。"

安琪又面向记者,继续说:"我相信顾氏,相信宗伟,也请大家给顾氏一个证明自己的机会,相信谣言会不攻自破。"

在杂乱的人群中,于米的身影藏在后面,她向台上比了一个"OK"的手势。顾宗伟暗自点了点头。那几个挑事的记者,一反常态。

"既然顾氏不会让客户失望,我想我们还是等待结果吧。"

"是啊,再追问下去也没有意义,重要的是看到结果。"

"有安琪小姐在背后支撑,我愿意暂时相信顾氏。"

……

记者逐渐散去,顾宗伟和安琪退到休息室。

"你为什么不早点告诉我。"顾宗伟假装生气。

安琪撅着嘴安慰:"人家只是想让我们的感情更纯粹嘛!"

"以后有什么事先跟我商量好吗?我知道你是为我好,但是我堂堂一个大男人不能在危急关头让自己的女朋友替我出头。"

"你承认我是你女朋友啰,不能反悔。"安琪掩饰不住喜悦。自从何阿姨去世,顾宗伟对她就很冷淡,简静又一直陪在他身边。许多次,直觉告诉她,简静和顾宗伟关系不一般,女人的直觉总是很准。这一刻,她知道他心里依然有自己的位置,没有什么比这更高兴的了。

"哥,刚才我真是慌了,如果不是你及时出现,真不知道该怎么办好。"顾宗林走进来,脸上还有不安的神情。

顾宗伟拍拍宗林的肩膀,让他放心,"爸说让我务必到,一定是顾氏的大事,我是顾家子孙,怎么能置顾氏于不顾?"

"刚才妈说爸爸还在昏迷中,我想先去看看爸。"顾宗林两手一摊,很无奈地说,"我真后悔没早点听爸的话,现在对顾氏的事一窍不通,也不知道怎么处理。"

"爸要是听到你这句话,不知道多高兴呢。你先过去,我把公司的事情交代好就去医院看爸。"

"哥。"

"随时联系，爸醒了告诉我。"

"嗯。"

顾宗林走后，顾宗伟开始安排顾氏的事务。第一，封锁媒体信息，不能让消息传到国内；第二，让质检部门尽快出具无问题报告；第三，联系新加坡董事主席，就撤资一事再做商议；第四，开幕仪式择期举行，为顾氏正名。

于米一一记下，按照顾总的吩咐，开始联络公关部、质检部、市场部和行政部的人员，一一去办。

安琪近似崇拜地看着顾宗伟，泰山崩于前而临危不乱，有大将之风。

"宗伟，我会让爸爸帮你的。"

"安琪，让我自己去处理，我不想让你担心。"

"可是……"

"好了，相信我。"

第十章　顾氏遭遇大危机

与此同时，国内细雨绵绵，简静一身黑纱站在顾宗伟亲自挑好的墓地前祭拜何阿姨。老王同样一身黑色西服，举着一柄黑色的雨伞。两个人对着墓碑三鞠躬默哀。除此之外，再没有人来到这里。

简静站在墓碑前，看着何阿姨的音容笑貌，仿佛住院还是前一刻的事，生命如此无常。

"阿姨，您放心吧，我会照顾宗伟的。"

回到家中，她已经从林嘉华家里搬了出来，住进了她和他共同的家中。公寓里，还有他们的照片，这样守着，仿佛他一定会回来。

打开电视，国内新闻播放着顾氏进驻新加坡的事件：

开幕仪式中，顾董心脏病突发，记者针对质量问题连环逼问。守丧的大顾总突然出现在现场，而他的女友竟是新加坡富商的女儿，为了支持男友亲自到场站台……

简静看着报道里临危不乱的顾宗伟，看着一身洁白礼服站在他身边的安琪，两个人是如此登对。黑色的西服和白色的礼服，像一对珠联璧合的新人，仿佛台下不是咄咄逼人的记者，而是参加婚礼的亲友。

他们看着彼此的眼神，像一束无法阻挡的爱在传递。

简静又想起他临走时说的那句话:"不管我做出什么决定,我都是爱你的,只要你在这里,一直等着我,我会回来找你。"

她相信自己选择的男人。

忙完了何阿姨的葬礼,应该能安安稳稳睡个好觉了,但是一整晚她都在失眠。数羊不管用,做瑜伽也没用,翻来覆去。拿出电话,想打给他,却始终没有拨出去。顾氏发生这么大的事,他一定也在通宵处理。于是,她拨给了林嘉华。

"这么晚打给我,不是想告诉我你想我吧,静静。"沉睡中的林嘉华一看简静的号码,立马从昏睡中清醒了。

"别贫,我问你,你说我妈现在气消了没有?"

"你妈更年期更了很多年了,你又不是不知道,说不定现在跟你一样睡不着,想你呢。"

"会吗?"

"你打个电话问一下。"

"你帮我打?"

"你这不是让我撞枪口吗?大半夜的骚扰你妈,我以后真没机会做她女婿了。"

"你本来也没机会!"

"静静!"

"说了不许叫我静静。"

"好,我叫你亲爱的。"

"我压根儿当你是闺蜜,闺蜜你懂吗?没有性别之分,你在我眼里,就是个妇女之友!"简静恨得牙痒痒,林嘉华怎么不开窍,说了不让叫,还变本加厉。

"我也是个男人。"林嘉华不服。

"切,就你。也就做手术的时候看着像个人,男还靠不上。"

"顾宗伟是男人?口口声声说爱你,还骗你为他老妈下葬,那边就飞到新加坡和富商的女儿双宿双飞,还是沙滩度假村哦。"林嘉华本不准备说出这些事,就怕简静多心,却一秃噜嘴说了出来。

如此安静的夜里,简静失眠不也是为了这件事吗?明明告诉自己要相信他,但是女人心如细发,如何能释怀?林嘉华的话,让她顿时哑口无言。

黑夜中,无边的寂寞压过来,也无法排遣。

她淡淡说了一句"我睡了",匆匆挂了电话。

然而,两眼直直地盯着天花板,黑黢黢的房间,窗帘拉得死死的。天花板什么也看不见,能看见的只是一片漆黑。

一夜熬到了白天,简静起了个大早,跑到医院去看了已经苏醒的父亲。

林德昌已经可以在屋里迟缓地走动了。看到简静提着早餐过来,拖着脚移过来,"小静来了。"

"医生说你还不能走动自如,还是先坐下歇会儿吧。"

"没事,我天天练,早点行走自如,也不会继续拖累你们。"

简静放下早餐,扶他坐下。

"你妈……现在……还好吗?"林德昌问。

"我妈……她……"简静不知道怎么说,她也几天没见母亲了。

"怎么,她不好吗?"

"不是,不是。我是说,我妈一直都那样,暴躁、嘴硬、刀子嘴豆腐心,呵呵。"简静傻傻地笑着,应付着刚才的失神。

"你妈是个好妈妈,你要多听她的话。"

"我知道,你先把早餐吃了吧。医生说你现在只能喝相对好消化的食物。你躺了十五年,肠道一时还没完全恢复。所以我拿了点粥来。"

林德昌看着女儿已经长这么大,自己从未尽过做父亲的责任,不禁心中愧疚:"小静,爸对不起你。"

简静张了张嘴,"爸"的发音堵在喉咙里说不出来,她从小就没有爸爸了,已经十五年没喊过这个称谓,早已经陌生了。从前,对父亲的憎恨让她再也不想喊出这个称谓,如今,是习惯了陌生,难以开口。

"快喝粥吧,要凉了。"简静说。

"小静,爸模模糊糊记得你说过有喜欢的人了,是你们医院的吗?你们在一起了吗?"

简静已经忘了曾在他昏迷的时候倒过苦水,都说植物人意识是清醒的,果然不假。但是,父亲会不会像母亲一样不原谅自己?她不肯对父亲说。

"没,没有。"

"人这一生不由自主的事很多,能把握的时候不要错过。在这方面,爸是个失败者,唯一能给你的也只是一个教训。"林德昌仿佛在说自己。

"爸,你后悔吗?"

"想听实话吗?"

"嗯。"简静点头。

"年轻的时候追求爱情,放弃了责任,造成两个家庭的不幸,爸很后悔。如果再让我选择一次,我会放手,或许最好的爱就是放手。"

简静仔细品味着这句话。她放手了,顾宗伟就能拥有自己想有的一切。她放手了,他不会那么为难。对她,对顾宗伟,对安琪,也许都是一种解脱。

从病房走出去,七楼的楼梯拐角,曾经丢失了一只发卡的地方。

简静打开楼梯的窗户,站在风口,任由外面丝丝缕缕的风吹拂着自己的脸颊,微微凉意袭来。窗户也知道,关上才能让楼道里更平静。

再一次想起顾董的话,顾宗伟和安琪在一起,才是最好的安排。

她的爱,要多卑微有多卑微,从来没有明目张胆地暴晒在太阳下。现在连新加坡都在谈论他和安琪的恋情,谁又会关注一个默默无闻的她呢?

她的爱情,就像这扇窗户,要么粉身碎骨,要么关死了。

"到处找你,原来你在这儿。"

林嘉华的声音从背后传来,简静一回头,看到他穿着白大褂,头上还戴着做手术必须要戴的帽子,看来刚从手术室出来。

"找我有事吗?"

"你半夜惊魂后没事了,我还有后遗症呢,找你赔偿精神损失啊!"林嘉华尽力想逗她开心。

"你不接不就没事了,我又没求着你接。"

"好好好,是我手贱。"

简静扑哧一声笑了,林嘉华向来没脸没皮,什么自毁的话都能说出来。看他那副贱样,还真让人觉得好笑。

"笑了就好了。"

简静又绷住脸,"我今天不上班,有事找孙宁吧!"

林嘉华说:"我早上去你家了,你妈委婉地让我从六楼滚了下来。但是我看她这几天过得也不好,眼睛里都是红血丝,这几晚跟你一样睡不着。所以,有空去看看她吧。"

简静从来没有离开过妈妈,她更年期之前也是嘴硬心软,这次不过是自己没脸回去。如果像小时候偷了妈妈几块钱或者弄坏了妈妈心爱的花瓶,她死皮赖脸待在家里,妈妈也是拿她没办法的，顶多说几句。这一次，是不光彩的丑事。

她明白，不能因为一个"爱"字，所有不光彩的事情都罩上骄傲的光环。

顾宗伟一听说父亲醒了过来，便马不停蹄地去医院探望。但是父亲冰冷地对他说的只有三个字："回公司。"

在父亲眼里，他和顾氏的员工一样，都是为顾氏卖命的职工。

顾准在病情得到进一步的控制时，坚持要回国，任谁也拦不住。从新加坡回来就住进了简静所在的医院。

秦月成了顾氏执行董事，有一切生杀大权。顾宗林临时受命成了顾氏的总裁，而顾宗伟则是作为副总裁辅佐弟弟的工作。

顾氏内部调整和新加坡荒唐开幕在国内媒体中引起了疯狂的讨论，顾氏花了很多心思也没能阻止这场议论。所有的头条，几乎都是关于顾氏的。

顾准每次看到报纸或者电视新闻，心脏都会跳动突兀，只能靠镇静剂维持。

秦月吩咐管家，新闻和报纸不准出现在病房中。顾氏找了最可靠的信息技术人员，对顾准房间的电视进行了信号修改，一切可能播放顾氏新闻的频道都被取消。

事情并没有向更好的方向发展，顾准让医院的护士帮忙买了一份报纸，才知道顾氏内部出了大问题。股东们趁机抛售股票，转投对头企业。质量问题一而再地被爆出来。

这天，秦月和顾宗林来医院看望顾准，听到敲门声，他把手里的报纸塞到床下去。

"爸爸，我和妈妈处理完公司的事就过来了，公司的事进行得很顺利，您就放心养病，什么都不用操心。"顾宗林仍然像个孩子一样天真，给了顾准一个大大的拥抱。

秦月摘下围巾，脱了外套挂在屋里的衣架上，帮顾准倒了杯水递给他，"我们儿子现在很懂事了，公司的事他上手很快，几个董事也很照顾他，现在顾氏运转得很好。再过几天等你痊愈了，我看我们两个要实现年轻时的梦想了。"

"爸爸，您和妈妈年轻时的梦想不会是补办婚礼吧？妈妈不是一直对当年挺着五个月身孕穿婚纱很不满吗？"顾宗林问。

顾准笑起来。若不是当年生米煮成熟饭，他还攀不上秦家这棵大树。秦月是银行家的女儿，从欧洲留学回来，将来要继承父亲的产业。两个人在一次酒会上认识，本是偶尔，他却连连制造了必然，将秦月芳心俘获——为了事业。

"小孩子说话没大没小。"秦月嗔责。

"我和你妈妈的梦想是把顾氏交给你，然后周游世界，安享晚年。"

"不行，顾氏我怎么能一个人管得来，还是交给大哥的好。"顾宗林提议。

秦月不悦，"顾氏是我和你爸一手创立的，怎么能交给一个外人。"

"大哥怎么是外人？"

"好了，不谈这些。公司最近怎么样了？质量问题究竟解决得怎么样了？新加坡的项目还有没有进一步的可能。听说安琪在开幕会上说，会无条件支持顾氏，你有没有落实一下这件事？"顾准满脑子都是顾氏。

秦月堆满笑容，"这些事都在慢慢解决，很快就拨云见日了。你还不相信我的能力吗？好歹我爸爸也是银行家，虽然退休了，这点能力还是有的。我们顾氏什么时候用外人拿金钱支持了。"

"你爸爸还肯为我出面？"顾准有些难以置信。

"我到底是他唯一的女儿，看你说的。行了，别操心了，你能安心养病比一切都好。"

病房外，顾宗伟站在门前，听见了一切。他脑海里不断重复着那句话"顾氏是我和你爸一手创立的，怎么能交给一个外人"。这些年，他在顾家小心谨慎，对秦月尊重有加，对弟弟无比疼爱，对顾氏更是倾注了全部的心血。甚至，连母亲的葬礼都没有去。

他握紧了拳头，眉毛深深地拧在一块，心脏突突地疼着。里面那个被称为"父亲"的人，笑得那么慈祥，是他从未见过的和蔼。

燃着浓烟的香烟抵在右手腕，"呲"的一声，新添了伤口。

他转身走到楼梯拐角，拿出电话，"给质监局和公安部发匿名信。"挂了电话，他的脸上浮现出自嘲般的笑容，走下楼梯。一个台阶一个台阶地迈下去，脚步如铅沉重。

晚上，顾氏大楼已经漆黑，只有他那间小办公室里还亮着灯光。黑黢黢的夜里，点着烟，看着一缕缕的烟缭绕着冒出来，像一股子幽灵在索求。他抽了一口，哈出去，面带愁容。

"你说我这样做是不是很卑鄙？"

"不是您卑鄙，是他们欺人太甚。"于米说。

顾宗伟陷入了沉思，这一天他等了二十年，然而真的等到，却发现没有想象中报复的快感。每次面对父亲，都有一种说不出来的愧疚。

愧疚，不必吧。一个声音在说。你那么跪在他面前祈求他去看一眼糟糠之妻他都不肯。母亲的葬礼，他又把你逼到新加坡去……如此种种，应该愧疚的是他！

于米说得对，是他们欺人太甚。

顾宗伟将手上没抽完的香烟，反手狠狠掐掉，灭在烟灰缸里。

手机震动，拿起来一看是广告信息。删了信息，忍不住翻到相册里，输入了"lovejian"的密码，盯着那几张照片，眉头稍微舒展了些。

于米倒了杯咖啡；"顾总，您不能天天喝咖啡了。"

顾宗伟没有答话，端着杯子喝了一口，"不早了，你先回去休息吧，这段时间你也很辛苦了。"

"顾总，我还好。"

"女人熬夜不好。"

顾宗伟拿起搭在老板椅后背上的外套，就要走出去。

"去看看简小姐吧！"于米突然开口，犹如深夜砸了一块石头，落在他心上。

他停下迈开的脚步，迟疑了一下，没有回头，走出了办公室。于米关了办公室的灯，锁上门，走出了办公室。

顾氏内部，董事们内讧，质监局和公安部突然介入，买房人在顾氏大楼门口挂起条幅示威讨要公道。电视新闻里每天播着顾氏的股市跌宕起伏的惊险连环局。

顾宗伟知道这样的新闻，简静一定会担心他，但是他没有多余的精力去看她。在一切尘埃落定之前，他也没有资格去看她。因为此刻的他像个灰头土脸的苍蝇，没头没脑地乱窜，什么也给不了她。

几个晚上，当他很想很想简静的时候，就把车开到他们家的楼下，看着最顶层的灯依然亮着，抽几根烟，调转车头回到顾氏办公室。以办公室为家，是他目前最好的状态。

翌日清晨，召开董事大会，秦月主持。

内容不外乎内忧外患，召集解决办法。但是树倒猢狲散，从来只有你富贵时众人攀附，没有你倒霉时众人雪中送炭。顾氏员工也处于人人自保阶段。偶尔几个忠臣提出几条意见，还被秦月驳回。顾宗林这个总裁,被这样的场面驾着,难以自持,常常有一种太监穿了龙袍浑身不自在的感觉。他的镜头早已生灰,每次看到相机,都要狠狠忍住发痒的手。

"大哥,你说怎么办?"顾宗林最常说的一句话,再一次说出来。

"告诉爸,让他拿主意。"顾宗伟不动声色。

"不行,他受不了这个刺激。"秦月当场呵斥。

"妈说得对,爸身体不好,我们不能再让他操心了。"顾宗林说。

"如今内忧外患,政府部门已经介入调查了,秦爷爷的朋友也不敢给顾氏贷款。如今房产市场不景气,顾氏又恰逢业主闹事……除非爸,不然这个困局别人很难解开。"顾宗伟摇摇头。

"那也不行。他刚受了刺激,听了这些事情,我怕他……挺不过去。"秦月面露担忧。

"这也不行,那也不行,到底要怎么办才好?"顾宗林有点沉不住气了。

"宗伟,调查一下,到底是谁告的密,质监局和公安部怎么会介入?"秦月吩咐着。

"我已经在调查了,但这是匿名信,政府又这么重视,很难找到证据。"顾宗林说。

秦月陷入苦思中。这些年她早已不参与顾氏的事,想尽办法给儿子制造机会。但是她最疼爱的儿子只痴迷于摄影,对公司毫不关心。如今,顾氏发生这么大事,又没个商量的人,真不知道如何渡过难关,只能走一步看一步。

秦月依然每日去看顾准,报喜不报忧,畅想着两个人的环游之旅。

"立正、站直、向前走!"简静命令着。

"静静,我一想到你妈就腿软,我还是别去了。"林嘉华一副被逼无奈的委屈样。

"谁说可以为了我上天入地下油锅的?"简静不满。

"上天入地都可以,上丈母娘家里我心里犯怵。"

"林嘉华!谁是你丈母娘了!"

"你又让我提着礼物,又让我着装正式,不是上门提亲是什么?"林嘉华低头擦擦自己锃光瓦亮的皮鞋。

"让我妈转移注意力,好放我一马。"简静大笑起来。

"你……"

"去还是不去?"

"去,去。"

简静来到自家门前,拿出钥匙,悄悄地插进锁眼,想悄悄打开门。谁知道林嘉华直接拍门,哐哐响得人心里发麻。

"谁啊,有门铃不会按啊!"里面传来咆哮般的中年妇女之声。

简静一脚踹在他小腿上,"让你手贱,把我妈更年期唤醒了。"林嘉华对着她傻笑。

门打开了,简楚玉一看是简静,脸色比便秘还难看,砰的一声又把门关上了。

简静撇了撇嘴,怪林嘉华多事。

简静按着门铃,喊着"妈"。

简楚玉坐在客厅里,听着门铃一声一声如针扎在她心上。她每天都在盼女儿回来,但是一看到女儿,气就不打一处来。仿佛多年前看到林德昌带着那个女人上家来一样,摊牌,最后不过是直面血淋淋的现实。

林嘉华冲着门内大喊:"阿姨,您要是不让我们进去,我可撞门了。"

"你那小身板别被门挤坏了。"简静说道。

"这是策略,你不懂了吧。"

看门内没有动静,林嘉华开始象征性地撞门,一下,两下,三……第三下还没撞到门上,直接撞到简楚玉怀里去了。

"你个小兔崽子,连老娘的豆腐你都吃。"

林嘉华脸红脖子粗地站在简静背后,等着发落。

"妈,我想……"简静本来想说"我想你了",以柔克刚,但是母亲紧绷的脸,让她说不出口,说出来却是一句,"我想和你谈谈。"

简楚玉一声冷笑,打开了门,请简静和林嘉华进去。她坐在沙发上,像乾清宫的老佛爷。简静和林嘉华坐在对面,像极了两个等着被赦罪的小宫女和小太监。

"妈,我想搬回家住。"简静低着头。

"可以啊!"

简静兴奋地抬起头,"真的吗?"

"马上找个身家清白的男人嫁了,我就同意。"

简静又垂下头。

"我插句嘴,简阿姨,除了身家清白还有什么其他条件吗?"林嘉华突然问。

"至少得有车有房吧,要保证对小静一心一意。"

林嘉华傻笑着:"简阿姨,要不您做主让简静嫁给我得了。我身家清白,有车有房,这么多年对简静一心一意。"

简静突然大声喊道:"林嘉华,你不要趁火打劫!"

林嘉华却不以为然地分析道:"你要是嫁给一个不相干的男人,还不如看在咱俩关系这么铁的分儿上,便宜我得了。"

简静简直无语了,就不该带他过来。本来是想运用他的幽默,让老妈舒缓一下压抑的心情。没想到这家伙趁火打劫，丝毫不手软，脸皮要多厚有多厚！

简楚玉仔细看了看林嘉华，拍板道："我觉得不错，就这么定了。答应就搬回家，不答应，永远也别进我的家门。"简楚玉站起来，就要轰简静出去。

林嘉华屁颠屁颠地拿着礼物，"未来的丈母娘，这些都是我孝敬您老人家的。您要是觉得不够，缺什么我送什么。"

简静白了他一眼，一把拽着他的衣服，把他拽到自己身后，冲他喊："给你梯子你还蹬鼻子上脸了，嫁你？我宁愿出家！"

简楚玉抱着双臂，直挺挺地站着，一副事不关己无所谓的样子，"想好了，再来喊我妈。"

简静无奈地喊了一声"妈"，见简楚玉无动于衷，上前扯着母亲的衣袖撒娇。

简楚玉更年期的脸犹如痛经一样，紧绷得令人发怵，"当着嘉华的面我不想说你，想让我原谅你，马上找个清清白白的人结婚。"

林嘉华看不过去了，"阿姨，你知道我挺喜欢简静的，但是爱情是自由的，喜欢上谁都是命中注定，你就算勉强让她找个人嫁了，她不喜欢，也会痛苦一辈子的。"

简楚玉忽然发疯了一样飙高了声音，愤怒地呵斥道："我的痛苦你们知道吗？你们一个个都那么自私，为了爱？呸，别说得那么伟大，如果一句因为爱情就可以心安理得地当个第三者，还要婚姻做什么？"

简静的眼眶已经氤氲湿透了，她不该爱上顾宗伟，不该让发生在父亲身上的故事在自己身上重演，这相当于再一次背叛了母亲。二十年后，让母亲的伤疤再次揭起。

简楚玉拎着林嘉华的东西，扔出了家门口，疯狂地撵他们出去，推搡着简静往门外撵。

简静看到母亲眼睛红红的，明明和自己一样几乎要哭了，却忍着。她的心脏忽然很强烈地跳动了一下，想起和母亲相依为命的日子，想起曾经发誓绝不背叛母亲，忽然眼泪就滴下来，她不能抑制地大喊："妈，我错了，我听你的话，我再也不爱了，不敢了。"

简楚玉看着女儿头一次在自己面前掉眼泪这么疯狂，心也剧烈地痛起来。这几日，她没有一天不想女儿的，但是她的心病又难以消除，只能自己克制。如今，看到女儿眼里的泪，她知道女儿心里的痛，都说母女连心。简楚玉抱着女儿，两个人痛哭起来。

林嘉华站在门口，不知所措。

简楚玉接纳女儿的第二天，只身一人来到了顾氏。前台小姐看了她老半天，这个中年妇女怎么看也不像与顾氏有什么瓜葛。最近业主中闹事者较多，前台小姐暗想不会是业主找顾总麻烦吧。

"我要见顾宗伟。"简楚玉一脸不悦。

"我们顾总很忙，没有预约不见客，不好意思。"

前台小姐压根儿不理简楚玉，忙其他事去了。

"你这个小女孩懂不懂礼貌，不说我是你的长辈，你这种服务态度就有问题。看来顾氏也就如此而已。"简楚玉说。

"这位大妈，请您文明用语。没预约，恕我不能让您进去。"

"顾宗伟，你给我出来！"

简楚玉见前台难缠，干脆在大门口直接吼了起来。前台见这种情况，立刻叫来几名保安，两个保安撵着简楚玉出去。

简楚玉可不是省油的灯，她假装头晕，趴在台上"哎哟"

个没完。这下子,保安也不敢动她了。简楚玉看到保安和前台松懈了,瞅准机会就往里面冲。

还没反应过来的保安,一看中年女人居然从他们眼皮子底下冲进公司,边追边用对讲机喊:"三号,三号,一个中年女人闯进了大厦。"

简楚玉毕竟人到中年,一把年纪,才跑了几步便被追上了。这下子,保安再也不客气了,拖着她就往外走。

"顾宗伟,你是个缩头乌龟,缩头乌龟!"简楚玉被拖出了大厦门口,她站在门外大声骂着。

此时,顾宗伟和于米、老王三人正走出来。

"我怎么好像听到有人叫我。"顾宗伟环顾了四周,怀疑地说。

"顾总,您是这几天太累了。"于米说。

门外一声一声的"顾宗伟"传来,他确信是有人在喊自己,"你听,确实有声音。"

"哦,顾总,刚才有个中年女人找您,但是没有预约,一进来就骂您。我担心是业主来闹事的。"前台说。

"那个女人现在在哪儿呢?"顾宗伟问。

"被保安赶出大厦了。"

顾宗伟走出大厦,于米在后面跟着,回头冲小前台说:"顾氏最近发生这么多事,你还敢得罪业主。"前台不敢吭声,撅着嘴表示委屈。

顾宗伟走出大厦的时候,看到简楚玉还跃跃欲试想溜进顾氏大厦。他示意保安放开她。

简楚玉看到顾宗伟,上来就是一耳光,恶狠狠地说:"这是替我女儿还给你的。"

保安们看到这个情况,都噤若寒蝉,看着他们膜拜的顾总不敢吭声,不知道这女人什么来历,都竖直了耳朵等着探听八卦。

"阿姨,我们找个地方说话。"

"不用了,我就两句话,说完就走。我没预约,可耽误不起顾总的宝贵时间。第一,刚才那一巴掌已经了结了;第二,以后不要再见小静,她已经答应我跟你分手。"

"阿姨,我答应过小静会给她幸福。"

"她是不会做人家的小三的!"简楚玉愤怒道。

"阿姨,我不会让小静受委屈,我会娶她,但是我需要时间。"顾宗伟急着表明心意。

"欺骗小女孩那套在我这个老婆子身上不好使,你不是有个女朋友,是新加坡富商的女儿吗?报纸电视上天天宣传呢。"简楚玉不屑。

"有些事情我没办法现在说明,但是我相信我和小静没人能拆散。"

"她已经被我赶出家门一次,我们母女相处二十几年,你不过认识她几天。年轻人,别以为爱情可以战胜一切。在我和你之间,她已经做了决定。我今天就是来告诉你,以后别缠着她了,她马上要结婚了。"

"结婚,跟谁?"顾宗伟激动地一把抓住了简楚玉的手。

简楚玉被抓疼了,使劲抽出来,毫不客气地说:"跟谁都跟你没关系。"

简楚玉走了,顾宗伟有些恍惚地站在顾氏大厦的一角。于米走上前,轻声问:"顾总,广发的张行长还在等您开会呢。"

顾宗伟从恍惚中回过神来,眼神有种孤注一掷的狠毒,他说:"安排人到医院门口。"

"是。"

"等一下。"顾宗伟想了想,叮嘱,"让他们见好就收,别太过。"

"是,顾总,我马上去安排。"

第十一章　顾氏内斗争权力

顾宗伟接到父亲病情加重的电话，马不停蹄地赶到医院。一进医院的大门，在正对门的服务台处，看到了简静。她还是一如既往地爱说爱笑，对待病人亲切得像邻家小妹妹。只是当她的目光触及他的时候，他还没来得及传递心中的爱，她已经转向别处。

顾宗伟的心被扎了一下，他没有时间去拔掉那根刺，将伤口包扎好。电梯门"叮"的一声开了，他走进去，看着电梯门隔开了他和她的视线。

七楼的病房里，秦月和顾宗林已经在里面了，守着顾准，寸步不离。

顾宗伟走了进去，喊了一声"爸"。

顾准心脏病发，幸好护工及时喂药暂时稳定了病情，但是由于情绪激动，顾准有脑溢血的趋势，说话已经迟缓了很多。

"让宗伟留下来照顾我就行了，你们两个回顾氏。我不想我一出院，就要处理很多公司的事情。"顾准说。

"我不放心你，让我在这儿陪你吧。"秦月温柔地说。

顾准摇摇头，"你和宗林先回去吧，晚上再过来。"

"哦，对了，秦姨，公司来电话说银行贷款的事有些问题，需要您去处理一下。"顾宗伟对秦月说。

"贷款怎么了？"顾准急着问。

"没事，我去看看。"秦月连忙应着。

秦月和顾宗林走出了医院，留下顾宗伟照顾老头子。他为父亲倒了杯热水，试了试温度，递给父亲，"爸，喝点水。"

顾准摇摇头，停了片刻，表情变得十分严肃，"公司到底怎么样了？"

"爸，秦姨不是都跟您说了吗，公司运转还算顺利，您专心养病就行。"

"别以为我老了，都隔着心瞒着我。"咳咳咳，顾准咳嗽起来。

顾宗伟过去扶起父亲，在他背上轻轻抚了几下，拿了个枕头让父亲半躺着。

"我还没死，顾氏还是我说了算。"顾准大声说。

"爸，您消消气，秦姨不让告诉您，是怕您太激动，影响病情。"顾宗伟看了顾准一眼，顾准用眼神命令他说下去，他继续说道，"自从新加坡回来，顾氏一直缠在质量问题中，现在质监部门和公安部门已经开始调查。因为政府的介入，根本没有银行肯贷款给我们。秦姨父亲的老朋友也说无能为力。加上最近业主闹事，顾氏的几个股东突然撤股，而……而……"

顾宗伟看了一眼父亲，不敢再说下去。

"而什么，继续说。"顾准脸色很难看，但他忍住胸中的怒气命令道。

"而宗林没有管理经验，心肠太软，引起其他股东不满。秦姨一味……护着宗林，顾氏上下都人心惶惶。"

顾准鹰一样的眼睛里，仿佛有个海洋，海洋中激起了千层浪，引起一阵漩涡，最终归为平静。他的心脏高负荷运转，但此时，他憋着一口气，不想看到自己打下的江山就此毁掉。

"你认为应该怎么办？"

"爸,如今内忧外患,如果内部分歧再激化,无异于把顾氏推到风口浪尖。和顾氏一起打拼的那些老员工,深知顾氏的七寸,如果这个时候让别家公司乘虚而入,顾氏很难……很难力挽狂澜!"

说完这句话,顾准倒在了床上。顾宗伟大喊"医生",顾准被推进了抢救室。没过多久,秦月和顾宗林闻讯而来,质问宗伟,顾准为何突然发病。

"爸不断地问我公司到底怎么样了,我不肯说,爸一时气血攻心……"顾宗伟掩饰不住地难过。

秦月叹了一口气,责备道:"就不该让你一个人留下。"

顾宗林劝道:"妈,等爸出来看看情况吧!"

几个小时之后,顾准从抢救室出来,医生说病人需要休养,家属不得打扰。几个人又在外面守了很久,直到顾准醒了,才让他们进来。

此时,管家带着顾氏的几个股东也来到了医院。秦月莫名其妙地看着各位股东,隐隐觉得有事发生。

顾准突发脑溢血,头脑已经不大清醒,手脚也不灵便。但是他凭着最后一点意识,让管家召集了顾氏高层,在医院病房里开展紧急会议。

他的话总结为一句话,就是:顾宗伟如果娶了安琪,顾氏的大权就交到他手上。

几个股东都在劝说顾宗伟答应下来,安琪可以挽救顾氏,顾氏也需要他力挽狂澜。

秦月却断然拒绝这个提议,顾准以绝对的股份优势命令秦月交出董事长代理权,一切交给顾宗伟。

顾宗林倒是很乐意,他心知自己根本没有能力驾驭顾氏。如果母亲一意孤行,顾氏这艘船早晚要触礁。秦月骂顾宗林没出息，他噤若寒蝉，不敢顶撞母亲。

"爸，我是您的亲生儿子，是顾氏的长子，如今顾氏有难，我知道我必须站出来。您放心，我会好好照顾宗林，让他慢慢学习，我相信我们兄弟联合，没有什么困难能打倒顾氏。"顾宗伟表态。

"你什么时候和安琪订婚，什么时候董事长的位子就是你的。"顾准说。

顾准要求顾宗伟马上将订婚的消息发布给媒体，不是他等不了，是顾氏这艘船急需要掉转方向行驶，否则前面的冰山就是顾氏的葬身之地。

顾宗伟走出病房，仿佛胜利了，但他的内心没有一丝喜悦，连轻松的感觉都没有。

简静从他身边走过去，走向七楼拐角的病房。

"简静。"他努力让声音平静。

简静停下脚步，并没有回头。因为有些事情，一旦回头便不可控。

"晚上我在家等你。"

"家"这个字眼让她好揪心，就像一根根绣花针，在心上龙飞凤舞地来回刺绣。这个字眼又那么讽刺。她忍着，努力让情绪平静，淡淡地说："我不会过去了。"

"我有事跟你说。"

"我想我妈已经把意思转达到了，我们之间……也该……也该结束了。"

"简静。"他又一次唤她的名字。

"对不起，我得去查房了。"简静始终没有回头，她不敢让他看到自己眼里已经积蓄了满满了泪水，在她踏出第一步的时候泪流满面。

背后传来一句"我会等你"。

她的眼泪流得更汹涌了，她更加不敢回头，不敢出声，不敢回应。她推开病房的门，就直直地扑到父亲身上，哭了起来。

林德昌不知道发生了什么事，看着女儿哭得那么痛，他的心也像滴血一样。

许久，简静抬起头，擦了擦眼泪，好像哭过就没事了。

"小静，如果你愿意说的话，爸保证当个最好的听众。"

"我没事。"

"是那个男人吧？"

简静惊讶地抬起头，她可从未在父亲面前提起过。

"这几天我的头脑越来越清晰，我记得在我昏迷的时候，你跟我说过这个男人，你爱他，但是你们又不能在一起。"

简静轻微地点点头，又不知从何说起。

"小静，爸希望你幸福，所以爸以一个过来人的身份告诉你，不要走这条艰辛的路，这会让你很痛苦。"

"爸，你后悔吗？"

林德昌想了一下，"怎么说呢，每个人都要为自己的选择付出代价，而我的选择，让爱我的两个女人都付出了巨大代价。如果给我一次重新选择的机会，或许，我会走不同的方向。这样，至少我可以看着你成长，可以听你叫我一声爸，可以像个正常人一样活着。"

同样的问题，简静也问过美姨，美姨的答案和爸爸却大相径庭。这就是所谓的男女差别吗？一个是凤凰浴火，一个却是浪子回头。

门"吱呀"一声，简静回过头，发现美姨的身影，她站在门口，像个木桩子一样，眼睛直勾勾地盯着林德昌。

林德昌慌张地站起来，喊了一声："阿美，我……"

美姨走进来,脸上一点表情都没有。她把手里的保温瓶放下,像往常一样倒了一碗尚温热的粥,端给林德昌,"还热着,趁热喝吧。"

"阿美!"林德昌又喊了一句。

美姨却像没听到一样,说:"快喝啊,喝了好得快一点。"

简静看着,仿佛是自己的未来,一个女人为了一个男人奉献了大半辈子,换来的却是不值得。

"小静,刚才孙护士在找你。"美姨说。

"准是还我钱,我去看看。"简静走了出去。

病房的门关上了,房间只有林德昌和美姨。

美姨一把将碗摔在地上,怒不可遏地质问林德昌:"你后悔了?现在你要浪子回头了,你有没有想过我,我这么多年是怎么过来的?你躺了十五年一动不动,我又要照顾你的孩子又要照顾你,我一个女人能怎么办?"

林德昌呆了,木讷地问她:"我们的孩子?"

美姨冷笑一声,当年若不是她有了身孕,怎么会那么急催着他去领证。若不是因为领证他出了车祸,自己这十五年来又怎么会日日心中不安?

"你根本不配,作为小静的父亲,你负了她们母女。作为我儿子的父亲,你是个彻头彻尾的失败者,你没有尽过一天的责任!"美姨几乎是吼出来的,仿佛压抑了十五年,终于崩溃了。

林德昌木木地立在原地,不知道该说些什么,脑袋一片空白,嘴里喃喃自语:"儿子,儿子。"

"我真是瞎了眼,十五年对你不离不弃。"美姨捂着脸,跑出了病房。

她曾经说过"不后悔",而且这十五年来风雨无阻,每天都来照顾这个男人,坚持了这么久就是因为心中还有"爱"。

今日一切都坍塌了，这份爱原来这么廉价，这么自作多情！她再也不想来到这个地方。

她不堪回首的十五年。

林德昌一下子接受不了这个事实，在美姨冲出病房的那一刹那，颓然地倒在地上，痛苦地挣扎着，很快晕了过去。当护士查房发现他的时候，他身上的器官已经多处衰竭，心电图紊乱，脉搏微弱。

林嘉华说，病人的苏醒靠的是意志，病人一定是受到某种强烈的刺激，将他这种意志摧毁了。就像一个越来越涨的气球，突然撒气了，各种器官的负荷达到一个上线之后，就崩溃了。

好容易苏醒的父亲，再一次瘫痪在了床上。这一次，不是完全沉睡的植物人，而是能感觉到病痛折磨的瘫痪病人。

简静趴在病床前，哭着喊着："爸爸，爸爸。"

病房里的其他医生和护士，都吃惊地听着这一声呼喊。他们都知道简静平时颇为照顾这位病人，一直以为是她和家属美姨感情深厚，却没想到这个病人正是她的父亲——一个在简静口中已经去世的人。

尽管是炎热的季节，夜晚的风却吹得简静格外冷。简静回到家中，一副失魂落魄的样子，简楚玉看到吓了一跳，忙问发生了什么事。

"七楼的病人瘫痪了。"简静幽幽地吐出。

"医院每天那么多病人，你早该见怪不怪了！"简楚玉安慰说。

简静突然大喊："是爸爸，是爸爸瘫痪了。他醒了你知道吗？你根本不知道，你从来不关心他，你希望他早点死了才干净。"

简楚玉慌忙拉着简静的胳膊，捏得她有点疼，"你说什么？

他醒了？什么时候的事？"

简静一滴眼泪也流不出来了，她只是觉得很讽刺。别人的父母都恩恩爱爱，一家三口很幸福，她的家从小就是七零八落。

"什么时候醒的，怎么又瘫痪了？"

"一周前就醒了，昨天突然瘫痪了，医生说是器官衰竭。"简静冷冷地说。

"这就是报应！"简楚玉拿起抹布开始在桌子上擦来擦去，反复擦拭同一个地方。

"是你从来不像个做妻子的，爸爸才不要我们的！"

简楚玉拿着抹布的手冷不丁地瘫痪了一样，抹布掉在地上，她捡了两三次都没有拾起来。

简静冲着母亲发了一通火，跑到自己房间，关起房门，呜呜哭起来。

不知道哭了多久，昏昏沉沉睡着了。等一觉醒来，外面的月光照在窗台上，她才知道已经是深夜了。看了看时间，午夜十二点。

顾宗伟说过无论多久都会等她。

简静最终还是没能忍住，她想见他，哪怕只是一面也好。她蹑手蹑脚拿了钥匙，打开房门，溜了出去。她走后，客厅的灯亮了起来，简楚玉就坐在客厅的沙发上，像个木桩子，一动不动。

简静到了"他们的家"，犹豫了很久才决定上楼去。看到房间的灯还亮着，她不知道自己是否应该直接开门进去，还是按个门铃。最终，她拿出电话，拨下了早已烂熟于胸的电话号码。

"喂。"她开口。

"你在哪儿？"

"我在家门口。"

"我去接你。"

"不用了,你打开门。"

简静站在门口,看到顾宗伟打开家门,多日不见的情绪一下子涌上来,被紧紧地抱在怀里,嘴唇缠绵在一起。屋内还是原来的样子,勾起许多回忆。

顶层的风吹起来,像一阵伴奏的乐声,两个人紧紧拥吻。突然,顾宗伟停了下来,双手托着她的下巴看着她。简静抬起了脸,睫毛上翘地望着他俯下的脸。

窗外的风声大了起来,呼呼呜咽,一种悲伤在弥漫。

"我有东西送给你。"顾宗伟拿出一个包装精致的小盒子,他说,"本来想给你买更好的,但是你也知道,新加坡之行很不顺,我在沙滩上捡了两颗石头,刻上了我们的名字。"

简静看到两个已被修饰干净、纹路整洁的石头,一个刻着"伟",一个刻着"静",两个石头是连体的。她捧在手里,觉得手心发烫。

"对不起,不能给你更好的。"顾宗伟抵着她的额头喃喃地说。

"只要是你送的,我都喜欢。"简静说。

顾宗伟摇摇头,仿佛有千万句话,却不知道该说哪一句。

"你有话对我说?不用担心我承受不了,我可以的!"简静安慰道。

顾宗伟沉默了一会儿,想了又想,终于说出口:"我要和安琪结婚了。"

"很好啊,恭喜!"简静故作轻松。

"简静!"

"我没事。"

"想必你都知道了,安琪是新加坡富商的女儿,只有她可以救顾氏，我没有选择。"顾宗伟暗骂自己，此刻，他觉得自己坏透了。简静越表现得不在意，眼睛越天真无邪，他内心越煎熬越痛苦。

"我知道，我懂。"简静希望奇迹出现，希望他能说"我们一起走吧"，这不过是万分之一的奢望。她的理智告诉自己，这样的选择是最好的，对他，对自己。

她前几天试了一下，吃了油条喝咖啡，胃中会泛起一阵阵的恶心。

"在所有的事情上我都可以心安理得，唯独对你，我亏欠到无法弥补。"顾宗伟很痛苦。

"你没听过一句话吗？爱情没有亏欠，只有你情我愿！所以，开心一个。"简静两手撑起他的嘴角，拉出一个难看的笑脸，笑嘻嘻地说："恩，笑起来真难看。"

"两年，你等我两年，我会处理好一切。"

简静的心咯噔一下，他的意思是……

"简静，我爱你，我不想失去你。"

简静的心再次跌入谷底，天下的男人原来都是如此。就像母亲说的，不是所有的事情加上"爱"的帽子，就可以心安理得。她不愿安琪成为另一个简楚玉，不愿自己成为美姨，更不愿顾宗伟成为父亲那样的人。

"宗伟，小时候你为了进入顾家，牺牲了很多。那时候你懂得选择一条路，就要忍受这条路上的荆棘和泥泞。现在也是这样，选择了一些，就要忍受另外的痛苦。也许你不知道，住在七楼拐角的那个植物人，就是我的父亲。"简静顿了顿，要把这一切讲出来，需要很大的勇气。就像埋在树洞下的秘密，有一天要亲手挖出来晒给人看。

讲述了家庭变故，回忆起小时候不堪回首的童年，她努力让自己冷静，语气时不时表现出调侃，她说："我在医院三年多了，包括我最好的闺蜜都不知道他是我爸爸，在我心中，爸爸早就不在了，他只是个符号。所以，我很少跟别人讲我的家庭，也不想有人看出我过得不幸福……"她长长舒了一口气，故作轻松地耸肩，"好在一切都过去了。"

"所以因为我的事，你妈把你赶出家了？"

本来已经毫不在意了，还是禁不住他提起来，委屈又排山倒海扑过来。简静不敢抬头看他，低着头说："都过去了。"

"是我让你受了这么多委屈，是我不好。"顾宗伟抱着她的双肩，将她抱在怀里。简静就那样被他抱着，不去迎合，也不拒绝。大概，这样的拥抱以后再也不会有了。

"我不该让你承受这么多。"顾宗伟再次说。

简静摇摇头。有甜蜜就有痛苦，尝尽了甜蜜，也必须承担苦果。这辈子，这样爱过，然后匆匆别离，留一辈子去怀念也值得了。

虚度的青春，会因为这段爱情变得意义非凡。

"我想给你我所有的一切……"

"偏偏我想要的你给不了。"简静打断他的话。

顾宗伟转身，拿起烟，打火机的火苗扑闪了一下，他又转过身来，"我可以抽烟吗？就一根。"

她点点头。

他总是烦躁到无法自控的时候才会抽烟。简静又想起他手臂上的烟疤，过去掀起他的袖口，看着那块伤疤，吻了上去。她说："一切都是我心甘情愿的，一切都值得。"

烟已经点着，他抽了一口，烟圈从嘴里吞吐出来，缭绕在两个人中间，模糊了视线。仿佛，这样的阴影，可以令间隔也模糊，而结果烟雾消散了，那段空隙还在。他和她之间，还有一米的距离。

他静静地抽烟,一手拿着烟,站在窗台的风口。

她坐在沙发上,看着手里那块连在一起的石头。

许久,沉默。

她站起来说:"我走了,你……要好好过……门的钥匙,我放在茶几上了。"

他转过头来,看到她已站了起来,扔了烟头,走过来,从抽屉里拿出一个本子,塞在简静手里:"除了这个方式,我不知道还能怎么样。"

简静打开本子,是房产证,上面赫然写着她的名字。

她连忙还给他:"我不能要,我不要。"

"让我做点什么。"

"送我回去吧。"

简静没有说完,她不喜欢的是这种看起像分别,其实是永诀的分别方式。像慢性病毒,渐渐渗入皮肤,不知不觉。看顾宗伟还不动,简静开起玩笑,"当一次司机,可以少损失一栋房子,很划算,不做拉倒了!"

她推搡着他,催促道:"你是不是不想送啊?快去拿车钥匙。"

顾宗伟无奈,拿她没有任何办法。但是,除了房子和钱,他还能用什么方式去爱她?

拿了钥匙,走出家门,在房门关上的那一刻,简静心门也"砰"一声关上了,关上了对这里的留恋,关上了和他的联系。

坐在车上。沉默。

简静只觉得压抑,这样的氛围让她无法呼吸,心里的痛一点一点开始蔓延。她不能任由这样的情绪再次袭击自己,于是打破沉默,她说:"喂,我冷了,把你外套脱下来给我。"

顾宗伟说:"我把车里的空调关了。"

简静努嘴道:"不要,会很闷。你是不是不舍得啊,不就一件衣服吗?切!"

顾宗伟将车停靠在路边,脱下外套,"只要我给得起,你可以从我身上拿走任何东西。"

简静不再说话,打破再多的沉默,也会引来新的沉默。她想要的,偏是他给不了的。他能给的所有,没一件是她想要的。

盖着他的衣服,闻着那股好闻的味道,仿佛是助眠的熏香,她香香地睡着了。他将车开到了海边,将她的座椅像上一次那样调低,让她躺着更舒服。

在这个海边,他们确定了恋爱关系。在哪里开始,就在哪里结束。

海水在漆黑的夜里,显得平静而孤寂。

如此,坐了一夜。

简静醒的时候,才发觉她身上依旧盖着他的外套,座椅也被调到适宜睡觉的高度。而他竟在海边坐了一夜,海边的风伴着海水的凉意,他有些打喷嚏。

"活该,非要坐在海边吹风。"她笑他。

他走过去,搂过她吻上她的嘴,"让你嘲笑我。"

她说不出话来,呜咽不清地说:"病毒传染,有病看医生。"

"你不是护士吗?帮我量体温。"说着一脑袋就蹭过来了。

简静绕到一边,笑着骂他:"你神经病。"

顾宗伟回道:"你见过被冻成神经病的吗?"

简静把衣服给他披上,"笨蛋,不知道进车里坐吗?"

他转过身来,一把搂住她,"我舍不得和你分开。"

她的眼泪滴在他的外套上,就这样抱着吧,就这样不要回去,就这样没有从前也没有以后,就这样定格吧。

顾宗伟的电话响了。于米说媒体已经发布了他和安琪小姐订婚的消息，公司董事在等着他回去开会。

现实，一把将他们拉了回去。

简静回到医院，一眼看到拿着一盆仙人掌的林嘉华，正在看一本杂志，见到简静突然合上垫在花盆下面。

"静静，送你一盆仙人掌。"林嘉华贱贱地说。

简静看到了杂志的封面，尽管花盆覆盖了大部分内容，但是顾宗伟那张熟悉的脸，她看一个棱角就熟知。想不到媒体的动作这么快。

"太扎人了，我不要。"简静的心情还未平复。

"玫瑰有刺，人人都爱。仙人掌刺更多，你应该喜欢的。"

"应该的事情多了。"

"按照应该理论，你应该嫁给我的。"

"林嘉华，你是不是最近老年痴呆了？"简静真佩服他的厚脸皮。

"静静，你看我也追了你那么多年了，就算一颗鸡蛋，也捂出小鸡了。你怎么这么铁石心肠？"

"那你还是孵小鸡吧！"

简静上了电梯，按了七楼。

林嘉华舒了一口气，把那本杂志扔进垃圾桶，想了想，又拿起来扔进了男生厕所的垃圾桶。

美姨已经连着几天没有来了，简静打过去的电话也没有人接。也许，真的是爸爸的话伤了她的心。女人的心往往都系在一个人的身上，男人的心却要分散在各个地方。这事，强求不来。

简静推门进了病房，却赫然看到简楚玉在喂爸爸吃饭。她以为自己看错了，揉揉眼睛，没错啊！

"妈！"

简楚玉回头，看到女儿过来了，解释着："我来找你，一大早就不见人了，顺便过来看看他。"

"妈，你不会是下毒吧？"

"对，我就是过来下毒的。"简楚玉没好气地说。

"妈，我知道你刀子嘴豆腐心。"简静终于再次感受到一家三口在一起的氛围了。

林德昌微微抬起手，简楚玉一把握住，问他："要什么，我帮你拿。"林德昌握紧了她的手，微微颤颤地说了迟到了十五年的一句话——我让你们母女受苦了。

简楚玉筑起的坚固长城突然坍塌了，多年的委屈在这一刻发泄出来，流成一滴一滴的泪。她反手握着他的手，摇着头，那些年的委屈和苦楚一下子仿佛有了价值。

简静眼睛湿润了，握住父母的手。一家三口定格在这一刻。

"我对不起你，对不起阿美。"林德昌忍不住责怪自己。

"其实当年我也有错，不懂得做个好妻子，性格又倔强，才造成今天的悲剧。"简楚玉说。

"你不要怪阿美，错的都是我。"

"都这个份儿了，还有什么怪罪不怪罪的。这十五年来，她每天都来照顾你，我却堵着一口气一天都没来过。就凭这一点，当年你跟她走，我没有半点怨言。"简楚玉早已原谅了一切，却迟迟不肯承认。

"爸，妈，以前的事就别提了，现在爸的身体最要紧。"

"你叫我爸了，我终于听到你叫我爸了。"林德昌激动地喜极而泣。

七楼拐角的病房，终于有了欢声笑语，十五年来的头一次。

简静回岗位工作，发现一群护士围在一起，谈论得热烈。

她走过去,每个人都仿佛知道了什么,立刻安静了下来。

"你们在藏什么?"

"毒……品。"孙宁傻笑着。

简静过去一把夺了过来,原来是那本杂志。她扑哧笑了,没事人一样点评着:"哇哦,我早就看出来,安琪不只是空中小姐。不过这张照片拍得也太随意了,好歹来个合照,狗仔队太不专业了。现在顾董住在我们医院,顾总和安琪小姐肯定会过来,谁要是偷拍几张照片,准能卖上大价钱。喂,孙宁,你不是欠我钱还没还吗?别说我不给你机会!"

林嘉华不知道什么时候站在了旁边,看着简静假装没事,心狠狠地抽动着。

孙宁看着简静如此,也忍不住为她难过。

简静看着众人都默不作声地看着她,故意笑得很夸张,"喂,你们怎么都不说话了,刚才不是八卦得很开心吗?"

"简静,你不必……"

"我先去换衣服了,被护士长看到又得骂我了。"孙宁刚开口,简静就打断了她的话。

简静走后,林嘉华拿着那本杂志,在孙宁跟前晃。

"男生厕所的垃圾桶你都敢翻,真是没事找抽型。"

"关我什么事,是陆医生拿过来的,一路喊着大新闻。"孙宁辩解。

"我就是蹲厕所无聊,还以为有美女泳装照,谁知道就看到了这个。"陆医生解释着。

"简静真的和顾总有……"小美比画着,欲言又止。

"别瞎说啊,简静可是我未来的媳妇儿,当着我的面制造绯闻可不行。"林嘉华说。

"切,你和顾总差远了。"小美不屑地说。

"我郑重地告诉你们,以后谁在我们家简静面前提起这件事,我绝对会用手术刀把他的嘴缝上。"林嘉华警告。

小美下意识地捂住自己的嘴,不敢再说话。

护士长一声尖嗓子,围在一起的护士们立刻鸟兽散。

有些事情速度起来,比流星还快。

简静换好了衣服,站在服务台前,却看到安琪挽着顾宗伟的胳膊一起走进医院来。她下意识地低着头假装忙碌。

安琪笑着走过来跟她打招呼:"简静,我们又见面了。"

简静一抬头,顾宗伟和安琪已经站在她面前了。她抬眼的瞬间,看到他,仿佛触动了心中某根神经,在身体里交织着难受着。

"又见面了。"她喃喃地说。

"这是我给你带的礼物,上次让你陪我去逛街,一直没有什么好东西送给你。"

简静一看,是一对珍珠耳钉,看那珍珠的圆润和色泽,应属上等品。她推回去连连说:"我不能要你这么贵重的礼物。"

安琪撅着嘴:"不许拒绝哦!"然后看向顾宗伟求助。

顾宗伟说:"你收着吧!"

简静有些为难:"我还是觉得太贵重了,我不过是举手之劳,就收这么贵重的礼物,不行不行。"

"那就当你照顾宗伟爸爸和妈妈这么久,给你的谢礼了。"安琪说。

"那更不行了,医院知道了会处分我,这叫受贿。"

安琪有些为难。顾宗伟说:"她不想收就算了,下次请人家吃个饭。"

安琪有些不甘地妥协,"那好吧。"

看着顾宗伟和安琪上了电梯，消失在她的视线里，她终于舒了一口气。虽然已经想好了分手以后不再有瓜葛，可毕竟曾经那么亲密过。才一天的时间，就要装作陌生人，心里还真是针扎一样难过。简静笑自己，适应能力越来越差了，演戏的水平都下降了。

"喂，静妹妹，发什么呆？"

简静一看是林嘉华，这家伙边吃着苹果边过来了。

"吃货！"

"苹果里面富含丰富的维生素。一个154g的苹果含有食纤维5g，钾170mg，钙10mg，碳水化合物22g，磷10mg，Vc7.8g……"

"停！吃出胃下垂看你还得瑟不！"

"静静，我给你变个魔术！"

林嘉华嘴里咬着啃了一半的苹果，两手背在身后，眼睛一闭一睁，一个大苹果晃在简静面前。他笑嘻嘻地说："送你的，营养健康，调节情绪，包治百病。"

简静接过苹果，大口大口地吃起来。在他面前不用伪装，不用装淑女，这样狠狠地咬下去咀嚼的感觉，真好。

"是不是觉得心情好多了？"

"如果你从我眼前消失，我心情会更好。"

林嘉华立刻消失了。简静有些惊讶，这块狗皮膏药什么时候学会不黏人了？

第十二章　万年备胎来求婚

简静早晨下楼，又看到自家楼下扔了一堆烟头，清洁工骂得更难听了。

第二天晚上，她从窗台往下看，却没看到那辆熟悉的车，也没看到想见到的人。心情一直不敢起伏，关于感情的事她不去说，也不去想。仿佛这样就能一直风平浪静。

躺在床上，却怎么也睡不着。月光透过窗帘照进来，她再次从窗台往下望。

在扔烟头的地方，停着一辆黑色的轿车，那个人站在车的旁边，一只手插在裤袋里，一只手拿着烟头，寂寞缭绕地抽着一口又一口。

几日波澜不惊的心海，忽然波浪滔天，再也无法控制地跑下楼梯。在楼道里丢了一只拖鞋，她也顾不得去找，赤着一只脚跑到楼下。

终于，看到了，真的是他。

顾宗伟没料到她会下来，错愕地看着对面的女孩，烟头慢慢燃烧，几乎要烫着手指了。

她走向他，站在他面前，看着他憔悴的脸，深陷的眼窝，紧皱的眉头，忽然觉得自己不该这样跑下来，让他过多地担心。心中有把刀，在剜着她柔软脆弱的心。她忍着，连眼里的泪水也一并强忍着,努力让自己看起来轻松,毫不在意地对他说:"怎么,想我了?"

他扔了烟头,零星的火星在他脚下慢慢变成了灰烬,"是,我想你了!"

只不过是想轻松地开个玩笑,只不过想把悲伤的相见演绎成快乐的重逢。但是他沧桑的声音传递出这样一句话,简静再也忍不住地流下了眼泪,捶着他的胸膛,叫嚣:"谁让你这么说的,你知不知道我不想见到你就这么难过。"

他握着她的手,一下子把她禁锢在怀里。她的眼泪簌簌地掉在他的衣服上,混合着好闻的味道。她能感受到他的心脏跳得厉害,能感受到他的呼吸变得急促而哀伤。

这样重逢在凉风肆起的夜里,演绎得无比悲伤。

"以后不要来了。"

"我忍不住。"

他说白天三人相遇的场面让他内心非常煎熬,他不知道以后还要面对多少次这样的相逢,他不想看到她难过。

简静微笑着说:"我很好,我是白衣天使简静,无论哪里受伤了,我都可以自救,你不用担心我。"

"白衣天使,你也救救我。怎么样才能放弃得心甘情愿,怎么样才能拿得心安理得?"

顾宗伟内心经历着矛盾和挣扎,选择顾氏必然选择安琪,放弃简静,也要一并放弃兄弟情深。爱情和亲情,对他来说从来都是奢侈的,但是此刻,他很想去拥有。

"往前走,不要回头,一回头就会输。"简静说。

顾宗伟已经有些想放手了,但是一想到母亲临终,他都没能送母亲最后一程。还有父亲的决绝,都像一把刀子割在他的头上,逼着他往前走,不能回头。

他,早已无回头的余地。

夜像个幽灵,让白天明晰的一切,变得浑浊和矛盾。

简静回到家,简楚玉在客厅坐着。

她头一次没有逼迫她去选择,而是语重心长地对女儿说:"妈希望你幸福,但是你和他的路会让你走得格外辛苦,他也会因为放弃了一直追求的东西而不甘心。婚姻不是爱情,保鲜期很短。"

简静说:"妈,我明白,我们已经分手了。"

简静回到自己的房间,怔怔地看着手机上的照片,仿佛还是昨天,他们笑得那么甜,一转眼已经烟消云散。她点住照片,看到"删除"两个字,犹豫了许久,终于按了下去。一并删除的还有这个加了密码的相册。她再也不需要提醒自己,爱他是一件甜蜜的事情,而是必须放弃。

人,面对选择,往往必须孤注一掷。为了他,也为了自己。

简楚玉已经接替了美姨的工作,每天去照顾林德昌,喂他吃饭,给他翻身、按摩。

其实人生很短暂,很多问题到最终也没有解决的方案,只是稍微妥协一下,自己心情就会舒坦。

简静正在值班的时候,看到从顾准病房出来的安琪。安琪约她一起吃中饭,就在医院对面的一个咖啡馆里。

简静推辞工作太忙,安琪却说:"有些事,你不来讲不清楚"这句话说得简静心里咯噔一下,她不是十分明白,或者说故意不想明白。

到了咖啡馆,安琪点了两份意大利面和两杯饮料。

"简静,你爱顾宗伟的人还是他的钱?"安琪开门见山,直接得让简静害怕。

冷不丁的一句话,简静一点防备都没有,不知道如何作答,几乎是愣住了。

"你别害怕，我不是兴师问罪的。"

简静下意识地说："我们没关系。"

"你不用瞒我了，我在他家的抽屉里看到了这个。"安琪拿出一个红本子，正是顾宗伟要送给简静的房产证。

安琪接着说："上次那个花瓣房也是他为你准备的吧，刚好不巧被我撞上。其实那天我就开始疑心了，既然是为我布置的，最后怎么又把我送到了酒店？但是我很相信你，你看起来那么清纯，那么善良，那么友好，甚至你帮我为宗伟一起挑选男士内裤的时候，我都是那么相信你。"

安琪盯着简静看，简静却像被人看穿了一样，不敢直视她的眼睛。"我们已经没有关系了，你可以放心，我不会破坏你们的关系。"简静说。

"其实我根本不担心你会破坏我们之间的关系，我比你更清楚他要什么，而且只有我才能给他这一切。他只能是个成功的王子，不能变成落魄的青蛙。如果你爱他，你就不会破坏我们。"

"我不想破坏你们，我和他已经彻底分手了，以后也不会再见面了，请你放心。"

"简静，我不是小气，女人天生就会妒忌。虽然你们分手了，但他还是会想着你。对男人来说，得不到的永远都是最好的。"安琪看着简静，仿佛在等她做出什么决定。

"是不是要我辞职离开医院，离开这个城市？"

安琪摇摇头，没有回答这个问题，而是转向顾氏企业，她说："你可能不知道顾氏已经是个空壳子了，顾宗伟一心想要成为顾氏的继承人，这是他唯一击败小顾总的机会。我可以提供资金，能让顾氏起死回生。我们家的资本，将成为他这辈子的靠山，永远不倒的靠山。"

"那我该怎么办?"

"如果你爱他,就让他完全死心。"

"怎么死心?"

"只有你结婚了,他才会没有幻想。"

结婚?简静念着这个词。

"当然,你不愿意也没关系。我爱他,但是不会疯狂到为了他失去一切。我的付出必须要有保障,所以你考虑一下。"

安琪的西餐还没吃,她放在餐盘下两张人民币,准备离开。临走又对简静说:"他是王子还是青蛙,就看你的选择了。"

简静丝毫没有胃口,只觉得胃里非常难受,卡了很多东西,影响了消化和呼吸。

林德昌的病情又加重了,这几天消化也不好了。简楚玉带来的稀饭也难以咽下,只能靠着流食一点点打进去,身形消瘦。

简静看着父亲越来越消瘦,自己却无能为力,不禁悲从中来,"爸。"

"小静来了。"林德昌声音很轻、很小、很吃力。

林德昌吃力地说出了自己的两大遗愿。一是美姨那日所说的"儿子",他想见一见自己的亲生儿子;二是想送女儿出嫁,尽到一个做父亲的责任。

简静看着父亲像在叮嘱临终遗愿一样,难以抑制地难过,抽噎着说:"爸,你放心,我去找美姨。"

简静再次联系美姨,电话却始终未能接通。她只得亲自跑了一趟,去了美姨的家。第一次踏进美姨家,那个不到六十平方米的小房子里,一个瘦小的男人系着围裙在厨房里忙。

"你好,请问美姨在吗?"

"你是?"

"我是她朋友。"

瘦小男人在围裙上擦了下手,说:"进来吧,她在床上躺着呢,这几天高烧一直不退。"

美姨对简静的突然到访有些吃惊,她让瘦小男人倒了茶来,又把瘦小男人支走,说自己想吃楼下小卖部的葡萄罐头。

"美姨,我爸……他想见你们的孩子。"

"我们没有孩子。"

"你儿子。"

"我儿子不会去见他的,你让他死心吧。"美姨冷淡地说。

"我爸他快不行了。"

"我照顾了他十五年也够了,这些你不用再跟我说了。"

"美姨,既然弟弟是爸亲生的,你为什么不让他们父子团聚?"

美姨叹了一口气,似乎是下了好大的决心才决定的,"那时候我怀孕一个多月,急着和你爸领证,但是他出了车祸。后来,怕肚子大了被人看出来,我匆匆嫁给了现在的老公。他人很好,对我和孩子都很好,也从来没有阻止我去医院照顾你爸。你看看我们家,六十多平,但是收拾得还算干净整洁,这些都是他操持的。但是我呢?一直都像没看见一样。那日从医院回来就发烧了,一躺就是很多天,我才看到他每天起很早,为我和孩子做饭,在这个家忙里忙外,那一刻我才知道,原来我忽视了对我最好的人。原来我跟你说过,不后悔跟你爸爱过一场,但是如果能让我有重新选择的机会,我宁可一开始遇到的是他。"

瘦小男人回来了,带来了葡萄罐头,拿着牙签剔除了葡萄里的籽,喂给美姨吃。看到这一幕,简静仿佛明白了美姨的选择。

瘦小男人又回到厨房做饭,让简静留下来吃晚饭,简静拒绝了。

临走前美姨说:"他不知道孩子的事,我也不想让孩子突然接受不了,让这个家庭遭遇变故,所以……"

简静回到医院,林嘉华屁颠屁颠跑过来约她晚上一起吃饭,说有个深藏多年的秘密要透露。

简静没有心思,一口拒绝了。

"静静,我就用你三十分钟。"

"林嘉华,我真的没心情。"

"就是因为没心情才要来的,这件事除了对你说,对别人说都不行。"

"到底什么事,你现在就说。"

"不行,时间、地点、氛围都不对,还当我是朋友的话,晚上务必到场。"林嘉华塞在她手里一个地址条,直接消失了。

狗皮膏药一旦揭下来,会觉得那块肉仿佛太松散了,很想再贴一块上去。简静将纸条塞进包里,去了爸爸的病房。

父亲期待地看着她,满怀希望。她不忍心让父亲失望,于是说:"爸,美姨这几天病了,过几天等她好了就会带弟弟一起过来。"

父亲仿佛终于放心了,又询问了美姨的病情,心情才平静下来。

简静不忍看到父亲的期待落空,她又无能为力,不愿打扰美姨一家人的生活。自小失去父亲的感觉她懂,她怎么能让十四岁的弟弟承受失去父亲的痛苦。

晚上林嘉华拼了命也要邀请她去的饭局,她最终还是没能扭过林嘉华一句"不去就绝交"的狠话。因为这厮再也不做狗皮膏药了,偶尔贱贱地黏上来也是一下子消失掉。简静觉得他可能有了心上人,征求自己的建议呢。

虽然自己的事情早已头大，但是为了永远摆脱林嘉华，她还是去了。

按照地址，简静居然在曲径通幽处找到了一家设计别致的西餐厅。她退回来对照地址看了又看，确认没错，才进去。

林嘉华居然没有站起来兴奋地冲她招手，而是径直走过来迎接她。这到底是唱得哪出戏，他还穿得特别正式，压箱底的衣服都拿来了。不知道的还以为他们在相亲呢！

"喂，来这种地方，你没发烧吧！"简静小声说。

林嘉华居然直接无视她这句话，而是帮她把座椅稍微拉出来一点，很绅士地请她入座。简静浑身不自在，今天的林嘉华怪怪的，她还是喜欢那个嘻嘻哈哈、没个正经、满嘴玩笑的林嘉华。

西餐厅里有着瀑布观景，四周的玻璃中心是流泻的水流，倾泻出好听的泉水声，配合着优美的钢琴曲，气氛幽静。

"想吃点什么？"林嘉华把菜单拿给简静，让她随便点。

简静看着菜单上的菜价，睁大了眼睛。这顿饭吃下来还不把林嘉华的肠子悔青了。别看他这会儿装得很绅士，她敢打包票，出了这个门，他会掰着手指头数刚才那餐饭换算成苹果能买多少麻袋。

"还是算了，就来杯饮料好了。"

林嘉华打了个响指，"服务生，可以上菜了。"

到底什么状况，明明他已经点过菜了，还让她看菜单。简静早知道，他才不会来这种地方任人宰割，相比这顿饭一定是整个餐厅最廉价的菜品了。

三个服务生排成一排上菜，第一道是三文鱼，第二道是鹅肝，第三道是沙拉，第四道是个生日蛋糕，第五道竟然是一束鲜红娇艳的玫瑰花，最后还有一瓶红酒。

这真是，直接把简静看愣了，她有些难以置信地看着林嘉华。

"你葫芦里卖的什么药？你生日啊？"

林嘉华插上蜡烛，将火柴交给简静，说："今天是你的生日。"

她的生日？她已经完全忘了。她点上蜡烛，林嘉华要她许愿，她许了愿，两个人一起吹了蜡烛。到这里，她还有点蒙，一切如坠梦中。

"林嘉华，你叫我来就是为了给我过生日？什么深藏多年的秘密都是骗我的？"

"吃了蛋糕就告诉你。"

"神神秘秘！"

吃了蛋糕，简静一副等待听秘密的样子。

林嘉华忽然抱起玫瑰花，从衣服裤袋里掏出一个锦盒，单膝跪下。

简静吓了一跳，"喂，你干什么？"

"简静，嫁给我吧！"

"你疯了？！"

"我是认真的，我没有五百万，但是我会把我所有的一切都交给你。这张是银行卡，我所有的存款，这是我的房产证、车本，家里还有一只猫。从我第一次见到你就喜欢上了你，我从来没对一个人一件事这么执着过，一直坚持了十年。我知道平时我话多，喜欢黏着你，有时候爱开玩笑，但是我所做的一切都是为了让你开心。只要每天看着你笑，我就会很开心。这几天你不开心，我明白，把一切都交给我吧，让我去负责你下半辈子的心情，我会让你每天都过得开开心心。"

简静从来没想到林嘉华这么认真，她以为他早就把那份喜欢当成一种习惯，只是习惯而已。没想到自己的一举一动，一皱眉一展颜他都看在眼里，记在心里。

"你是真的要娶我吗？"

"我从来没有像现在这么肯定，这么认真过。"

"如果我没你要求的那么爱你？"

"我会一直等下去。"

"如果我……"

"任何如果我都可以接受。"

简静的眼泪开始控制不住地上泛，她忍不住大声喊："林嘉华，你就是个傻瓜。"

林嘉华依然跪着，说："我愿意！"

本来就安静的餐厅里，客人和服务生都围了过来，一起起哄，"答应他，答应他。"

一个声音在说："只有你结婚了，他才能死心。"

另一个声音在说："爸想看着你结婚，亲手把你的手交到你未来另一半的手里。"

还有一个声音就在她面前，他说："嫁给我。"

想起美姨那番话，也许最灿烂的是爱情，但是灿烂的烟花不会永远停留在空中。婚姻总是归于平淡，当你错过了再转身，就会追悔莫及。

她真的应该接受吗？

"林嘉华，我没你想象中的那么好！"

"你的优点和缺点我或许比你自己还清楚，你不用为我改变，我会做到你喜欢的那个样子。"

"林嘉华，我……我要怎么说你才能明白，就算我嫁给你也不是因为我爱你。"

"简静，我会让你知道，嫁给我之后，你不会再爱上别的男人！"

此刻，他的形象越来越高大，简静根本没有任何的抵抗能力。

咖啡和油条不可能,油条和豆浆才是一对啊。这个豆浆却在学别人做什么咖啡。

"我答应你,你别后悔!"

"真的,真的吗?"林嘉华简直不敢相信自己的耳朵。

简静点点头。

周遭响起热烈的掌声。

他激动地把简静抱起来,在空中旋转了一圈,才在简静的要求下放她下来。其实,很多事,孤注一掷了,也就是闭着眼睛认了。

城市里到处都在传颂顾氏的跨国联姻。质监局和公安局对顾氏的审查并没有什么实质性的结果,关于质量的问题被浩大的婚礼喜讯掩盖了。

新加坡的项目,因为安琪家族的支持,也正常进行了。顾宗伟终于成了顾氏的董事长,顾准正式宣布退休了。

这天,顾宗伟来到母亲的坟上,带来一束康乃馨,母亲生前最喜欢的花。因为她每次收到康乃馨,他都会在这天放下一切陪着母亲。

所以母亲经常说:"一年中,最盼望收到康乃馨。"

他说:"那我天天给你订一束康乃馨。"

母亲说:"天天收,就没盼头了。"

今天,他来看母亲,对母亲说他终于实现了愿望,但母亲却等不到他迎她浩浩荡荡进入顾家的大门了。

坟墓旁边,摆着一些新鲜的水果,墓碑被打扫得干净如新。看墓园的人说,有个女孩经常过来祭拜。那个女孩,就是简静。

他的心又隐隐作痛起来,赢得了一切,却输了她。

站了许久,一片树叶落在坟墓上,枯黄的。一转眼,夏已过,秋已来。

他问母亲:"我是不是做错了?"

母亲没有回答,只有树叶一片一片落下来,枯黄、败落。

静默了许久,他转身离去。在转角的坟墓前,他看到一个熟悉的影子。那人正在祭拜着,戴着墨镜,神情凄楚。

他走近,看到坟墓上刻着的名字:许文豪。

"起风了,还不走。"

孙宁回过头来,看到了顾宗伟,说:"就走了。"

"你朋友?"

"不,我男朋友。"

"以前听简静说过,你有个初恋男友。"

"对,就是他,已经去世五年多了。"

顾宗伟有些疑惑,明明今年还听说她准备和这位初恋男友结婚的。

见他疑惑,孙宁缓缓道出了原因。

原来,许文豪五年前车祸去世了。但是两个人曾经约定,如果大学毕业后各自还单身,就结婚领证买房一起生活。终于,她大学毕业了,却得知他已经去世了。

所以,她只能一个人完成他们的诺言了。她省吃俭用攒钱,就是为了买上他们当初憧憬的房子。

"难怪你会要优惠,一个人压力很大。"

"还好,我还年轻。"

回去之后,顾宗伟交代于米亲自办孙宁的房款事宜,付清了尾款,让孙宁不必再背负这么大的债务了。其实,不过是孙宁做了他一直不敢做的事——为爱而执着。

简静告诉安琪,她马上要结婚了。

安琪问:"和谁?"

简静淡淡地说:"总之不是顾宗伟。"

安琪说:"祝你幸福,真心的。"

简静说:"谢谢!"

安琪忽然说:"我真羡慕你。"

简静不知道她有什么好羡慕,安琪有强大的家世背景,可以得到自己想要的婚姻,她还有什么理由羡慕一个真正的平民女子呢。

简静的父母知道她要和林嘉华结婚了,都很欣慰。林德昌这几天精神仿佛也好了很多,信誓旦旦地说要养好病,参加女儿的婚礼。

简楚玉问她是不是想好了,简静点点头。

简楚玉只是说:"林嘉华是个好孩子,不管怎样,他都会对你好的。"

是啊,嘉华确实值得人放心。近来,他玩笑开得也少了,一直致力于研究简静父亲的病情,努力延长他的寿命。在事业上兢兢业业,发表了几篇论文,职称上又进了一层。

简静心里也觉得安慰,想着选择这样的人,总是没错的。

爱情,不是都说可以培养的吗?就给自己一个机会,培养培养。

孙宁也为她的婚礼忙前忙后,整个医院都在传颂这段爱情佳话。林嘉华终于抱得美人归,简静也终于脱离了单身护士行列。

于米来到医院,发现护士们在说林嘉华和简静的婚事,她有些错愕。

在医院住院部前的小花园里,于米从包里拿出一个红色的本子交给简静,是房产证。

"我说过我不会收的,于米,你也是女人,你应该知道女人的爱情观。"

"顾总很爱你,他很想补偿你。如果你不收,他会更难过。我常常看到他在办公室发呆。"

简静很想苦笑,到最后解决爱情的方式还只能是"金钱"。从一开始他们认识就源自于一张信用卡,到最后换成了房子。

在男人的眼里,物质不会玷污爱情,反而会买来安心。

在女人的心里,宁愿就此默默离去,也不想有一丁点的杂质污染了曾经的爱与情。

简静收下了房产证,她说:"如果可以让他好受一点,我收下。"

于米看着简静离去的背影,仿佛被抽离了魂魄。她是看着他们相识相爱于刻骨,又是看着他们不舍又不得分离的。

简静逃离出于米的视线,落下了眼泪。她真想大哭一场,真想把手中红色的本子扔在垃圾桶里。可是,她必须忍着,必须装作一切都随风飘过了,她什么事都没有。

孙宁火急火燎地跑过来,大老远就冲她招手,满脸着急的样子:"简静,简静。"

简静偷偷擦掉眼角的眼泪,抬起头,看孙宁一路狂奔过来。

"简静,跑哪去了,害我到处找你。"

"怎么了?"

"你爸爸,你爸爸……"孙宁大口大口喘着气。

"我爸爸怎么了?"简静吓得脸色苍白,恐慌地抓着孙宁的手不断晃着。

"你爸爸和你妈妈吵起来了,然后就心律不齐,昏过去了,林嘉华正守着呢。"

孙宁后面说了什么,简静已经听不进去了。听到父亲昏了过去,她朝着病房的方向就跑过去,心里只有一个声音:爸爸,千万不要有事。

抢救室的灯还在亮着，简楚玉守在门外，一脸焦急和担忧。看到简静过来，六神无主地抓住简静的手，泪眼婆娑，一直念叨着自己不该跟他吵架。

"妈，别说了，爸会好起来的。"

"都怪我，我们都离婚那么多年了，我还管他去见谁。"简楚玉再次忍不住内疚。

"爸在恢复期，不能随便出院的，他要见谁？"

"你爸让护士帮他找阿美，他就是一心想着他的儿子。"除了内疚，简楚玉还有一丝恨意。

阿美就是美姨。爸到底还是不放心，终究还是念着美姨。尽管他说再给他一次机会，也许他会选择最小的伤害，留在简静母女身边。只是，谁知道这种"如果"真的发生了，会是再一次的背叛，还是期盼的相守？

等了许久，林嘉华从急救室走了出来，一身白大褂，脸上已有些汗珠："静静，叔叔暂时脱离危险了，但是……"

简静的心咯噔一下，她做梦都希望能有爸爸的疼爱。如今找到了爸爸，相认了，却还是那么多无奈和不如意。林嘉华的一个"但是"，她的心提到了嗓子眼，生怕一个不好的消息，会让心重重摔下去，粉身碎骨。

"我爸……"

林嘉华摇摇头，简静的眼泪立刻落了下来。

简楚玉愣在那里，不住地怪自己。

"也许就这几天了。"林嘉华看着简静努力压抑着喉咙里的呜咽声，把她搂在怀里，抚摸着她的头发，静静地安慰着她。

简静的小身体在林嘉华的怀抱里发抖，喉咙里哽咽难耐的声音，一点点压抑着爆发出来，眼泪全部流在白大褂上。白大褂上没有好闻的味道，但在这个时候给了她足够的温暖和安慰。

突然，简楚玉昏了过去，靠着墙倒在了地上。

简静哭喊着："妈，妈。"

医生护士手忙脚乱，林嘉华就地做抢救措施，按压心脏，掐人中。

简楚玉慢慢地睁开了眼睛，却是那么虚弱。眼皮虚弱无力地抬着，看着看简静，又无力地闭上去，不想说任何话。

"妈，我不能没有您，您不能丢下我。"

简静再也忍不住，号啕大哭起来。林嘉华守在她身边，默默地看她流泪，却无能为力，心如刀割。简静哭倒在林嘉华怀里，仿佛要与世界隔绝一样，哭声渐渐低了许多，却是声声绝望和无助。

顾宗伟从电梯里走出来，站在电梯门口，看着简静哭得声嘶力竭，他却什么也不能做，只是听着她的哭声，从悲伤到绝望。她身边的男人，已经是别人了。仿佛一颗心被灼烧了，疼得捶胸顿足，疼得撕心裂肺。

他的脚步如铅重，一步也挪不动。他赢了世界，输了她。

如今的顾宗伟已是顾氏的董事长，说一不二的领导者。唯独对她，他是愧疚，是亏欠，是无能为力，是心中永远的伤痛。

简楚玉被护士送到了病房，林嘉华扶着简静走开。简静始终没有抬头看他一眼。

顾宗伟看着这一切，头一次觉得一个人的力量真的渺小。无能为力的时候才知道，任你有多大的权利，都无从弥补。

于米说简静收下了房产证。他以为自己能心安理得一点。事实上，他懂得，她收下不过是因为想让他心安理得。如此一来，他的心更加不安了。

他还可以给她什么？

第十三章　错综纠结的婚礼

屋漏偏逢连夜雨。

简静守着父母，眼睛红肿。林嘉华始终守在她身边，一开始还劝她不要过度伤心，后来干脆默默地陪着她。到了吃饭的点，她说吃不下，他也干脆陪着不吃了。对他来说，能陪伴已经足够。

林嘉华说："无论发生什么事，都有我替你扛着。"

那一刻，简静觉得爱情是特别渺小的东西。在困难面前，撑不起头顶的天空，反而是一直守在身边的那团温暖，让冰凉的心慢慢地有了太阳的温度。

她感激林嘉华的用心。

"我们结婚吧！"简静说。

林嘉华错愕，没想到简静会在这个时候提出来，恍如做梦。

简静还在想着院里顶级的专家说的话，父亲的日子不多了，原本苏醒就是一种回光返照，如今不过是病情显露。父亲还有几日，专家也不清楚。

父亲最大的愿望就是看着她美美地嫁出去，牵着她的手，一路送到新郎的手里，完成一个父亲最后的使命。

简楚玉悲痛万分，不住自责，再也没听到她大嗓门吵吵，反而越发沉默了。简静突然发现母亲头发上多了几丝白发，连状态都有骤老的趋势。

顾宗伟匆匆走进父亲的病房，秦月守在病床前，见他过来，起身。

"爸这几天怎么样了？"

"病情稳定了。"

顾准闭着眼睛仿佛在睡觉，听到对话睁开了眼睛，第一句话就是："顾氏怎么样了？"

顾宗伟走到父亲身边，帮他掖了掖被角，"爸，公司运转很顺利。我们已经和新加坡那边谈好了，开业仪式择期举行，一切照旧，什么都不会受到影响，您安心养病。"

顾准松了一口气。

"爸……"顾宗伟有些吞吞吐吐。

"宗伟，爸爸知道你从小就是个懂事的孩子，一直都很听话。爸爸也知道你受了许多委屈，如今爸爸老了……"顾准回顾这二十多年，的确亏欠了何丽娟母子。

"爸，别说了，您的身体最重要。"

"宗伟，我知道你恨爸爸，你妈临走时我也没让你去送一送。爸不是狠心，只是当时顾家有危机。"

顾宗伟心中一颤，这是他心中的一根刺。父亲再次提起，不管以什么样的理由解释，他都无法释怀。躺在病床上不能行动的父亲，原来他是那么颐指气使，所有人都臣服于他，听从他的号令。这一刻，顾宗伟心中竟有一种莫名其妙的爽快，好像报复得到了满足。这种病态的快感，让他嘴角微微翘起，瞬间又被理智压下。

他说："爸，您安心养病，过去的就让他过去吧。"

顾准了解自己儿子的脾气，他叹了一口气，不再说什么。

"爸，有秦阿姨在这儿守着您，我就先回公司处理事情了。"

哦，对了，宗林这几天总是不在公司，如果秦阿姨见到宗林，让他来公司一趟，公司还有几个项目等他确认。"顾宗伟说。

秦月一直守在门口，突然听到儿子的名字，特意留意了一下。她没有从顾宗伟的话中找到任何不安的证据，内心却惴惴不安。一直以来，顾家都是秦月的天下，如今江山落到他人之手，她始终悬着一颗心不敢放下。幸亏顾准身体恢复得还不错，医生说过几日就可以出院了，到时候顾宗伟这个代理董事长也可以让贤了，否则她真担心，自己辛苦几十年保住的顾氏，轻而易举让那个女人的儿子捡了便宜。

顾准应了一声，叹了一口："这个孩子，从小就贪玩"。顾宗林是他最爱的小儿子，如今也不免发出这样的叹息。

顾宗伟走出病房，转到电梯处，犹豫了一下，又转身走到隔壁的病房，他想去看一眼简静。

隔着门，什么也看不清楚，也听不到病房里有任何的动静。他抬起的手又落下，他已没有资格去关心她了。江山和美人，总是需要做出牺牲。不是有了江山，美人也能坐拥。

这时，门开了，林嘉华提着暖壶正要出来打水。

"顾总？"林嘉华有些惊讶。

简静听到林嘉华提到顾宗伟，一扭头，看到他一身西装革履地站在门口，人还是从前那么潇洒伟岸，只是她无缘依靠了。

她怔怔地看着他，他也那样看着她，连时间都不忍心走快一点。林嘉华夹在中间，提着暖壶，有些尴尬。

顾宗伟看她憔悴得那样厉害，不忍心让她一个人去扛所有的事情。他真想走过去，将林嘉华拨到一边，霸气地搂过她的肩膀，对她说一句"有我在"。他在心里幻想了几百个回合，还是冷静地收回了一切。

"走错了，不好意思。"顾宗伟说。只是这么一个不算理由的理由，他转身，走开。

简静的心被狠狠扎了一下。男人都是自私的，脑子里忽然冒出这样一个念头，让她更坚定了结婚的想法。是为了父亲临终的愿望也好，是想刺激一下他也罢，或者说是报复。总之，简静很想做点什么，仿佛才对得起自己无端挣扎着隐隐作痛的心。

简楚玉看到女儿伤心，待林嘉华走后，她问女儿："静，你爱林嘉华吗？"

"妈，怎么这么问？"

"如果你不爱他，就不要勉强自己嫁给他。"

"妈，您别瞎想了。"

简静不愿意再提起这个问题，爱或不爱，其实都由不得自己，有时候爱情是很折磨人的。

"静，其实妈这一辈子过得怎么样你也看到了，一直苦苦撑着。到现在我才明白，生活是需要两个互相爱着的人一起拼成的，没有爱情，勉强在一起也不会幸福。像我这样非要争一口气，争到最后苦的还不是自己。妈希望你有个幸福的家庭，过幸福的生活。"

"妈，嘉华对我挺好的，你也知道，他很听我的话，嫁给他，我应该会很幸福。"

简静觉得按照理论来讲，她嫁给林嘉华错不了，起码他对自己是真心的。这么多年，就算不动心，也感动了。如果真的结婚了，那就好好过日子。父母的婚姻让她有了阴影，她不想重复他们的路。

林德昌的日子不多了，他现在必须靠吸氧才能呼吸，终日躺在床上，插着尿管，几乎全身瘫痪。

简静一有空就陪着父亲，给他讲自己上学时的事，父亲听得认真。仿佛错过了他的成长，再也不能错过她的故事。

美姨和简楚玉表面上一片和平，谁也不去计较从前的事了。

此时的顾氏，利用婚礼大搞优惠政策，收买了人心。那些从前闹事的民众也因为恩惠心满意足。顾氏的谣言不攻自破了，而且比从前的形象还要辉煌。

顾准很满意儿子的表现，想让顾宗伟从代理董事正式就任董事长一职。

"我不同意，你知道顾宗伟都背着你干过什么事吗？"秦月不满，她把自己搜集起来的顾宗伟故意抹黑顾氏再假装好心挽救顾氏的证据拿给顾准，"看看你的好儿子都干了什么！"

顾准却拿起打火机一把火烧了。

"你……"

"宗伟是个善良的孩子，我相信他有自己的打算。"

"能有什么打算，不就是想把顾氏搞乱了自己好上位吗？我还真看不上他这一点。"秦月处处不满。

"好了，我说我知道了。你难道以为我真的老糊涂了吗？我们家，现在最有资格和能力继承顾氏企业的只有宗伟。"顾准想到了前一天他和儿子的谈心。

前一天，想到儿子要结婚了，自己这几天身体也康复得不错了，于是让司机开车送他去郊外墓地。

站在何丽娟的墓前，诉说从前的恩恩怨怨。一直以为当时她病危并不是真的，谁知道一不留神就天人永隔了，自己却没来得及送她一程，为此深深自责。

顾宗伟来了，看到了父亲，听到了父亲那些话，反而更加生气了，"我想我妈她不希望看到你。"

"宗伟，是我亏欠你们母子的。但是当时我真的以为你妈妈她是故意这样，你知道她以前就老……"

"好了，不要说了，我不希望在妈妈墓前跟你吵架。就算你以为我妈妈病危是假的，你下令顾家任何人都不能来送妈妈一程，也是假的吗？"

"如果我说这个命令不是我下的呢？"

"是不是你，都和你脱不了干系！"

"宗伟，我们父子能好好谈谈心吗？你误会我没关系，我知道我伤害了你们母子，你怎么报复我都可以，但是你怎么能陷害顾氏？"

"原来你都知道了。"

"你以为可以瞒天过海吗？"

"你终于找了个理由可以解除我代理董事长的职位了。"

"你到现在还不明白，如果我想解除你的职务，就不会在这里跟你说，而是在董事大会上直接宣布。"

顾宗伟一愣，以父亲的做事手腕，他从来都是公私分明，从不拖泥带水。今天能跟他挑明，看来是准备"放"他一马了。难道他真的变了吗，然而这么多年，他哪怕犯一点小错，父亲都丝毫不吝惜他的责备。哼，顾宗伟冷笑了，他已经不是当年掉在游泳池里挣扎着几乎要溺水身亡的小孩子了，他在父亲的调教下，学会了虚与委蛇，学会了隐藏自己的情感。

"这么多年来，一直是宗林在明处享受着顾家所有的荣誉，我站在不显眼的地方，为你们打拼。如果不是我自己学会了游泳，难道不是早就溺亡在顾家游泳池了吗？"

"宗伟，我知道一直以来，我们父子之间的交流很少，你我之间有很多误会。但我希望你会明白，我始终是你的父亲，你是我的儿子。不管任何时候，我只会对你严格，却不会不管你。"

"真该为我有你这样的好父亲鼓掌。"

这是一次不欢而散的谈话，但是顾准越来越坚定了他的信念——保护两个儿子。所谓的保护，就是让他们各归其位，得到自己想要的。

想到这里，他坚定了自己的想法，让顾宗伟成为正式的董事长，继承自己的事业。

"凭什么啊，这个位子本来是宗林的。"秦月不满。

"你看看宗林，你就是让他坐上了这个位子，他能把心留在顾氏吗？我们老了，还能帮他多少年？"顾准很明白，小儿子根本不是做生意的料，他从小就不喜欢商场。

"不行，这是我和你辛辛苦苦打下的江山，白白送给了别人我不同意。再说，宗林只是太小不懂事，等他长大点自然就会明白了。这些我们都可以慢慢培养他，慢慢教他。"秦月始终不满。

"月，行了，你自己的儿子别人不了解，你还不了解他吗？如果能教好，还用等到今天吗？宗伟跟他一样大的时候，已经跟我在商场摸爬滚打很多年了。那些老狐狸都打得什么鬼主意，他心知肚明，绝不会上当受骗。你让宗林去跟人谈生意，那不是让他没有自信，被人算计吗？商场这种地方，不适合他。"

秦月满怀心事，却不敢挑明。她知道自从宗伟的母亲去世后，顾准一直心有愧疚。多年的恩怨，他释怀了，她却没能放下。她没有做错什么，凭什么被那个女人骂了三十年。

此时，顾宗林回到家，听到父母的谈话，说："妈妈，你就别再和大哥过不去了。我喜欢的是摄影，这段时间天天坐在公司，每天都要看那些头疼的文件，想着对付这个、应付那个的，我都抑郁了。我不想做。"

"你个不争气的东西，你连顾宗伟的十分之一都不到。"

秦月情急说了狠话。

顾宗林把这段时间的憋屈全爆发出来，对着母亲吼道："我是不如大哥，你为什么还要我跟大哥去争？我从来都不想成为你和大伯母斗争的牺牲品，你不过是想证明你赢了她，连你生的儿子也赢了她的儿子。你关心过我吗？你想过我的感受吗？我不喜欢，我说过多少遍了，你还要把我往绝路上逼。既然你这么喜欢跟人比，你自己当总裁吧，我不干了！"

顾宗林今天刚被一个客户羞辱了一番，若不是大哥救场扳回了一局，他被人骗了还帮人拍手叫好呢。

一口气说完这些话，顾宗林摔门而走。

秦月看着远走的儿子，看看顾准，一脸挫败感。

顾准过来搂着她，"好了，孩子大了，他们可以决定自己的人生了，我们就放手吧。等宗伟的婚事结束了，我们去环游世界。"

秦月靠在顾准的怀里，人过五十的年纪，还能如此拥着彼此，也算一种幸福吧。那些恩怨，比白头发出现的时间都早，也该随着时间流逝了。

很巧，顾宗伟的婚礼和简静的婚礼定在了同一天，冥冥中像是天意。即使不能成为夫妻，也可以在同一个时辰里，他是新郎，她是新娘。

其实，顾宗伟和安琪的婚期早就定在了初八那天，简静和林嘉华的婚礼本来是在十二那天，但是简静父亲的病情耽搁不了那么长时间，也定在了初八。得知婚期相同，林嘉华看着简静，想从她脸上看出点端倪，但是她毫无表情，只有对父亲的紧张。

结婚前一天，林嘉华一直很紧张，虽然只是个简单的婚礼，他却张罗着要布置得很精致。一直紧张，总是出错，惹得孙宁笑他，简静却看着心酸，更内疚。

夜里，父亲终于睡了，她才肯在母亲的催促下回去休息。在回到小区准备上楼的时候，她看到了那辆车，在夜色中醒目地停在了她的跟前。

他摇下车窗，让她上车。

她坐在车上，他没有开口说话，她也什么都没有问，死一样的寂静。

片刻，她说："祝你幸福！"

他苦笑："难道你不能等我两年吗？"

她说："不早了，你回去吧，明天我们都有事。"

她开门下车，他拦着。

他说："如果你愿意，我宁愿放弃一切跟你私奔。"

他说："我突然发现我争了很多年的东西好像一点意义都没有。"

他说："简静，你能让我靠一下吗？"

……

他像个战败归来的将军，看尽了战场上触目惊心的死尸，死里逃生之后没有丝毫的侥幸喜悦，尽是绝望。

简静心很疼，为他。只是她不想让自己的懦弱再次暴露在他眼前，那样她会崩溃，他也会崩溃，还有安琪和林嘉华……每一个人都找不到自己的位置了。

还有，父亲。

她觉得自己仿佛一下子长大了，再也不是那个傻里傻气只知道害羞，受了委屈会流眼泪的小姑娘了。当她懂得隐藏自己的感情的时候，她就知道，很多东西都回不去了。

她放开他的手，拉开了车门，回头对他说："再见！"

她走得很急，却不快，脚步像灌了沉重的铅般挪不动，却想赶快逃离这里。当走进楼梯，她停下来，才发现手脚一直在发抖。原来，隐藏感情，是这么困难的事。

顾宗伟眼睁睁看着简静消失在茫茫的夜色中，启动车子，平时熟练的技术，在此时却不断地熄火。几次之后，轿车终于启动，然而在这样一个夜里，周围有着灯光照明，他却觉得突然迷路了，不知道应该拐向哪一个方向。

终于，简静听到了轿车启动的声音，她瘫软地坐下去，眼泪崩溃。

顾宗伟回到家，于米在帮他准备结婚的礼服，还有几个小时他就要去接新娘了。按照风俗，他要从新娘家中接过来，因为安琪家在新加坡，所以顾氏订了十二架私人飞机作为婚"车"。

于米看到顾宗伟进来时脸色并不好看，大概猜到他去了哪里。

"顾总，听说简小姐明天要结婚了。"

顾宗伟沉重地叹了一口气，说："于米，我饿了，让厨房帮我煮一碗面。"

"顾总，我知道你为什么娶安琪小姐，只是你想过没有，这样对两个女人都不公平，尤其是简小姐，她……"

"好饿，我下去找点东西吃。"顾宗伟打断了她的话。原来心空虚的时候，吃点东西可以塞满。可是，自欺欺人的事情总是不长久，填满的是胃，填不满的才是心。

这晚，四个人，谁都没有睡觉，各怀心事。

一早，林嘉华坐着婚车去接简静了。顾宗伟坐着飞机却接安琪了。一个在地上低调前行，一个在天上像彩虹一样招摇。

很讽刺，他们选择在同一天结婚，她是漂亮的新娘，他是潇洒的新郎，他们选在一个时辰启程，他接的却不是她，她踏上的也不是他的婚车。他们不是一对。

林嘉华接到简静的时候，尽量表现得平静，他不敢告诉简静，林德昌现在连话也说不出来了。但无论怎样掩饰，都无法隐藏他的担忧。他害怕简静会见不到父亲最后一面，他害怕他的婚礼会在这一刻戛然而止，他怕她好不容易等来的幸福会瞬间终止。

"好像是领带勒得太紧了，你看你出了这么多汗！"简静把捧花放在腿上，转身帮林嘉华松了松领带。

这一松，林嘉华更紧张了，额头上的汗更加汹涌。

"很热吗？"

"不热，是因为你太美了。"林嘉华长长舒了一口气，他终于可以躲过一劫。在简静面前，他总像个逃荒的人。

然后，那天偏偏堵车。城中一半的车辆都赶着去喝顾氏的喜酒，恰巧堵在他们必经的路上。眼看就要耽误良辰了，简静的父亲也在医院顶着最后一口气盼着，这些车辆却完全没有松动是迹象。

简楚玉多次打电话过来催促。

林嘉华额头上汗更多，几次欲开口却始终没有说出来。

简静觉得蹊跷，母亲电话催的次数太反常了，电话中口气也不太对。

林嘉华的演技实在太逊了，简静刚开口问，他就露馅了，直接招认。简静也顾不得婚车夹在路中央，她两手提着曳地婚纱跳下车，穿梭在密密麻麻的车辆中，向前走着。高跟鞋磨得脚生疼，最后她干脆脱了鞋在路上跑。

林嘉华在后面追着，婚车被远远抛在了后面。

简静跑到医院，孙宁带头的迎新啦啦队正要欢呼，却只见林嘉华跟着跑了过来。再看这架势，像是出了什么问题。

孙宁拉着林嘉华就问："简静这是怎么了，婚还结不结？"

林嘉华一脸着急地反问:"伯父现在怎么样了?"

孙宁一脸莫名其妙:"没怎么样啊,怎么了这是?"

林嘉华也顾不得跟孙宁说话,追着简静跑过去。孙宁也跟在林嘉华后面跑起来,医院里其他参加婚礼的人都莫名其妙,不知道发生了什么事。

简静来到父亲病房,看到母亲眼边的泪水,看到美姨难过的表情,瞬间哭了起来。她跑过去抱着爸爸,不可抑制地哭起来。

她从小就想骑在爸爸头上当公主,跟着爸爸学骑单车,让爸爸讲童话故事……这些她只敢在睡梦中想过。终于有一天,她也有爸爸了,她想和爸爸一起吃顿饭,想和爸爸一起牵着手散步,想为爸爸拔掉头上的白发,想为爸爸念报纸,想为爸爸泡茶……可是一切都不再可能了。在她准备出嫁的这一天,她的爸爸,走了。

林嘉华和孙宁也已经来到了病房。

孙宁说:"婚礼呢?"

林嘉华绝望地回:"取消吧!"

另一边,顾宗伟来到安琪的家,那里是低调而奢华的海边别墅,那里的蓝天白云格外纯洁,那里的喜气氛围也像汹涌的海水一样。安琪打扮得像是童话里走出来的公主,十米长的裙摆由六个花童托着,美丽却不妖娆,奢华却不奢侈。

顾宗伟挽着安琪的手,两个像极了宫殿中的王子和王妃,一起走向红毯铺就的登机路线,登上了专门为他们定制的婚礼飞机。

媒体开着闪光灯,都在报道这段让人感动的跨国联姻。

飞机上,顾宗伟全程魂不守舍。

安琪看在眼里,找了几个话题想要缓解他的不安,但都只是让气氛更加冷场。

"宗伟,这款婚纱好看吗?这可是爹地专门让巴黎的设计师为我们的婚礼设计的。婚纱的名字叫:只此一生。意思是,你和我这一辈子都认定了彼此……"

说着说着,安琪觉得自己像个讽刺,好像话题更加勾起了顾宗伟的心事。

飞机抵达顾家别墅,一对新人手挽着手走下飞机。左右两列是奏着婚礼进行曲的乐队,因为知道安琪喜欢钢琴,顾家还特意邀请了国际上有名的钢琴王子为他们伴奏。

婚礼上,名流众多,媒体几乎全都到场,场面之大令人惊讶。婚礼亲人代表发言时,顾准除了说了一些场面话,还送给他们一个结婚礼物,是一本相册。相册里搜集的是顾宗伟从小到大的照片,每张照片都是他的笑容。他很少笑,连自己都不记得长这么大,笑过几次。

顾宗伟看到那些照片眼睛湿润了。原来他的内心,也有柔软的部分。原来,他会笑。

看着父亲鬓边的几根白发,尽管努力藏进里面,还是露了痕迹。从前那个他忌惮的,他恨的,他对付的人,也老了。

顾准在婚礼上宣布顾宗伟正式就任顾氏董事长,自己退休。

这样的结果,他等了很多年,却没有一丝喜悦。

轰动全城的豪华婚礼如期举行,各大电视台都在直播婚礼过程。林嘉华怕简静尴尬难过,他当了一次坏人,破坏了整个医院的电视信号。但是该来的总会来的,简静还是在手机跳出来的新闻提醒上看到了他们的婚礼照片。顾宗伟很帅,安琪很美,他们双手交叉在一起,笑得很甜蜜。

简静却没时间心疼自己的爱情,她把所有的眼泪都流在了父亲的葬礼上。

三天后，父亲火化，葬在郊外的公墓。

一切，仿佛都过去了。

简静要去欧洲留学，临走前，林嘉华把她约在当初向她求婚的西餐厅，对她说顾宗伟在三天前找过她，也就是婚礼的当晚。他喝得酩酊大醉跑过来要找简静，若不是林嘉华拦着，他一定要大闹医院了。

"他很少喝醉。"她是那么了解他，说出这样的话都觉得自己像个笑话，她始终是那个没有资格去了解他的人。也许他是高兴，毕竟得到了自己苦苦追求的东西。

"他是真的爱你，也许你走之前应该见他一面。"

"都过去了。"她微笑着，仿佛自己真的放下了。

林嘉华说："他说听到你父亲去世了，知道你一定很难过，第一时间赶过来想陪你。被我拦下了，你知道如果他出现，免不了又是一场麻烦。伯母不会答应，那些媒体又找到头条了。那个时候，我不想你为此惹上麻烦。"

"谢谢你，你始终都对我最好。"

"我多想能一直对你好……"

"嘉华，对不起……"

"跟你开玩笑的，看把你吓得。"林嘉华故作轻松，"好了，我们碰杯酒吧，就当为你饯行了。"

"真的谢谢你。"

"在欧洲受了什么委屈千万别憋着，随时骚扰哥，哥还是你的好哥们儿，为你两肋插刀！"

"有你这样的好哥们儿，我太幸福了。"

林嘉华很想问，如果伯父还健在，她会不会已经嫁给了他。然而他心中早有了答案，只是一直不肯承认，抱着侥幸的心理。

简静的心完全被另一个男人占据了,容不下哪怕微小如尘埃的情感。因为爱过,所以慈悲。他对她一直都怀着一颗慈悲的心,只要她认为是好的选择,他无条件地支持到底,无论付出任何代价。

"你好好想想在你走之前还有什么想见的人吗?这一去就是两年,我觉得有些老同学、老朋友还是见见的好。"林嘉华想了很久,琢磨了好几遍,才委婉地说出来。

"不用了,我的朋友你又不是不知道,大多数都在医院,已经都见过了。再说我又不是不回来,两年很快的。"

简静心知肚明,明白林嘉华的暗示。然而那个男人已经结婚了,见与不见又能改变什么。简静宁可不要把这份感情藏在心里永远封闭,也不想在地下潮湿的环境发酵。

机场,孙宁、林嘉华送简静登机。

"整个机场最帅的帅哥就站在你面前,你东张西望看什么呢?"林嘉华打趣孙宁。自从他深知和简静再也没有可能,早就把"贱"精神波及周围女性了,孙宁第一个遭殃。

"切,世界上只有一个人肯嫁给你。"孙宁不屑。

"你啊,我可不要。"林嘉华更傲。

"我是说你跑泰国做个小手术,自己嫁给自己。除此之外,真没有女人能看上你。"孙宁边东张西望边说。

简静顺着孙宁的目光望过去,什么也没看到,不禁疑惑地问:"宁宁,今天是来为我送行,你不好好看看我,在看什么?"

"哎呀,就是因为你要走,作为好姐妹的我才不想让你失望啊。"

简静不明白。突然,一个男人从机场进口走过来,孙宁兴奋地冲那人招手。林嘉华和简静都愣了。

那人是顾宗伟。

孙宁拖着满脸不情愿的林嘉华走开了。

顾宗伟和简静面对面,周遭是来来回回送别的人,机场充满了离别的情绪。他们就那样站着,没有开口,仿佛已经说了一切,却又像什么都没说。

简静用力握紧了行李,努力让表情平淡,她说:"再见!"扭头向登机口区走去。

顾宗伟伸手拉住了她,她停了下来,却没有转过头来。

他说:"如果那天你不让我结婚,我会答应。"

她说:"你也说如果了,可惜我们之间没有如果。"

他说:"我对你的承诺永远有效,等我。"

她说:"祝你幸福。"

他心如剜肉刺痛。她泪如泉涌,却不敢回头。

他说:"相信我,两年。"

她说:"对不起,我要走了。"

因为眼泪汹涌,整个脸庞都淹没了,再不走,她怕自己会忍不住转身,怕自己会留下来。她走了,一步两步,越来越远。

他的手抓不住她的衣裳了,从半空中寂寞地垂下来,看着她一步两步,越走越远。

孙宁和林嘉华远远地看着。

"他们明明那么相爱,为什么不能在一起,简静好可怜。"孙宁忍不住哭了。

林嘉华递过去一张纸巾,孙宁拿过去"哼哧"擤了一下鼻涕,哽咽着继续说:"顾总也很可怜,你说是不是?"

"作为一个女孩子,当众擤鼻涕,还那么大声,你能矜持点吗?"

"讨厌！人家就是很难过嘛！"

对于顾宗伟和简静之间的事，林嘉华什么都没有再说，拉着孙宁走了。

第十四章　大结局

顾宗林到欧洲拍摄一组水下照片，他所要拍摄的水下模特正是于米。原来于米离开顾氏后，成了一名业余模特。

于米说自己之所以会来瑞士，是想最后为顾宗伟完成一件事。

她说那个人从小就是他的偶像，她一直以为他决定的都是好的，他做的也都是好的。可是有一天，她觉得他也并不是想象中那么好，他也有软肋，也有不由自主，也有错。然而，一路走过来，她忽然释然了，他依旧是她心中的男神，她要完成她的守护，不能让他心爱的人带着误会离开他。

所以，她来到瑞士就是想找到简静。

"你找到了吗？"宗林说。

"还没有，她去参加学校组织的毕业生郊游了，三天后回来。"

"正好，我在瑞士还有三天时间，我陪你。"

这三天，顾宗林和于米一起潜水，一起洗照片，一起看海底世界，一起驰骋在草原上，一起爬上冰山。所有的风景中，她都是他镜头中的模特。最后一天，他们决定爬上冰山，当经历了重重困难爬上山顶时，他们激动地拥吻。

三天后，他们来到简静的宿舍，见到了她。

两年了，简静还是一样温婉安静。当于米说起顾宗伟时，她的眼里依旧闪过惊喜的光，只是被随之而来的悲伤吞噬。

于米说顾宗伟结婚那天，他在飞机场对安琪说过要取消婚礼。只是这场婚礼关系着顾氏和新加坡的关系，也牵扯着很多人，如果当时取消，整个顾氏就会陷入危机中，很可能倒闭。

"他们结婚也是缘分，你没必要特意告诉我的。"两年了，简静学着让自己心如止水。

"他们是协议结婚，两年后就会对外宣称感情不和而离婚。"

"什么？"简静惊讶！

其实安琪家族在新加坡的位置也岌岌可危了，就像当初的顾氏一样，外强中干。顾总追求安琪时，安琪已经调查过顾总，他们之间从一开始就是利用和被利用的关系。只不过，安琪想要在这场婚姻中除了"利益"，还能获得"感情"。当她最后发现自己无法奢望更多时，他们签署了合约。就在迎娶新娘的飞机场，安琪拿出准备好的合约。

一切昭然若揭。

原来他让她等他两年，是真的。

简静以为已经两年了，她可以做到波澜不惊，可以做到心如止水。然而，内心一汪清泉早已激起千层万层的浪花，撞击着心壁礁石。

"他现在呢？"她的声音有些颤抖。

"他这两年过得像行尸走肉，每天都让自己很忙，他觉得这样离开你的日子会好过一些。不管我们怎么劝他都不听，一味地作践自己。也许你到现在都不知道他每个月都会飞到瑞士，站在你的学校门口，看你走进校门。"

眼泪已经不能自持，简静努力平淡下的心再一次汹涌。

往事如风,阵阵吹人醒。

一周后,简静回国,母亲已经从父亲背叛的阴影中走了出来,每天晚上准时到广场上跳舞,有时参加老年团的郊游,生活过得惬意。

林嘉华和孙宁组成了一对损友,见面就掐。简静觉得他们特别像一对欢喜冤家,两个人不满简静的评价,集体围攻她。

当安定下来,她收拾东西的时候,翻到了尘封在箱子中的旧信封,拿到了那把钥匙。曾经,她也是那个房子的主人。

想起那个地方,很多回忆涌上来。

鬼使神差地,简静又回到了那里。

当她颤抖着打开房门,一眼看到了那条玫瑰花大道,早已泪眼阑珊。走进去,还有摆放在餐桌上的浪漫蜡烛和蓝色妖姬,一切都像那天一样。沿着玫瑰大道走到卧室,墙上挂着她和他的合照,床单依然是她喜欢的布娃娃图案,尽管和房间的风格不搭调,却是那么熟悉,那么动容。

一切,都像那时候一样,连尘土都没有。

她坐在床上,伸出手摩挲着熟悉的床品,像抚摸在自己的心上,拂掉了一层层伤痕。

忽然,门口响起钥匙转动的声音。

她倏地站起来,走出卧室。

接着房门被打开了,他出现在她面前,她看到了他,他也看到了她。仿佛是约好的一样,没有惊讶,有的只是内心波涛汹涌的思念。

他们还是那样,爱得飞蛾扑火。

隔了两年,谁的想念也没有少一点,谁也没有忘掉多一点。